女の子は、明日も。

飛鳥井千砂

女の子は、明日も。

contents

女の子は、あの日も。

an idol of girlfriends.

棚の一番奥にある三十センチのバゲットに手をかけかけて、けれど寸前で満里子《まりこ》は腕を引っ込めた。前回これを買ったとき、夫があまり食べなくて、最後のほうをカビさせてしまったことを思い出して。

視線を感じて顔を上げた。近くに立っている女性が、満里子を見ている。艶《つや》やかな黒髪に、襟元にファーの付いた上質そうなコート。派手過ぎず地味過ぎずの化粧をほどこした、世間一般的に「美人」と称されるだろうという女性だ。歳《とし》の頃は満里子と同じで、きっと三十代前半ぐらい。

邪魔になっているのかと思い、軽く会釈をしながら体を避《よ》けた。が、女性の目線は満里子というより、満里子の提げているバッグに向かっているようだった。結婚した年の誕生日に夫に買ってもらった、高級ブランドの人気シリーズのものだ。特に思い入れがあったわけではないが、「質のいいのがいいよね。ちゃんとしたブランドの、評価の高いのにしたら」と夫に言われて、条件に合うものを選んだ。見ると、女性も同じシリーズのバッグを提げていた。満里子のより一回り大きく、あのタイプのものは確か値段は五十万以上するはず。

目が合う。「にっこり」と音が漏れそうな完璧な笑顔を、女性は満里子に向けてきた。「お揃《そろ》いですね」という意味合いなのは理解したが、どうしていいかわからず、愛想笑いだけ返して満里子は手前の二十センチのバゲットを掴《つか》んだ。トレイに載せて、そそくさとレジに向かう。もう一度女性と目が合ってしまわないように気を付けながら。


緩慢な動作でスプーンを置き、「ごちそうさま」と夫が席を立つ。ソファに向かう背中に「もういいの？」と訊《たず》ねると、「ん」と短い答えが返ってきた。

鶏肉入りのポトフは完食してくれたけれど、四つに切ったバゲットは、一切れ半も残されている。あの店は結婚前からの夫のお気に入りで、ずっと買っているけれど、最近味が変わったということもないと思うのに、どうしたのだろうか。

夫が残したバゲットの半切れのほうに手を伸ばし、自分のお皿に僅《わず》かに残っているポトフに浸して、口に放り込んだ。もう一切れは何も付けるものがないので、仕方なくそのまま齧《かじ》る。切ってしまったパンは保存がしにくい。ばりばりと音が立った。手を添える。自分の口の中からの音は、外にどれぐらい響いているのかわかりにくい。

最後の一欠片《ひとかけら》を飲み込んだとき、ふと気が付いた。もしかして、夫が残すのはこの硬さのせいだろうか。おいしさを味わうことよりも、噛《か》む億劫《おっくう》さが勝つようになってきたのかも。

お皿を下げる。目立つ汚れだけ水でさっと濯《すす》いで、後は食洗機行きにする。

「お茶淹《い》れるけど。あなたも飲む？」

食洗機のボタンをセットしながら、ソファで雑誌を読んでいる夫に、カウンター越しに訊ねた。

「もらおうかな。何を淹れるの？」

「チャイにしようかと思ったけど」

「じゃあ、いい。お腹《なか》に溜《た》まりそうだ」

満里子のチャイはミルクが多めだ。冬はあたたまるために、更に量を増やす。

「じゃあ、ハーブティーにしようか」

「それならもらう」

「レモングラスでいい？」

「ああ。いいね」

夫が雑誌から目を離して、満里子の顔をちらと見た。顎《あご》をぐっと引いて上目遣いで。老眼鏡をかけているときに話しかけると、こちらを向くときには必ずこの仕種《しぐさ》をされる。

お揃いのカップにハーブティーを注《つ》いで、ソファの前のローテーブルに運ぶ。「ありがとう」と夫はすぐに手を伸ばしたが、猫舌の満里子はカップはそのままにして、ソファ脇のマガジンラックからファッション誌を一冊取り出した。夫の隣に腰を下ろす。

　適当にページを捲《めく》りながら、体をゆっくりと夫に寄りかからせた。カップを持っているので、揺らさないように気を付ける。夫が読んでいるのは経済誌らしい。満里子にはわからないカタカナ言葉や、略語らしいアルファベットが並んでいる。

「どうした？」

　頭上で夫の声がして、ページを捲る手を止めた。「ううん、なんでも」と言いながら、今度は体をゆっくりと起こす。なんとなくでした行為だったが、何か用があると思われたらしい。

　まだ飲める温度になっていないのはわかっていたが、カップを取った。口許《くちもと》に持ってきて、ふうふうと冷ましながら、何か話題はなかったかと頭を働かす。

「そうだ。ねえ、今日友達からお誘いメールがあったの。来週の水曜の夜、食事に行ってもいい？　ちゃんと、あなたの夕食は用意していくから」

　言ってしまってからすぐに後悔した。また「いい？」なんて聞き方をしてしまった。満里子が出かけることについて、夫が「ダメ」なんて言ったことはないのに。それどころか、「したいことがあったら、なんでもすればいいよ」と、結婚以来ずっと言い続けてくれているのに。

「いいよ」

夫が低い声で言う。満里子はそっと、ハーブティーを啜《すす》った。まだ少し熱い。

「でも誰と？」

さっきは自分の言い回しを申し訳なく思った満里子だけれど、その夫の質問には少し苛《いら》ついた。

「高校の同級生の子たち。最近、時々遊んでるでしょう」

返事が投げやりになる。満里子が食事を共にする「友達」なんて彼女たちしかいないことぐらい、一緒に暮らしていればわかるはずだ。

「編集者や翻訳家の子か。あと、もう一人いたな。えーと、ほら、名前はなんて言ったっけ」

「編集者が悠希《ゆうき》ちゃんで、翻訳家が理央《りお》ちゃん。もう一人は仁美《ひとみ》ちゃんで、マッサージ師」

「そうそう、ユウキちゃん、リオちゃん。男の子みたいな名前だなって思ったんだよ。もう一人はヒトミちゃんか」

夫が満里子の「友達」の名前を復唱する。でもきっと、次に話すときにはまた忘れているだろう。

「来週の水曜ね、わかった。そうそう、こっちは再来週《さらいしゅう》の土曜なんだけど、病院の連中がまた家に来たいって言ってるんだ。いいかな」

夫の言葉に、満里子はふうふうの息を止めた。夫は私立の総合病院で勤務医をしている。眼科なので医師と言ってもそれほど激務ではなく、学会などにも今は熱意を失って、最低限の参加しかしたがらないので、時間に余裕のある生活を送っている。その代わり、同じ病院の若い医師や看護師たちに手厚くすることに思いを注いでいて、よく家に招待してホームパーティーをしたがる。満里子こそ、夫のしたいことに文句を言うわけもないが、夫は家事がまったくできないので、食事や飲み物の準備、当日のもてなしなどは、すべて満里子の仕事となる。多いときには十人ほど呼ぶので、決して楽な仕事ではない。

「再来週？」

怒っている口調にならないように気を付けながら、けれどほんの少し「前回から一月《ひとつき》も経《た》っていないのに？」という思いは込めて、満里子は聞いた。

「みんな満里子の手料理に感激しててさ。えーと、ほら、サーモンやチーズを載せたやつ。あれが評判だったよ」

口の端で苦笑いしながら、「カナッペね」と満里子は言う。お喋《しゃべ》りをしながら気軽につまめるように、パーティーの際にはカナッペを作って欲しいと言ったのは夫なのに。そのうち夫は、満里子の名前を呼ぶときにも、「えーと、ほら」と口にするようになるかもしれない。

そしてあれは、「満里子の手料理」には入らない。市販のクラッカーに市販のサーモンやチーズを載せただけだ。

「わかった」と頷《うなず》いて、満里子はソファから立ち上がった。壁のカレンダーに向かう。来週の水曜の日付に「まりこ、食事会」と、再来週の土曜の日付に「病院、パーティー」と書き記した。

再来週の土曜はもう二月に入っている。二月の頭。一年前のその頃は、一体何をしていただろう。二年前は？　長野の温泉に一泊で行ったのが、二年前のその頃だったかもしれない。雪が降る中、露天の家族風呂に入ったのを覚えている。そう言えばあれ以来、夫と二人でかしこまったお出かけをした記憶がない。

カレンダーの日付を見るときに、一年前、二年前のその頃は何をしていただろうと考える癖が、満里子にはある。三年前は？　四年前は？　結婚したのが四年前の二月の終わりだから、地元の役場から戸籍を取り寄せていた頃だろうか。

五年前、六年前、七年前は——。夫に初めて食事に誘われたのが、七年前のその頃だったか。お正月気分は終わったけれど、春の気配にはまだ遠い。あの日は、確かそんな時季だった気がする。

夫と満里子を引き合わせたのは、夫の前の妻だった。

短大を出たあと就職先がなく、満里子は派遣会社に登録をして、コールセンターやデータ打ち込みの仕事など、紹介される仕事を渡り歩いて暮らしていた。

ある日、病院の受付の仕事を紹介され、面接を受けに出かけて行った。高級住宅街の中に建つ、「斉藤《さいとう》クリニック」という眼科のみの小さな病院だった。

応接室で満里子を面接したのは、院長であり、ただ一人の医師でもある斉藤先生ではなく、その斉藤先生の妻だという女性だった。

「今は子育て中なので休んでいるんですが、私も皮膚科の医師なんです。子供の手が離れたら、ここを増設して皮膚科の開業もするつもりです」

履歴書と満里子の顔を何度も交互に眺めながら、先生の妻は淡々とした口調でそう説明をした。

きりりとした人、という印象を満里子は彼女に持った。歳の頃は四十手前ぐらいで、長身。細身のグレーのパンツスーツ、後《おく》れ毛の一本もない夜会巻きに、目尻できゅっと撥《は》ね上げたアイライン。

「何か質問は？」

つい観察してしまっていたら、突然そう訊ねられて動揺した。面接なのだから、こちらが色々聞かれるのだと身構えていたのに。満里子はまだ、一つの質問もされていなかった。

「ええと、あの。医療事務の資格は持っていないんですが、その、大丈夫でしょうか」

慌てたので、面接には相応《ふさわ》しくないおどおどした口調になった。満里子は元より声も細く、「きりり」とした話し方からは程遠い。

「やって欲しいのは受付だけなので、問題ないです。もちろん、自分の意思で資格を取ってくれるのは構いませんが」

また淡々とした口調で、先生の妻は答えた。そして満里子が「はあ」と頷くと、「では来週から来てくださいね」と、さっさと席を立とうとした。

「え、あの。合格ですか？」

「ええ。勤務体系の希望は派遣会社から聞いてますし、うちとも一致しているので何の問題もありません。ああ、でも一つだけ」

浮かしかけていた腰を戻し、先生の妻はまっすぐに満里子の顔を見た。

「勤務時は、今日みたいにきれいにしてきてくださいね。この辺りは生活に余裕のある家が多いので、その人たちに不快感を与えないように。今ぐらいの化粧と身だしなみがベストです。それ以上濃くしたり、派手にしたりは止《や》めてください」

どきりとした。短大に行くのに借りた奨学金を返すため、その頃の満里子は夜にホステスのアルバイトをしていた。斉藤クリニックを希望したのも、勤務の店から二駅ほどと、ちょうどいい距離だったからだ。

「わかりました」

けれど、素知らぬ顔で返事をした。この人がそんなことを知っているわけはないし、クリニックの勤務は十八時半までで、ホステスのバイトは二十時から。駅で化粧を変える時間は十分にある。そう自分に言い聞かせて。

クリニックの仕事は、満里子の性に合っていた。待合室で患者さんが苛々するほど混《こ》むことはないが、探さなければ仕事がないほど暇でもなく、いい塩梅《あんばい》だった。一つずつ与えられた仕事をこなしていくと、ちょうどその日の勤務が終わる。

職員は、受付に満里子と同じ派遣会社から来ている医療事務の資格を持った二十代の女子が一人と、パート勤務の三十代の主婦が一人。他に、中年の女性看護師が二人いた。

先生の妻は、月に数回クリニックに姿を見せた。いつもパンツルックで髪をきっちりと結い上げ、目尻でアイラインを撥ね上がらせて、「待合室のお花、もっと季節感を考えて」とか、「書類棚の使い方に無駄があるわ。もっとコンパクトにできるでしょう」などと、満里子たちに「きりり」と指示を出していった。

「居場所確保と、権威のアピールに必死だわね」

「先生と上手《うま》くいってないみたいよ。上の子に小学校受験させるかで揉《も》めてるんだって」

先生の妻が帰って行くと、受付の同僚二人が、ひそひそ声でそんな話をし出すのが恒例だった。それが始まると、満里子はいつも隅っこで静かに笑みを浮かべ、頃合いを見計らって給湯室にこっそりと移動した。そして時間をかけて、自分と職員たちのためにお茶を淹れた。積極的にお茶を淹れるのは満里子だけだったので、給湯室はいつからか、満里子仕様の空間になっていた。

その日も妻が帰った後、同僚たちは張り切って噂話をし始めた。午前と午後の診療の合間の時間だったので、看護師二人も参加していて、満里子はいつもより早く自然に席を立つことができた。

この冬最後の雪が降るかもと天気予報が言っていた日で、外観はコンクリートの打ちっぱなし、中はオールフローリングのクリニックは底冷えしており、満里子はミルクをたっぷり使って、六人分のチャイを丁寧に淹れた。

狭い受付スペースで、身を寄せ合うように話に花を咲かせている女性職員たちに、まずカップを配って歩いた。彼女たちの話題は、先生の妻から、最近離婚した芸能人カップルへと移行していた。

猫舌の自分はどうせすぐに飲むことはできないからと、自分のカップは給湯室に置いたままにして、次に満里子は院長室に向かった。ノックをすると「どうぞ」と中から返事があったので、ドアを開けた。途端、目に飛び込んできた光景に、一瞬たじろいで、そのあと思わず「ふふっ」と声を上げて笑った。

斉藤先生が、床にうずくまっていた。突き出した白衣のお尻がこちらに向いている。正座から上体を前に倒したような姿勢を取り、床に拡《ひろ》げた新聞を読んでいたようだ。

「あ、いや、どうも」

満里子が笑ったことに気が付いて、先生は顔を赤くしながら立ち上がった。寛《くつろ》いでいて、ノックの音に惰性で返事をしてしまったのだろう。

「新聞を読むときは、ついね。これが楽で」

言いながら、先生はかさかさと音を立てて新聞を畳《たた》んだ。

「わかります。椅子に座って拡げると、腕が疲れますものね」

そう言ってはみたが、すぐそこに立派な机と椅子があり、室内には他に本棚や医療器具も所狭しと並んでいる。そんな中、床で四十の男がうずくまっていたのはやはり妙で、また満里子は、くすっと笑い声を立ててしまった。

「お茶淹れたので、どうぞ。チャイですけど、いいですか？」

椅子に体を収めた先生に、カップを差し出した。もう淹れてしまってから「いいですか？」はおかしかったなと思いながら。

「ありがとう。チャイってなんだっけ」

「紅茶の葉を、ミルクで煮出したものです」

「ああ、この間も淹れてくれたね。よくあたたまったよ。今日も寒いから、ありがたいな」

先生はカップを受け取った。床に座っていたから、さぞ冷えたでしょう、などと言ってみようかと迷ったが、調子に乗り過ぎている気がして止めた。その代わり、静かににっこりと微笑んでおいた。

部屋を出て行こうとしかけたら、「ねえ、君」と呼び止められた。

「今日の夜、忙しい？　よかったら、夕食でも一緒にどう？」

突然の誘いに、戸惑った。

「今日は子供をうちの実家に預けてるから、妻と夕食に行く予定で店を予約してたんだけどね。奥さん、友達と急に集まることになったらしくて、振られちゃったんだ」

けれどすぐにそう言われて、ああ、なるほどと落ち着きを取り戻した。さっき出て行ったばかりの、先生の妻の後ろ姿を思い出した。光る石がぶら下がったイヤリングが、クリニックのガラス扉に反射していて、扉が閉まった途端にパートさんが、「今日はオシャレに気合が入ってたわね」と呟《つぶや》いたっけ。

「ごめん。失礼だったかな。代わりになんて」

黙っていたら、先生がそう言った。そして、寒さのせいか、それとも「ごめん」という気持ちの表れか、白衣の肩をすぼめるようにして、チャイを啜った。

しばらく考えた後に、「あたたかいものなら」と満里子は言ってみた。ホステスのバイトは休みの日だった。

先生はカップから顔を離し、「ビーフシチューのおいしい店らしいんだ」と、はにかむように微笑した。


その日から、先生はときどき満里子を食事に誘うようになった。二回目からは「代わり」ではなかった。帰り道でホテルに誘われたのは、三回目の食事のとき、いや、四回目だっただろうか。

男女の仲になり、満里子のホステスのバイトのことを知ると、「それは、あまり嬉しくないな」と先生は言った。実家と縁を切りたくて、奨学金をもらって進学するのを機に飛び出してきた、でも借金は落ち着かないから早く返してしまいたいのだと理由を話すと、「お金をあげるのは君も困るだろうから」と先生は食事の度に、バッグや化粧品に靴と、身の回りのお金のかかるものを、品物の状態で満里子にくれるようになった。

　これでは援助交際になってしまうと、満里子はホステスのバイトを辞めた。先生には「あと少しで返せるところだったし、在宅でできるデータ打ち込みの仕事をすることにした」と説明をして、実際は夜な夜な出会い系サイトのサクラのバイトに精を出した。

　昼はクリニックに出勤し、夜はサクラ。時々先生と食事に行って、ホテルで寝る。そんな生活を二年近く続けたある休日の朝のことだった。満里子の携帯に、見慣れない番号から電話がかかってきた。

「もしもし？」

　不審がりながら出ると、「斉藤です」と受話器の向こうから、聞き覚えのある「きりり」とした声が聞こえてきた。次の瞬間にはもう、何が起こったのかを理解した。

「話がしたいので、今から出てきてもらえるかしら」

　そう言われて、満里子は素直に指定されたホテルのティーラウンジに向かった。

「昨夜、夫とあなたのことで話し合いました」

　先生の妻は、パンツルックに髪をきっちりと結い上げた、いつも通りの姿だった。ただ心なしか、目尻のアイラインの撥ね上がりが、いつもより少しきつめな気がした。

一体どこからばれたのだろう。満里子も先生もクリニック内では関係を匂わせるような行動は二年間つゆほども取らなかったはずだ。噂話を好みながら、目の前の書類をしまい忘れたり、常連の患者さんの顔と名前がなかなか一致しなかったりする受付の同僚や看護師たちには、絶対に感付かれたりしないと思っていたのに。

考えをめぐらせていたら、答えを先生の妻が明かしてくれた。クリニック内からではなく、満里子と先生が歩いているところを妻の友達が目撃し、彼女に報告をして、問い詰めたら先生が白状したのだと、淡々と説明された。

「私は離婚して、子供と出て行くことにしました。もちろん、皮膚科の増設もなし」

妻の言葉に、「そんなに早く結論を？」と驚いたけれど、上の子が結局小学校受験をして、合格し入学してからは、妻とますます溝ができていると、先生が時々口にしていたことを思い出した。

「クリニックを今後どうするかは、あの人が決めます。でもいきなり閉めるわけにはいかないので、どうするにしても、しばらくは通常診療だけど。ただ、あなたは昨日付けで解雇ということでお願いしますね」

そう言われて、満里子はおとなしく「はい」と頷いた。

「後のことは、どうぞあの人と話し合って、ご自由にしてください。私があなたに何か請求したりとか、そういうことは一切ありませんから、そこはご安心を」

終始淡々とした口調のままで、先生の妻は伝票を取り席を立った。立ち上がった彼女と目が合った。何か言いたげな顔をされた、気がした。結局何も言わずに彼女はそのまま去って行ったけれど、何を言おうとしていたかを、なんとなくだけれど満里子は感じ取った。

「何か質問は？」

彼女は、そう言いたかったんじゃないだろうか。そして満里子に、おどおどとしてもらいたかったんじゃないだろうか。

その日の夜、先生から電話がかかってきた。「申し訳なかった。でも君は何も心配しなくていいから」とか、「次の仕事が見つかるまで、言ってくれたらお金は用意する」などとやさしい声で告げられた。

けれど、帰り道で買った求人情報誌に既に満里子は幾つか付箋を貼っていて、数日後その中の一つのカフェのウェイトレスの面接に行ったら、あっさりと採用されたので、結局、先生にお金を頼ることは一度もなかった。

妻と子供と暮らしたマンションを売り払い、先生は満里子のアパートからそう遠くない場所に、新しいマンションを借りて暮らし始めた。クリニックは三か月後に閉院した。こちらも売りに出し、開業を希望していた歯科医の夫婦の買い手がすぐについたらしい。先生は私立の総合病院の勤務医になった。二代目である院長が、医大時代の同級生で、問い合わせたら喜んで雇ってくれたのだという。

　昼はカフェに出勤し、一日置きぐらいで先生のマンションに泊まりに行くという生活を一年ほど続けた頃、「下の子供も無事、小学校に入学した」と、満里子は先生から報告を受けた。ちょうど満里子が奨学金を返し終えた頃だった。先生は事実上離婚はしていたものの、下の子の受験が終わるまでは籍は抜かないで欲しいと妻に言われていたという。満里子にはよくわからない世界だけれど、親が離婚していると受験に不利になるそうだった。

「あちらへの責任は、取り終わったと思ってる」

　先生は言った。話の端々から窺《うかが》うに、先生もある程度のお金は渡したようだが、先生の「前の妻」は実家が資産家で、それほどお金には困っていないし、これからも困らないようだった。

「だから今度は、君への責任を取りたい。結婚しないか」

　先生はそう続けた。初めて一緒に食事をした店で、その日もビーフシチューを食べているときだった。

　結婚という言葉に、満里子は少なからず動揺した。前の妻と先生が結婚していた頃から、別れて自分と結婚して欲しいなんて思ったことはなかったし、先生が一人になってからも、このままの生活が続けばそれでいいと思っていた。

けれど先生には情があったし、別れるということも考えていなかった。ウェイトレスを一生の仕事にするつもりもない。というか、一生ウェイトレスでは生きていけないことは承知していた。だから満里子には特に、「結婚」を断る理由がなかった。

しばらく黙って考え込んでいると、先生がまた口を開いた。

「僕は二回目だから、派手な結婚式はしてあげられないけれど、いいかな。その代わり、院長が休みをくれるって言うから、一週間ぐらいグアムでゆっくりするのなんてどうかと思ってるよ」

グアムかあ、と満里子はぼんやり考えた。あたたかそうでいいなあ、と。

そして気が付けば「うん」と返事をしていた。先生がワイングラスに手を伸ばしながら、はにかむように微笑《ほほえ》んだ。満里子の一番好きな先生の顔だ。

そうして、先生は満里子の夫になった。満里子は十五歳年上の、離婚歴のある勤務医の妻になった。


時計を見る。予約の時間よりも五分早い。どうしようかと、約束したイタリアンの店の入口から中を覗《のぞ》き込んでみる。

「いらっしゃいませ。ご予約のお客様で？」

蝶ネクタイを付けた男性店員が、声をかけてきた。

「はい。衛藤《えとう》のグループです」

店員がレジのボードを確かめに向かう。その背中に「すみません、間違えました」と言いかけたが、先に店員が振り返って「どうぞ、ご案内します」と、手をすっと出した。

衛藤は高校時代の悠希の苗字だ。結婚して旦那さんの名前になっているはずだけれど、満里子たちにわかりやすいように、旧姓で予約を入れてくれたのだろうか。そう言えば「仕事ではそのまま旧姓を使ってるの」と、最初に食事したときに言っていた気がする。

案内された半個室に入ると、仁美が既に座ってメニューを眺めていた。オフホワイトの、タートルネックのニットを着ている。

「満里子ちゃん、お疲れー。外、寒かったでしょう」

肩の辺りで切り揃えたストレートの髪を揺らして、愛想よく声をかけてくれる。

「うん。でもこの部屋、暖房利《き》いてるね」

言いながら、満里子は手袋とコートを脱いだ。四角い四人掛けテーブルで、仁美は左の奥の席に座っている。二人並んで座るのも変なので、満里子は右の奥の席に座った。

「悠希と理央ちゃん、遅れるって言ってたね」

「あ、本当？」

「うん。メール来てなかった？」

言われて携帯を見る。マナーモードにしていたから気が付かなかったが、確かに二人からメールが来ていた。悠希は『ごめん！　仕事ちょっと長引きそう。先に入ってて』と、理央は『ごめんなさい。電車乗り遅れました』とある。

「二人とも仕事忙しそうだよねぇ」

「うん。でも仁美ちゃんもじゃない？」

「そうでもないよー。今日も休みだったし」

少し会話を交わした後、お互い黙ってしまった。仁美は愛想がよくて、一緒にいて空気が重くなるタイプではないが、満里子と同じで自ら話題を振るよりも、聞き役なところがある。

「そうだ、これお土産。マカロンなんだけど、好きかな？」

全員揃ってからと思っていたけれど、沈黙が気まずくて、早々にお土産を出してしまう。

「マカロン？　ありがとう。お菓子なら私、なんでも好き」

仁美は笑顔で、満里子の出した小袋を受け取る。

「見ていい？　わあ、かわいい。四色詰め合わせだ」

「うん。旦那さんと食べて」

「ありがとう。あのね、私もお土産があるの。おすそ分けで悪いんだけど」

椅子の脇の荷物入れの中から、仁美は紙袋を取り出す。

「旦那の同僚が新婚旅行でパリとロンドンに行ったらしくて、お土産に紅茶をいっぱいくれたの。うちだけじゃ使い切れないから、よかったらもらって。容《い》れ物、百円ショップで買ったもので悪いんだけど」

壜《びん》詰めの紅茶葉を手渡してくれる。

「ありがとう。私、お茶好きだから嬉しい」

両手で受け取った。葉っぱの種類を訊ねようかと思ったら、先に仁美が口を開く。

「このマカロン、ホントかわいいね。どこで売ってるの？」

「これは表参道の店の」

「へぇー、表参道。すごいね。私、一度も行ったことないや。そういう情報、どこで手に入れるの？　よく知っててすごいなあ」

過去の二回の食事のときにも多少感付いていたが、今の会話で確信した。「すごいね」「すごいなあ」というのが、仁美の口癖らしい。

「すごいってこともないけど……。これは、夫の職場の人が前にお土産で持ってきてくれて、おいしかったから。悠希ちゃんの雑誌にも、よくお菓子やパンのお店の情報が載ってて、そういうのは、たまに見てるけど」

そう言ったとき、「ごめん！　お待たせ！」とよく通る声を響かせて、ちょうど悠希が入ってきた。

「自分の記事が間に合わないって半泣きの後輩がいてさあ。ちょっとだけ手伝ってやってたら、会社出るの遅くなっちゃった。ほんと、ごめん。あー疲れた」

早口で喋りながら、あっという間に黒いピーコートを脱いで、手袋とマフラーも取った。手袋とマフラーは千鳥格子柄でお揃いだ。

「あれ、理央は？　ねえ、満里子ちゃん今、私の雑誌がどうとか言ってなかった？」

喋る、座る、メニューを拡げるをすべて同時に、早送りのような速度で、悠希はこなしていく。メニューを持つ手と反対の手で、マフラーに絡まっていた髪の毛先を整えることも、きちんとした。

「理央ちゃんも遅刻だって。メール来てたよ」

「悠希ちゃんの雑誌の、お菓子やパンの情報がありがたいって話をしてたの」

「本当？　ねえねえ、コースでいいよね」

自分で聞いたことの返事にも、大して反応しない。本当？　というのは、理央の遅刻と雑誌の話をしていたことと、どちらに向けたものだろう。もしかして、二つ同時に返事したのだろうか。要領が良過ぎる、と満里子は笑いそうになってしまう。

「ごめんねー、遅れちゃった」

パスタとピザのコースにするか、そこに更にメイン料理も付くコースにするかと三人で話していたら、パタパタと足音をさせて、理央が現れた。どきん、と満里子の心臓が鳴る。

「寒かったあ。顔が固まっちゃってる」

チロリアン柄のような毛糸の手袋をしたまま、理央は両手で自分の頬《ほお》をさすった。

「お疲れ。アルコール入れたら、あったまるよ。ワイン一本頼まない？」

悠希が話しかける。

「いいな。私はスパークリングが好き。みんなは？」

だぼっとしたラインのニットコートを脱ぎながら、理央は返事をした。コートの下からは、同じようなラインのネイビーブルーの、やはりニットのワンピースが現れた。襟元のところに、細々《こまごま》としたビーズの飾りが付いている。子供のおもちゃのような、言い方は悪いが安っぽい光り方をするビーズで、でもそれが理央らしくていいなと、満里子はひっそりと笑みを浮かべた。

悠希、仁美、理央と、満里子の四人は、千葉の片隅の町にある公立高校で、同級生だった。

今は三十二歳で、十四年ぶりに場所を変えた東京で再会したきっかけは、悠希の作っている女性誌だった。

三十代の女性向けの雑誌を、満里子は月に何冊か買う。雑誌は昔から好きだった。悠希には悪いけれど、特に強く欲している情報があるわけではないが、与えられれば見てみようかと思うような「もの」がちりばめられていて、惰性でページを捲っていれば、いつの間にか時間が過ぎ去ってくれているので、ありがたい。

半年ほど前、毎月買っている、ファッションやライフスタイルなどの記事が多い女性誌を手に取っていたときのことだ。開いた、とあるページで「あっ」と満里子は声を上げた。見覚えのある笑顔が目に飛び込んできたのだ。

一重だけれど大きく、目尻がきゅっとつり上がった瞳。小さいけれど真っ直ぐに筋の通った鼻。きれいに上がった口角。ちょっと生意気そうで、でもすごく楽しそうで、「にっ」という音が聞こえてきそうな笑顔だった。

心臓がどきどきと鳴った。この笑顔を私は知っているはずだ、絶対に。そう思った。

「橘《たちばな》 理央さん」という文字が、笑顔の横に掲げられていた。「タチバナリオ」と、何度もその名前を心の中で復唱した。間違いない。同じ校舎にいた、あの女の子だ。

一年生のとき、同じクラスだった。休み時間に、教室の一番後ろの席でヘッドホンを付けて頭を振り、赤茶色のパーマのかかった髪を胸の辺りで揺らしながら、時々鼻歌を漏らして、教室中を振り返らせていた女の子。国語の時間に「続きを読んでみろ」と先生に当てられて、教科書ではなく、机の下で隠し読んでいた英語の絵本を滑《なめ》らかな発音で堂々と朗読してしまって、先生まで爆笑させた女の子。

父親の仕事の都合で、小学校と中学校のほとんどをヨーロッパ各地をまわって暮していたという帰国子女で、日本の片田舎の公立高校では多少浮いている感はあったものの、天真爛漫な性格から、一目置かれこそすれ、決して嫌われ者ではなかった女の子。橘理央だ。

変わっていなかった。雑誌の彼女は赤茶色の長い髪ではなく、黒髪でショートボブだったけれど、前髪をぱつんと切り揃えている辺り、「風変わり」な雰囲気がそのままだ。よく似合っている、レトロな小花柄の鮮やかな緑色のシャツワンピースも、高校時代は紺のブレザーの制服姿しか見たことないはずなのに、何故か満里子に「ああ、彼女らしいな」と思わせた。

『今を生きるあの女性に聞く』という、ありがちなコピーのインタビュー記事だった。彼女のプロフィールには「翻訳家」と書かれていて、記事を追うと、一年ほど前に火が点《つ》いて、今も売れ続けている海外の児童書のシリーズを翻訳したのが、彼女らしいということが読み取れた。

満里子もタイトルぐらいは知っている本だった。雑誌を買いに本屋に行くと、平積みになっているのをよく見かける。かわいいけれども、どこか深みのあるイラストの表紙が印象的で、ファンタジー小説だと認識している。少年が、魔法使いの女の子や動物使いの青年と出会って交流しながら旅をする話だと、それこそ以前読んだ女性誌で紹介もされていた。大人が読んでも楽しいファンタジーなどと、書かれていた気がする。けれどまさか、それを翻訳したのが自分の同級生だったなんて。

「小説を訳すのは初めてだったんです。ずっとフリーランスで、それまでは雑誌の記事や説明書などの翻訳をしていました」

「知人の伝《つて》で依頼されて、原文で読んでみたら面白いと思ったので訳をやらせてもらったんですけど、小さな出版社からの発売だったし、こんなに多くの人に読んでもらえるとは思ってなかったです。嬉しい反面、未《いま》だびっくりもしてますね」

「次の依頼もいただいているし、今後も小説の訳はやっていきたいです。子供の頃から本が好きなので。期待に応《こた》えられるかという緊張もありますけど、好きなことを仕事にできるのはありがたいし、嬉しいです」

時間をたっぷりかけて、満里子は理央のインタビュー記事を、隅から隅まで何度も繰り返し読み込んだ。読んでいる間中ずっと、心臓のどきどきが止まらなかった。雑誌の脇に置いていたカップの紅茶は、とうの昔に冷え切っていて、でも、それにも何度も口を付けて、懸命に自分を落ち着かせようとした。一方で、頭も働かせた。理央にコンタクトを取るには、一体どうしたらいいかと。

やがて、決心をして立ち上がった。電話の子機を取ってきて、雑誌の裏表紙に書かれていた編集部の番号を押した。高校の同級生とは、ただの一人もつながっていなかったので、彼女の連絡先を知るには、これ以外の方法がなかった。

満里子の人生において、こんなにも大胆で積極的な行動を取ったのは、初めてだったと思う。やがてコール音がした。緊張する間もなく、一回鳴り終わる前に「はい」と女性の声が受話器から響いてきた。続いて、早口で編集部の名前が告げられた。

「あ、あの。今月号を見てお電話させてもらっているんですが」

「ありがとうございます」

満里子の緊張を余所《よそ》に、電話口の女性は機械的に言った。

「ええと、それで、インタビューが載っていた橘理央さんの件で。あの私、彼女と高校で同級生だったんです。それで、連絡が取りたくて。もちろん、私の連絡先を告げてもらって、彼女から連絡をもらうという形で構わないんですけど。あ、彼女がいいと言えばですけど」

酷くたどたどしい喋り方になってしまった。そして途中から自分で、これではダメだと思った。大手の出版社だから、この手の問い合わせなんて、きっと毎日のようにあるだろう。同級生を騙《かた》った悪質なファンだと思われて、きっと素っ気なく切られてしまう。そんなことを覚悟しかけたときだった。

「高校の同級生、ですか？」

電話口の女性が、さっきまでとは違う声を出した。なんというか、温度の感じられる声だった。

「高校の名前、伺えますか。それから、お客様のお名前も」

続けてそう言われた。電話を切られなかったことで少し持ち直して、満里子は「はい」と勢い込んで、高校名と自分の名前を告げた。最初、「斉藤満里子です」と言ってしまって、「あ、違います」とすぐに訂正をした。

「高校時代の名前は、渡辺《わたなべ》満里子です」

「ワタナベマリコ、さん？」

電話の女性の声が、さらに熱を帯びた気がした。「はい、そうです」と返事すると、続けざまに「あの、二年生のときの担任の先生の名前言えます？」とか「どんな制服でした？」などと訊ねられた。

記憶を一生懸命に手繰り寄せて、一つずつ質問に答えていき、ようやく「どうして編集部の人に、こんなことを聞かれるのか」と疑問を持ち始めたときだった。

「本当に渡辺さんなんだ！　私、衛藤悠希。覚えてない？　二年のとき同じクラスだったと思うんだけど。今、この編集部にいるの。理央のあの記事作ったの、私なんだよ！」

電話の女性が、興奮した声で言った。音量が大きくて、受話器を一瞬耳から離してしまったぐらいだ。

「エトウさん……。あの、生徒会長やクラス委員やってた衛藤さんですか？」

突然入って来た情報に慌てたが、必死に頭を回転させて、甦《よみがえ》ってきた記憶を元に、満里子は言った。朝礼や全校集会で、よく壇上に立って喋っていた、ショートカットの姿勢のいい女の子。てきぱきとよく喋って、なんだかいつも忙しそうに校舎の中を動き回っていた女の子。

「そうそう！　生徒会長じゃなくて、副会長だけどね。びっくり！　嬉しい！　自分の記事に反響があるだけで嬉しいのに、理央の記事で、しかもまさかの同級生から！」

さっきよりも更に大きな声が、満里子の右耳をキンと突いた。

その日の夜、改めて悠希は電話をくれた。

「本当に驚きの展開だったねえ。理央のことも、知ってた？　びっくりしたでしょう？　まさかあんな有名人になるなんてね。でも高校時代を思ったら、片鱗《へんりん》はあった気がしない？

私も、これは取材しなきゃ！　って、すぐにコンタクト取ってね」

「理央にもさっき電話したよ。満里子ちゃん？　本当に？　って、喜んでた。東京に住んでたんだね。結婚もしてるんだ？　私も結婚三年目」

「満里子ちゃん、理央に会いたいんだよね？　ねえ、私も一緒していい？　あと、瀬戸《せと》仁美ちゃんって覚えてないかな。彼女も結婚して、こっちで働いてるんだ。マッサージ師でね、私がよく行く店にいて、こっちもびっくりの再会だったの。今度、理央と三人で食事しようって話してたんだけど、よかったら満里子ちゃんも、そこにおいでよ」

　悠希はどんどん話を進めてくれた。高校の頃もそうだった。決して押しつけがましくはないが仕切り屋で、クラスの集まりなどに積極的に参加するタイプではなかった満里子にも、「満里子ちゃんも来るでしょ？」と、よく声をかけてくれた。

　仁美のことは失礼ながら、理央や悠希よりも思い出すのに時間がかかった。名前だけではピンと来なかったが、「痩《や》せ型でよく笑う、愛想のいい子だよ。バドミントン部だったと思う」と、悠希に言われて甦ってきた。体育の授業でバドミントンをやったとき、練習で打ち合いをする相手が見つからなくて困っている満里子に、「渡辺さん、私と組んでくれない？　私、素人《しろうと》じゃないからってみんなに嫌がられちゃって」と、にこにこ笑いながら近付いてきてくれた、やさしそうな女の子だ。三年生のときのクラスメイトだ。

「とろいにもほどがあるんだってば、その後輩。だって私、今の編集部に来てまだ一年なんだよ？　その子は二十七歳なんだけど、入社からずっと今の部署なの。つまり、今の仕事では私のほうが後輩なの。でも、毎回私が手伝ってあげなきゃいけない事態になるの」

結局、メイン付きのコースを頼んだ。牛ほほ肉の赤ワイン煮にナイフを入れながら、悠希が口を尖《とが》らせる。

「こわーい。私、悠希の後輩じゃなくてよかった」

ワイングラスを揺らしながら、理央が茶々を入れる。

「ほんと、ほんと。私も部下だったら、叱られっぱなしだったたと思う」

仁美がそう言って笑ってから、小さく切った肉の塊を口に入れる。

「あ、酷い。誰にでも怖いわけじゃないってば」

肉を飲み込んだばかりらしい悠希が、ナプキンで口を拭《ぬぐ》いながら言う。

満里子は三人が繰り広げるそんな光景を、同じ場所にいながら、どこか遠い所から眺めているかのように、静かに微笑んで見つめてしまう。このメンバーじゃなかったら、高校の同級生の集まりになんて、自分は絶対に来なかっただろうなどと考えながら。

高校時代の満里子は、息を潜めながら校舎に生息していた。物心付いた頃から満里子の両親は仲が悪く、特に母がヒステリーで、仕事が忙しく毎晩深夜に帰宅する父を、玄関に入った時点から怒鳴りつけるので、子供の頃の満里子は毎晩耳を塞《ふさ》ぎながら眠ることを余儀なくされていた。母に顔も声もそっくりな三つ年下の妹も、小学校に上がる頃から、母と同じように口を開けば父や自分の周囲の友達の悪口を唱えるようになり、満里子にはすっかり、目の前で起こっている事態を重く受け止めず、時間が流れることをただただ待ってやり過ごすという癖が付いた。

満里子が中学二年のときに、ついに父親が家を出て、高校入学と同時期に、離婚が成立した。そんな環境だったので、特に高校時代の満里子は、何にも希望を持たず、ただそこに静かに存在して、時間が流れるのをじっと待つという方法を、意識的に取っていたように思う。けれども、長身で、子供の頃から「大人びた顔立ちねえ」「おとなしそうなのに目を引くわよね」と、周囲の大人から言われ続けた外見の満里子は、息を押し殺していても、校舎の中で一定の存在感を放ってしまっていたようだ。また、家に帰りたくないので、声をかけてくる男の子がいたら、時間を一緒に過ごすのが嫌だと思うようなタイプじゃなければ、深夜まで時間を潰《つぶ》すのに利用させてもらっていたりもしたので、風貌とそういった行動が相俟《あいま》って、当時は多くの女子から嫌われていた。特に徒党を組みたがる子たちからは、聞こえよがしに悪口を言われたり、話しかけても無視されたりということが、日常茶飯事だった。

リーダータイプではあるものの、決まったグループには属さず、満里子にも他の子と分け隔てなく接してくれた、悠希。

目立たないグループの子たちと一緒にいることが多かったけれど、いつも愛想よく、満里子にもやさしくしてくれた、仁美。

自身も個人主義で、他の子たちが満里子をどう扱っていようと気に留めず、常に自分のやり方で満里子に接してくれた、理央。

本当に、この三人だからこそ、今こうして満里子は十四年の時を経て、同じ空気を味わうことができているのだと思う。約半年前の再会から、四人での食事会は今日で三回目だ。大雨で電車が停まって一回中止になっているので、一、二か月に一度は開催しようとしていることになる。恒例になったと言っていいのだろう。

「だってその子、毎月生理休暇取るんだよ。私も生理痛はかなり酷いほうだけど、毎月薬で頑張ってるのに。毎回休まなきゃならないぐらい酷いなら、婦人科に行くとか、何か対処するのが義務だと思わない？　社会人の」

少し感傷に浸って、目を潤ませかけてしまっていた満里子だったが、悠希の口にした「生理」という生々しい言葉で我に返った。

「生理の辛《つら》さは人それぞれだからなあ。でも確かに、行ったことないなら、婦人科には一度行くべきだよね、その子」

理央が苦笑いしながら言う。

男性店員がメインのお皿を下げにきた。彼の動きをしっかりと目で追って、部屋を出たのを見届けてから、「ねえ、婦人科と言えばね」と仁美が口を開いた。

仁美から何か話題を振るのはめずらしい。同じことを思ったのか、悠希も理央も、心なしか姿勢を正した気がする。

「うち、結婚して二年だけど、まだ子供ができないでしょう。旦那と一緒に不妊検査に行きたいのよね。でも抵抗があるみたいで、旦那がうんって言ってくれないの。みんな、そういうのどうしてる？」

満里子の体が、少し強張《こわば》った。気のせいだろうか。一瞬、部屋の空気も硬くなったような気がした。しばらくの間、沈黙が流れた。

「どうしてるって、夫婦で子作りの認識が合ってるかってこと？」

やがて最初に口を開いたのは、やはり悠希だった。

「そうそう、そういうこと」

仁美が頷く。

「うち、まだ子供は考えてないから」

「そうなの？　どうして？」

「どうして？　うーん、だって私、今一番仕事が忙しいときだし」

「旦那さんは？　欲しがってない？」

「うん？　どうだろう。そういう話、したことない」

悠希と仁美が会話を繰り広げる。

「悠希の旦那さん、まだ若いもんね」

理央が横から呟いた。

悠希の夫は確か五歳年下で、まだ二十七歳だと言っていた。満里子の夫は四十七歳なので、二組の夫婦は、妻は同級生なのに、夫は親子ほども離れていることになる。飲食店勤務だと一回目の食事会のときに言っていたけれど、悠希の話の端々から窺うに、どうやらバーテンさんのようだ。

「うん。旦那自身がまだ子供だもん。理央のところは？　旦那さん、同い年だよね？」

「うん。でも、うちもまだいいかなあ。ほら私、仕事に変化がかなりあったしね、最近。フリーだし、今仕事できなくなると、その後のこととか不安だし」

「わかる。会社員でも思うもん、それは。フリーだったら尚更だよね」

今度は悠希と理央が会話を続けた。

「でも理央のところ、旦那さんは会社員でしょ？　理央が仕事できなくなっても、お金は心配ないじゃない？　理央の本、すごく人気だし、余裕あるんじゃないの？」

仁美が首を傾《かし》げながら言う。

理央は大学の同級生と二十八歳のときに結婚したらしい。インタビュー記事に書いてあった。既婚女性向けの雑誌なので、結婚生活についても色々と訊ねられていて、「大学時代は、二人でバックパックで海外をまわったりしてたんですよ。だから夫婦っていうより、相方、同志って感じが抜けないですね」などと語っていた。夫は今、広告会社でグラフィックデザイナーをしているという。これは、一回目の食事会のときに聞いた。夫婦揃って創作的な仕事だということはなんとなく理解はしたが、満里子は正直、グラフィックデザインというものがなんなのか、具体的にはわからずにいる。

「お金は確かに逼迫《ひっぱく》してはないけど。でもお金の問題じゃなく、仕事はしたいから」

理央が仁美に向かって言った。満里子の隣で、悠希が大きく頷いたのが気配でわかる。

「そうなんだ。みんな私と一緒で、まだできないだけかと思っちゃってたよ」

仁美が、悠希と理央の顔を順番に見ながら言う。

仁美の夫は三歳年上で、電子部品のメーカーに勤めていると言っていた。悠希と理央は東京の大学出身だけれど、仁美は地元、千葉の医療系の専門学校を出たそうで、東京に来たのは結婚と同時で二年前だという。仁美は今はマッサージ師だが、千葉では医療事務をしていたらしく、満里子が病院の受付をしていたと話したら、「私もだよ！」と嬉しそうな顔をしたので、「あ、でも私は資格は持ってないの」と焦ってしまった。専門的な話になると、まるで付いていけない。

「満里子ちゃんのところは？」

悠希がそう訊ねてきたのと、男性店員がデザートを持って入ってきたのが、同時だった。おかげで満里子はデザートが配られる間に、返事をする態勢を整えることができた。去って行く店員に感謝の念を送る。

「うちは、子供は作らないつもり。夫が前の奥さんとの間に二人子供がいるから。もういいって」

このメンバーなら大丈夫と決心をした上で口にしたが、それでもほんの少しだけ、声が震えた。夫は十五歳年上で、受付をしていた病院の院長だったということは話していたが、夫が二度目の結婚であるということは初めて伝えた。

「旦那さん、結婚歴があったんだ」

「へえ。でも一回り以上年上だっけ？　だったら不思議な話じゃないよね」

理央と悠希が言う。そこにはなんの含みも探りもなさそうで、安心する。仁美も「そうなんだね」と相槌《あいづち》を打っただけだった。

「わー、このザッハトルテ、おいしいわ。当たりだったわね、この店」

「うん。今度、記事にすればいいじゃない？」

「いや。本当に気に入った店は、世に広めたくないの」

「そういうものなの？　でも、じゃあ私たちも得しちゃった気分だね」

デザートを食べ始めた三人が、盛り上がる。満里子の家庭の話は、これ以上拡げられないらしい。ザッハトルテにフォークを入れながら、いいなあと満里子は心の中で、しみじみと独りごちた。

最初こそ少し空気が硬くなった気がしたけれど、あれはきっと、話題の意味を理解するまでの間だっただけなのだろう。子作りについてという繊細な話なのに、誰もが開けっぴろげに自分の事情について口にして、聞く側も素直な感想を口にする。すごくいい、と思う。

短大時代、派遣社員時代には、女性同士が、結婚、出産、年齢といった話題から摩擦を起こすのを、何度も見聞きした。短大の同級生は、バイト先で正社員の既婚女性に、会話の流れから、「お子さんはいないんでしたっけ？」と聞いたら、無言で睨《にら》まれて、後から同席していた人にも「欲しくてもできない人もいるんだから、そういう話はしちゃダメなのよ」とたしなめられたと落ち込んでいた。コールセンターにいた頃は、高校を出たばかりの女の子が、やはり会話の流れから、三十代の女性に「結婚はしてるんですか？」と訊ねたら、堂々と無視されているのを見たことがある。

満里子自身の経験では、データ入力の仕事のときに、隣の席の世話焼きの女性が、何かにつけて「満里子ちゃんはまだ若いからいいわよ。私ぐらいになると……」と言うので、あるとき「お幾つなんですか？」と訊ねたら、「歳なんて関係ないでしょう？」と、いきなり怒鳴られたこともあった。

でもこのメンバーなら、そういう細かいことは、気にしなくても良さそうだ。いつか機会があったら、夫と満里子の結婚までの過程も話したって大丈夫かもしれない。「そうだったんだ」と言うだけかも。

もともと数は少なかったけれど、短大時代、派遣社員時代の友人たちは、満里子が結婚したら、一人残らず去って行った。特に何か言われたわけではないけれど、いつの間にか連絡が取れなくなった子、はっきりと「不倫からの結婚？　私、そういうの無理」と吐き捨てるように告げた子と、去り方はそれぞれだった。

デザートを食べ終えた頃、理央が「トイレ行ってくる」と席を立った。バッグを持って、パタパタと出て行く。それこそ生理だろうか。パスタとピザの間にも一度行っていた。

帰ってきた理央は、小さな袋を四つ手にしていた。

「ねえ、これレジで売ってたの。自分が欲しかったから、みんなの分も買ってみた。今日遅刻しちゃったし、お詫《わ》び」

そう言って満里子たちに配る。ドライフルーツの詰め合わせだ。それで満里子は、マカロンのことを思い出した。仁美にしか渡していない。

「私もお土産があったの。悠希ちゃん、理央ちゃん、これ」

「あ、私も。もらいもので悪いんだけど、紅茶」

「なになに？　なんか誕生日会のプレゼント交換みたいね。楽しい」

「私もお土産あるけど、食べ物じゃないや。なんか一人だけごめん」

悠希は、スキンケア用品の試供品の詰め合わせの袋を取り出した。

「来月号で取り上げるんだけど、このパック、最高なの。すっごく潤うから！」

「わー、パックいいなあ。私、乾燥肌だから」

「ねえ仁美ちゃん。この紅茶、葉っぱは何？」

「え、ごめん。わかんない」

「ブレンドじゃない？　いい匂い」

「本当。甘くていい香りだね」

「満里子ちゃんのマカロン食べるときに、淹れるといいね」

コートを着て手袋をはめてと身支度を整えながらも、いつまでも満里子たちはお喋りに興じた。

帰りの電車で、満里子は理央と二人になった。悠希も同じ方向だったが、件《くだん》のできない後輩がまだ闘っているだろうからと、会社に戻る電車に乗った。

「もう十時過ぎてるのに。こんな時間からまだ仕事って大変だね」

「ね。私も夜型だから、これぐらいからもう一踏んばり仕事することはあるけど、自宅でだからなあ。外では大変だよね」

電車は満員というほどではないが、席は空いておらず、満里子と理央は並んで吊り革を握った。理央は満里子よりおそらく十センチほど背が低い。満里子が顔を横に向けると、ちょうど目線のすぐ下に理央の頭がある状態になる。この構図は懐かしいなあと、満里子は高校時代を思い出し、和んだ。

一方で理央と二人でいるということに、僅かに緊張もした。理央の記事から四人での再会につながったので、原点である理央に対して、満里子は特別な思いを抱《いだ》いているような気がする。

「理央ちゃんは、普段、何して遊んでるの？」

あまり自分から話題を振るほうではないのだが、揺られる電車の中で満里子はそう訊ねてみた。単純に理央のことを知りたいとも思ったし、会話を途切れさせてしまって、理央につまらない子だと思われたくないという思いもあった。

「遊び?」

「うん。でも遊ばないか。仕事忙しいよね」

「ううん。すごく遊ぶよ、私。好きなことばっかりしてる。ほら、昔からそうだったでしょ」

あはは、と軽快な笑い声を理央は上げた。

「音楽聴いてたよね、よく。あと、英語の本読んでたりとか」

何を聴いてたの? 何を読んでいたの? そう訊ねてみたかったが、返ってくる答えから、自分はきっと話を拡げられないだろうから、止める。

「うん。だからライブとか好きだよ。でも最近はご無沙汰《ぶさた》かなあ。スタンディングが辛くてね。あと旅行も好き。旦那の休みが取れたら年一《ねんいち》ぐらいで海外も行ってるし、三連休とかでも急に思い立って国内旅行したりするよ。あとはお芝居とか、映画かな」

「すごいね。私、趣味がまったくなくて」

仁美の口癖がうつったようだ。「すごいね」が口から零《こぼ》れた。

「今度、私も一緒させて欲しいな、お芝居や映画。面白そうなものあったら、誘ってくれない？」

「もちろん、もちろん。私のほうも誘って。私、今色んなものを見たい時期なんだよね。自分で選ぶとつい趣味が偏っちゃうし、面白そうなものがあったら、こっちこそ教えて欲しいな」

理央が満里子を見上げる。頷きながら、満里子は理央に笑いかけた。でも多分、曖昧《あいまい》な笑顔になってしまった。理央の言葉は嬉しかったけれど、満里子の普段の生活の中に、理央を誘いたいと思うような、「面白そうなもの」が現れるとも思えない。

「じゃあね。また集まれるといいね」

地下鉄の線が乗り入れている駅で、理央は手を振りながら電車を降りて去って行った。満里子も車内から、理央の背中が見えなくなるまで手を振り続けた。

玄関の扉を開けると、廊下の先から漏れる光が、満里子の目を刺した。

「ただいま」

リビングに入って行くと、ソファに座っていた夫がびくっと体を震わせた。眠っていたらしい。

「遅くなってごめん。寝ててくれてもよかったのに」

コートを脱ぎながら言う。「ああ、うん。でも」と夫は曖昧な返事をする。寝惚《ねぼ》けているのだろうか。満里子が夜に出かけるのなんて、月に一度あるかないかだけれど、夫はいつも眠らずに待っている。

「お風呂まだなのよね？　入れるわね」

「頼む」

でも、満里子を待っているわけではない。お風呂のお湯が張られるのを待っているのだ。「したいことがあったら、なんでもすればいい」と言ってくれるのはありがたい。でも家を空けると、こうやってお風呂の湯さえ張れずに遅くまで待っていられるので、足が遠のくのだ。

浴槽を洗って給湯のスイッチを押し、リビングに戻った。

「友達に紅茶もらったの。飲む？」

まだぼんやりとしている夫に聞いてみる。

「紅茶？　いや、いいや。夜中にカフェインはちょっと」

「ハーブティーなら飲む？」

「うん。そうだな」

キッチンに向かう。今日は快眠効果があるという、カモミールを淹れた。ダイニングテーブルで二人、お揃いのカップを置いて向かい合って座る。

「今日行ったお店、おいしかったよ。デザートのザッハトルテが特に」

「へえ。どこに行ったの？」

「渋谷のイタリアン。今度一緒に行かない？」

「イタリアンかあ」

宙に目線を泳がせ、夫は行くとも行かないとも言わず呟いた。そして、誤魔化《ごまか》すようにハーブティーを啜る。きっとそういう反応をされるだろうと思った。付き合いが始まってからの七年の月日で、夫の食の好みはどんどん変化している。こってりとしたもの、お腹にずっしりとたまるもの、長い時間かけて食べるものなどは、もう勘弁のようだ。イタリアンなんて、すべてが当てはまっている。あのビーフシチューのお店にも、もう随分長いこと行っていない。

「今日はどんな話してきたの？　女性同士って集まるの好きだけど、何を話すんだ？」

「なんだろう？　ずっと、だらだら話してる感じ。今日は何の話があったかな」

カップを口に近付けてみた。でも湯気の感じでまだ満里子には早いことがわかり、再び下ろす。

「ああ。今日は婦人科の話とか」

「婦人科？」

「うん、仁美ちゃんがね。マッサージ師の子。結婚して二年なんだけど、早く子供が欲しいんだって。それで、旦那さんと一緒に不妊検査に行きたいらしいんだけど、旦那さんは抵抗があるみたいで」

夫がハーブティーを啜る音が響いた。やけに大きく、ずずっと。

「そこから子供の話になったの。ほら、全員結婚してるし。でも悠希と理央は、まだ考えてないんだって。私も、満里子ちゃんのところはどうなの？ って聞かれてね、みんなに」

今度は、カップをテーブルに置く音が強く響いた、気がした。気のせいかもしれない。でも夫が今、満里子の顔をじっと見ているのは本当だ。気のせいじゃない。

重い沈黙が流れる。耐え切れなくなって、何か言おうかと満里子が口を開きかけた瞬間だった。

『お風呂が沸きました』

機械的な女性の声がして、続いてのんびりとした音楽が流れ始めた。

「入ってくる」

夫が立ち上がる。

「ごめんなさい」とその背中に声をかけるべきかどうか、迷った。「おかしな意味はなかったんだけど」と言うべきだろうか。

結局、声はかけなかった。本当に「おかしな意味」が微塵《みじん》もなかったのかと自分に問いかけてみたら、イエスという答えが返って来なかったから。

夫が消えて行った浴室の扉を眺めながら、深く溜め息を吐《つ》く。お湯の張り方ぐらい覚えて、出かける日は先に眠ってくれていればいいのに。そうしたら、満里子だってこんな思いをせずに済んだのに。どうせ別々にお風呂に入って、別々にベッドに入るのだし。

もう三年ぐらい、夫とはセックスをしていない。長野の温泉で家族風呂に入ったときさえ、しなかった。

「ねえ。子供を作らない？」

満里子がそう提案してみたのは、あの温泉から帰ってきた後だった。実は随分前から真剣に考えていたことだったのだけれど、そのときの満里子は、あえて明るく、軽さを演出した口調と声で喋った。

「子供たちが、どう思うか……。こうなるまでの過程のことも考えると、僕たちは子供を持っちゃいけないんじゃないかな」

けれど、夫に深刻な顔でそう諭されてしまった。

何か思うところが、なかったわけじゃない。けれど満里子は何も言わず、ただ「そうね」と頷いた。軽くではなく、今度は夫に合わせて、きちんと深く。

やっと飲める温度になったハーブティーを啜る。甘い果実めいた香りが、満里子の鼻を刺激する。夫が置いていったカップには、ほとんど淹れたままの量が残されていた。

夫のカップの中で、黄金色の液体がゆらりと光る。やがて聞こえてきたシャワーの音をBGMにして、ぼんやりと満里子は、その様子を眺め続けた。


第二陣の料理として出すブイヤベースの味を見ていたら、「奥さん、すみません。氷もらえます？」と、カウンターの向こうから声をかけられた。

「はい。ちょっと待ってくださいね」

火加減を調節して、キッチン内を移動する。

甲高い声の主は、アヤノ先生だった。前々回ぐらいから我が家のパーティーにやって来るようになった、まだ若い女性医師だ。確か内科医だと言っていた。夫や他の医師、看護師たちに「アヤノ先生」と呼ばれているけれど、綾野、彩野などで苗字なのか、綾乃、彩乃などで名前なのか、満里子は知らない。

アヤノ先生のグラスには、琥珀色の液体が入っていた。アイスティーか、それともウィスキーか。この人はお酒を飲む人だったか。わからないままに製氷機からスコップで氷を取って、満里子はグラスに入れてあげた。

「ありがとうございます」

グラスを揺らしながら、アヤノ先生が言う。彼女の背後で、笑い声が上がった。誰かが冗談でも言ったらしい。何人もの肩が揺れるのが見える。夫はアヤノ先生の陰に隠れていて、今笑った中に彼も入っているのかどうかはわからなかった。

「ねえ、奥さんって私と歳、同じぐらいでしたよね？」

「私、三十二です」

「ああ、やっぱり。私、三十一。斉藤先生が開業医してたときの、受付だったんですよね？年齢けっこう離れてるけど、どっちから誘ったんですか？」

カウンターに身を乗り出して、アヤノ先生は満里子に話しかけてきた。頬が赤い。グラスの中身はウィスキーのようだ。

「どっちからってことも……」

シンクの中のお皿の汚れを水で濯いで、片手間を演出しながら、満里子は曖昧な返事をした。そっくりということもないのだけれど、いつもジーンズ姿で髪をアップにしているアヤノ先生は、どこか「斉藤先生の前の妻」を彷彿《ほうふつ》させる。ほとんどノーメイクのようなので、アイラインは引いていないが、もともとつり目なこともあり、印象が被る。

「他の職員さんたちに妬《や》かれたりしませんでした？　内緒にしてたの？」

だから満里子は、彼女と向き合って話をすることが、あまり得意ではない。お皿を食洗機に入れる。コースを選択しながら、どうやって話題を逸《そ》らそうかと考え始めたときだった。

「奥さん、すみません。お水もらえます？」

カウンターを通り越してキッチンにまわり込んできた、長身の若い男の子に声をかけられた。

「お水ね。入れます。氷は要りますか？」

アヤノ先生にしっかりと背中を向け、満里子は男の子のほうを向いた。グラスを受け取る。

「じゃあください、氷も」

背後で何か動く気配がした。アヤノ先生が去って行ったようだ。

「どうぞ」

感謝の思いを強く込めながら、男の子にグラスを渡した。顔を見上げる。見覚えのない顔だった。長めの髪に、右耳に二つのピアスの穴。ごつい銀色の指輪が両手に幾つかはまっている。医師っぽくない風貌だ。男性看護師さんだろうか。

「あ、ぼく田村《たむら》っていいます。田村龍《りゅう》。初めてお邪魔させてもらいました。総合受付やってて、でも今週で辞めたんですけど、最後だからって、事務の子たちが誘ってくれて」

満里子が観察してしまっていたからか、男の子は聞いてもいないのに、自己紹介をしてくれた。

「そうなんだ。ゆっくりしていってね」

二十代半ばぐらいだろうか。明らかに年下だし、くだけた喋り方の子だったので、こちらもつい軽い口調になる。

「あれ、運ぶんですか？　重そうですね。手伝いますよ」

田村君はブイヤベースを目で指した。

「ありがとう。でも、もう少し煮込むから」

そう言うと、「そうなんですか」と頷き、冷蔵庫に体をもたせかけた。手持ち無沙汰の様子で、水を一口飲む。ブイヤベースができあがるのを待ってくれるのか。

「今週で辞めたんですか？」

動く気配がないので、ブイヤベースの世話を焼きつつ、彼にも話しかけてみる。黙って見張られているのも落ち着かない。

「はい。派遣で、資格も持ってないんで、医療事務の資格を持った人が来ることになったから交代です。交代っていうか、クビ？　でも僕、夜のバイトもしてて、病院終わってからだといつも時間ギリギリだったんで、自分的にもよかったんですけどね」

ともすれば、馴《な》れ馴《な》れしいと言われそうな喋り方と内容なのに、何故か彼の喋りは、苦笑いする気にはならなかった。馴れ馴れしいというよりは、人懐っこいと形容したい感じ。声がいいのも作用しているかもしれない。見た目は若く、くだけた雰囲気なのに、声がうるさくない。低いのだが、声質が柔らかいのか、聞き心地がよかった。

「夜のバイトって？」

いつかの自分の話かのようなことを言われたので、満里子はつい反応した。

「バイトって言うか、趣味なんですけどね。これこれ」

突然体を動かして、彼はこちらに近付いてきた。ジーンズのポケットから、小さく畳んだ紙を取り出す。

「興味があったら来てください。ここからそんなに遠くないから、友達とかと一緒に。あ、もちろん斉藤先生とでも。このＲＹＵってのが僕。週に三回ぐらい歌ってます」

二駅ほど先にあるらしい、ライブハウスのチラシだった。もしかして、これの宣伝をしたくてキッチンに入ってきたのだろうか。

「こう見えても、アコギの弾き語りシンガーなんですよ。一応オリジナル曲もやってます。テーブルで座って、お酒飲みながら聴いてもらう感じなんで肩肘《かたひじ》張らないし、気軽にどうぞ」

反応に困っていると、田村君は更に一歩満里子に近寄り、手を取ってチラシをねじ込んできた。その行動に少なからず戸惑ったが、やはり馴れ馴れしいとは思わなかった。人懐っこくて、その強引さにちょっと笑ってしまったぐらいだ。

「いいんじゃないですか、お鍋」

言われて、慌ててブイヤベースに向き直る。

「いい匂い」

耳のすぐ後ろで囁《ささや》かれた。柔らかい声で。息が少し首筋にかかった気がする。触れられた感触がまだ少し残っている右手で、満里子はスプーンを取った。再びブイヤベースの味を見る。魚介とトマトソースの混じった香りが、つんと鼻を突く。

「ああ、ほんと。ちょうどいい感じ」

ゆっくりと、そう呟いてみた。

祭りの後の片付けをすべて終え、ソファに座ってぼんやりとテレビを眺めているときだった。お風呂上がりの夫がバスタオルで髪を拭きながら、満里子に何か話しかけてきた。

「え？　何？」

よく聞こえなかったので、聞き返す。

「田村君だっけ、あの受付の男の子。彼とキッチンで何か真剣に話してたなって思って。何だったの？」

「ああ、これ。これ、もらったの」

テーブルの端に置いておいたチラシに手を伸ばす。夫に渡した。

「へえ。そう言えば音楽やってるとか言ってた気もするけど、こんなに本格的だったのか」

バスタオルを頭から肩にずらして、夫は満里子の隣に腰を下ろした。

「行ってみる？　斉藤先生と是非って言ってたし」

少し迷った末に、誘ってみた。

夫は無言で、しばらくチラシをじっと眺めていた。けれど、やがて「僕はいいよ」と呟いた。

「友達と行ってあげたら？」

ふっと音を立てて笑ってしまいそうになるのを、満里子は懸命に堪《こら》えた。きっと、そう言うだろうと思った。

結婚してから、夫と一緒にどこかに出かけた記憶はほとんどない。旅行は入籍直後のグアムと長野の温泉ぐらい。あとは、本当にときどき買い物に付き合ってくれるだけだ。夫は満里子と時間や楽しみを共有することに、興味を失ってしまったのか。それとも、もともと出不精の人だったのか。不倫関係だった頃は、表立って一緒に出かけたりはできなかったので、わからない。

いや、でも。あの頃は食事などは、人目を忍んででも行っていたのだ。ということは、やはり満里子に興味を失ったのか——。

「うん。じゃあ、友達を誘ってみようかな」

嫌味のつもりで口にしたが、そのときふと気が付いた。ライブハウス、弾き語り。これは理央にとっての「面白そうなもの」に入るだろうか。スタンディングではないと言っていたし。

「うん。おやすみ」

夫がソファから立ち上がる。

「おやすみなさい」

夫の背中が、扉の向こうに消えて行くのを、ゆっくりと見送った。

一人になったリビングで、ふうっと長い息を吐く。

髪をかき上げるふりをして、満里子は指の腹でそっと撫《な》でてみた。右耳の後ろから、首筋辺りまでを、ゆっくりと。田村君の柔らかい声がぶつかったところ、息がかかったところを。

そして気が付いた。いや、本当は最初から気が付いていた。

夫が彼のライブに行かないと言ったことを、自分は少し喜んでしまっているということに。


「へぇ、いいね。あの男の子、声がやさしい感じ」

理央が囁くように言い、モスコミュールの入ったグラスをカラカラと揺する。

理央の目線の先には、ギターを抱えた田村君がいる。この間、満里子の家のキッチンにいた無邪気な男の子とは、同一人物とは思えないような様相で、指先と体から甘くて心地よい音を奏でて、人々をうっとりさせている。

「私、ロックが好きだから、いつも行くライブって、ギターとドラムの音が重なってじゃかじゃかうるさい感じなのね。だから、たまにはこういうのも面白いな。アコギの音って柔らかくていいね」

理央にそう言われて、理解した。アコギとは、アコースティックギターのことだったのか。

この間、田村君が口にしたときには、なんのことだかわからなかった。

サングリアを舌の上で存分に味わい、ゆっくりと飲み込んでから、満里子は言った。

「よかった。楽しんでもらえたみたいで」

心の奥のほうから、込み上げた思いだった。理央が、満里子の「面白そう」と思ったものを楽しんでくれて、本当に心から嬉しかったし、安心した。

理央が微笑む。満里子も笑い返して、それから視線を田村君のほうに移動させた。一瞬、視界がぐらっと揺れたような感覚に襲われた。飲み過ぎているのだろうか。

今日は夕食の準備だけじゃなく、お風呂のお湯も張った状態にして、出てきた。さすがの夫も、追い焚きのボタンぐらい見つけられるだろう。時間を気にせずリラックスしている分、お酒がまわっているのかもしれない。

田村君の演奏が終わるのを待って、店を出た。冷えた空気に一瞬で包まれたけれど、体が火照《ほて》っていたので、満里子はそれをすごく心地いいと感じた。やはり、今日はかなり酔っているようだ。

「地下鉄の駅まで歩けるかな。私、そっちのほうが楽そう」

歩道の地図を見ながら理央が言う。

「じゃあ、一緒に行くよ。駅まで」

「え、いいよ。だって満里子ちゃん、JRのほうが近いでしょう。もう遅いし」

「うん。……じゃあ、地下鉄まで送って、私はそこでタクシー拾って帰る。送らせて。だって今日、私が誘ったし」

満里子にしては強めの口調で、理央にそう畳み掛けた。気分が高揚しているので、まだ一人になりたくなかった。地下鉄の駅までは、歩いて十五分ぐらいだろう。それだけの間でも、まだ誰かと何かを共有していたい。

「悠希ちゃんって、いつもおいしいお店、探してきてくれるよね」

「うん。さすが職業柄、情報には強いよね」

「仁美ちゃんのマッサージ屋さんって、行ったことある？」

「ないの。私、デスクワークだし肩凝りが酷いから気になるんだけどね。でも、友達にやってもらうのって、ちょっと気まずくない？　悠希もお店は今もよく行くみたいだけど、別の人にやってもらうらしいよ」

「確かに。マッサージって、知らない人でも、少し申し訳なくなる気持ちあるもんね」

いつものように、だらだらと会話を交わしつつ歩きながら、満里子は頭の隅の方で考えていた。駅周辺には、きっと遅くまでやっている飲み屋やコーヒーショップなどがあるだろう。

「もう一杯だけどう？」と、理央を誘ってみようか。

けれど、夜からもう一踏んばりすることもあると言っていたし、今日も帰って仕事なのかもしれない。でも理央のことだから、一杯ぐらい乗りよく付き合ってくれそうな気もする。

ぐるぐると思考をめぐらせているうちに、駅が見えてきた。決心をして、満里子は「あの」と口を開いた。

が、「え、電車来るのかな」という理央の言葉にかき消されてしまった。理央の目線の先を追う。スーツ姿のサラリーマンが数人、駅の入口に向かって走って行く。

「ごめん、最終なのかも。私、行くね！　今日は本当にありがとう。面白かった！」

理央もサラリーマン達に倣《なら》って走り始めた。

「あ、うん。ねえ、また一緒に行かない？　今日みたいなの」

「あー、うん。そうだね。ごめん、また連絡するよ！」

走りながら手を振って、叫んでと、忙しそうにしながら、理央はあっと言う間に階段の下に消えて行ってしまった。

残された満里子は、わざと「ふうっ」と大きな音を立てて息を吐いた。

仕方がない。仕方がないことだったと、言い聞かす。けれど、ひりひりと疼《うず》くような感覚が満里子を襲う。体にはまだ、高揚感と火照りが微《かす》かに残っている。しかし、上手く解放してあげないと、だんだんとそれも、疼きや痛みに変わっていってしまいそうだ。

辺りを見回してみる。ライトの点いたアイリッシュパブの看板が目に入った。

「あー、どうもー。こんなところで」

後ろから声がしたのは、そのときだ。

「でもよかった、会えて。挨拶したかったのに、帰っちゃってたから、焦ってたんですよ」

ゆっくりと満里子は後ろを振り返った。無邪気そうな男の子が、そこに立っていた。

「本当に来てくれるとは思わなかった。一人ですか？　さっき一緒だった人は？」

くだけた口調で、彼は満里子に話しかける。くだけているけれど、彼の声は柔らかく、甘く、耳にとても心地がよい。

満里子は静かに微笑んで、それから彼に向かって言った。

「そう。一人なの」

また視界が、ぐらっと揺れた。帰らないと危ないかもしれないと、頭の片隅で考える。けれど、もう片方の隅のほうでは、帰るってどこにだろう、などとも満里子は、考えていた。


光が差したらどうしようと思いながら、玄関の扉を開けた。

けれど目の前に広がったのは闇で、安心したのか、体から力が抜けた。それなのに、ブーツを脱いでその闇に足を踏み入れると、虚無感のようなものに襲われて、体が少し震えた。

なんて勝手なんだろう。自分はなんて身勝手な女なんだろう。ぎりぎりと痛む頭を押さえながら、闇の中をひたひたと歩いた。足が床に着く度に、ぞっとするような冷たさが、満里子を襲う。

寝室を覗いて、夫が寝息を立てているのを確認してから、お風呂場に向かった。

脱衣所で、手早く服と下着を脱ぎ捨てた。現れた体は、衣服でくるまれていたとは思えないぐらい、さっきまで人と肌を重ねていたとは思えないぐらい、冷え切っていた。

追い焚きのボタンを押してから、シャワーを捻《ひね》った。丁寧に丁寧に、体に熱いお湯をかけていく。

太ももの内側を、ぬるっとしたものが伝った。ぎくりとして、慌てて手をやる。しかし、もう流れてしまっていて、触ることはできなかった。

大丈夫、と言い聞かせながら湯船に入る。あまりしっかりとした記憶はないけれど、さすがに中でするのは、遠慮してもらったはずだ。今の「なにか」は、田村君のものではなくて、満里子の体内から生成されたものだ。

湯船に体を沈める。足の指先から始まって、じわじわと体が熱に侵されていく。

さっきと同じ辺りを、またぬるっとしたものが通る。体を縮めて、膝《ひざ》を抱えた。この「なにか」は満里子の体の中から生成されたものだけれど、それを作らせたのは田村君だ。夫ではなく。

熱いお湯に体中包まれているのに、満里子の体は震えた。田村君が生成した、満里子の体から排出された「なにか」が、お湯の中に溶けていく。

さっき、夫が浸かったお湯の中に。

次の日から三日間、満里子の携帯はメールを受信し続けた。アドレスを交換した記憶はなかったのだが、『満里子さん、連絡ください』『ねえ、何か怒らせちゃった?』『ヒマなときでいいから、メールぐらいください。何かあったかなって心配だし』など、受信するメールの内容を見ると、やはりそれは田村君からで間違いなく、一件受信する度に心をざわつかされては、でも見なかったことにするということを、満里子は延々繰り返した。

記憶が曖昧だが、誘ったのはきっと満里子のほうなんだろう。だから無視するのは酷だとは思った。彼が言う「心配」とは、夫に事の次第が明るみになっているのだとしたら、というものだろうから、それは彼の立場からしたら、どれぐらい「心配」かというのは想像に難くない。

けれど彼も無実ではない。辞めた職場とはいえ、元上司の妻と関係を持ったのだ。「心配」ぐらい、請け負ってもらわないと。

行ったり来たり自分に言い聞かせて、またカウンターの上で震えている携帯を横目で見ながら、ティースプーンでローズマリーの葉をポットに運んだ。

何杯目かのときに、ふと手を止めた。胸がざわっとした。さっき田村君に向けて考えていたことが、そのまま自分に跳ね返ってきた。

上司の妻と関係を持ったのだから、無実ではない――。

満里子もそうだったのではないか。かつて、上司の夫と関係を持った。

目線を上げる。広いリビングに白いソファ。ガラス張りのテーブル。大型のハイビジョンテレビに、部屋の隅のコートハンガー。そのハンガーにかかる黒いコート。黒だけじゃない、グレーのも白のも、カシミヤのマフラーも。

今、満里子が手にしているものの総《すべ》ては、罪を犯して手に入れたものだ。身に着けるものだけじゃない。満里子自身もそうなのではないか。満里子の髪、化粧を施した顔、爪や皮膚さえも――。

突然、電子音が鳴り響いた。体をびくっと震わせてしまう。ローズマリーの葉っぱが、派手にスプーンから零れた。

電話が鳴っている。携帯はマナーモードにしてあるのにと動揺したが、家の電話のようだ。

必死に息を落ち着かせながら、満里子はテレビの横の子機に近付いた。

田村君はもう辞めているのに、総合受付の前を通るときには、かなり体が強張ってしまった。早足でロビーを通り過ぎ、中庭は小走りで駆け抜けた。眼科は中庭の向こうの別館にある。

夫の病院に来るのは、これが二回目だ。前の一回は一年ほど前、「斉藤先生が高熱で倒れたんです。インフルエンザみたい」と看護師さんから電話をもらい、迎えにきた。患者として、この病院にかかったことはない。夫の同僚に診療してもらうのは気が引けるので、体調が悪いときは、遠くても別の病院に行くことにしている。

眼科の待合室は混んでいた。待ち時間が長くて苛ついているのか、ぐずる子供をヒステリックに叱りつける母親の姿が目に留まる。

受付の中年女性は、酷く無愛想だった。「あの」と満里子が話しかけると、かったるそうに無言で顔を上げた。「斉藤の妻ですが」と告げると、今度はじろじろと不躾《ぶしつけ》な視線を寄越してきた。初めて見る人だ。夫がホームパーティーに呼ぶのは、独身の医師や看護師だけなのだろう。その不躾な女性は、お世辞にも細いとは言えない左手の薬指に、指輪を光らせていた。

気分が悪かったので、持ってきた書類を託して、さっさと待合室を出た。今日は閉院後に他の科と合同の会議があるらしいのだが、さっきの電話は夫からで、その資料の書類を忘れたから持ってきて欲しいとのことだった。ここのところ、確かに夜中に老眼鏡をかけて、なにやら書類に向かっている姿をよく見かけた。それなのに当日、忘れるなんて。斉藤クリニックの院長だった頃は、穏やかながらも、てきぱきとして、しっかりした人という印象だったのに。

もう一度総合受付の前を通るのは憚《はばか》られたので、裏門から出ようと中庭を斜めに突っ切ろうとした。と、見覚えのある顔を目にして、満里子は足を止めた。二つ並べられたベンチの手前側に、白衣を着た女性が座っている。パンツルックに、まとめた髪。アヤノ先生だ。

アヤノ先生は、ぼんやりとした様子で俯《うつむ》いていた。彼女が纏《まと》う空気がどんよりと重いのが、伝わってくる。気の強そうなつり目が、心なしか力を失っている。きっと、さっきまで彼女は泣いていたと、直感的に満里子は予想した。

何かミスでもしたか、それとも上司に叱られたとか。患者さんとトラブルがあったのかもしれない。いずれにしても、顔を合わせてしまう前に立ち去ったほうがいい。医師のミスやトラブルは、他の仕事のそれとは重みが違うだろう。そんな最中《さなか》に満里子に会っても愛想も売れないだろうし、落ち込んでいる姿だって見られたくないだろう。

そう思って、回れ右をしようとした瞬間だった。タッチの差でアヤノ先生が顔を上げた。目が合ってしまう。

「あ、どうも。こんにちは」

声までかけられてしまった。こうなったら、こちらももう逃げるわけにはいかない。

「こんにちは。この間はどうも」

「いえ、こちらこそ。いつもお邪魔してすみません。どうしてここに？」

アヤノ先生が満里子にかけてきた言葉は、状況と間柄を考えると至極自然で常識的なものだった。けれど、やはりいつもの彼女に比べてどことなく、口調や声に覇気がないような気がした。

「夫が忘れ物をしたらしくて、届けに。でももう終わったから、帰るところです。裏門から出ようと思って」

「そうなんですか。斉藤先生、もうすぐお昼休憩じゃないです？　せっかく奥さんいらっしゃってるなら、一緒に食べに出かければいいのに」

「あ、いえ。眼科、混んでたし、このまま帰ります」

会釈をして、そのまま前を横切って通り過ぎようとした。

「どこかお出かけなんですか？　この後」

けれど、ちょうどベンチの前を通ったときに、そう話しかけられた。

「いえ、お出かけってほどじゃ。夕食の材料を買いに行くぐらいです」

仕方なく、立ち止まって返事をした。正面で向かい合う構図になってしまった。

「そうなんですね。すごくきれいにしてらっしゃるから、お出かけなのかと思った。すごいなあ。買い物でもそんなにきっちりした格好するんですね」

返答に困り、仕方なく愛想笑いを浮かべた。夫の職場に行くので、誰かに挨拶をしなければいけないような状況になることも考えられたし、それに相応《ふさわ》しい格好はしたつもりだけれども。

「私なんて、最後に化粧して出かけたの、いつだろう。今から夕食の準備かあ、いいなあ。すごく手間隙《ひま》かけられますよね。私、最後にちゃんとしたご飯食べたのなんて、先生のところにお邪魔したときですよ。あれ以来、ずっとインスタントものとコンビニ弁当ばっかり」

彼女の口調と声は、いつしか覇気を取り戻していた。むしろ、話し相手はこんなに近くに立っているのに、どうしてそんなに大声を出す必要があるのかと思うぐらいの音量で、張りもあった。事実、本館に向かって歩いていた人が、こちらを少し振り返ったぐらいだ。

満里子は、今度は愛想笑いを返せなかった。だって、明らかに「ちくり」としたものが含まれている。

「ほぼ同い年なのに、この違い。いいなあ、私も経済力のある男と結婚して、引退しようかな」

吐き捨てるように言い、彼女は目線を満里子の顔から下げた。その先には、満里子のバッグがあった。結婚した年の誕生日に、夫に買ってもらったものだ。高級ブランドの、人気シリーズのもの。あの、パン屋で笑いかけてきた女性と同じ——。

視線をそこで止めたアヤノ先生が、無言で笑みを浮かべた。「にっこり」でも「にっ」でもない、「ふんっ」という音が漏れてきそうな笑みだ。


ブーツのヒールを、わざとカツカツと響かせて歩く。一歩歩くごとに、足から伝って、体全体にどん、と衝撃が来る。

息が切れていた。一体どれぐらい歩いたのだろう。頭もぎりぎりと痛む。

しかも、駅とは反対方向に来ている。裏門を出て、ぐるっと正門まで戻らなければならなかったのに。出たままの方向で、どんどん真《ま》っ直《す》ぐに歩いてきてしまった。

どん、ではなくて、がつっという衝撃があった。次の瞬間、満里子はバランスを崩して、地面に転げ落ちた。乱暴に歩き過ぎて、片方の足で、もう片方の足を蹴っ飛ばしてしまったようだ。

高級ブランドのバッグの上に砂利がかかる。くくくっと、自分の中から、これまでに聞いたことのない笑い声が漏れ出た。

満里子も同じに見えるのだろう。あのパン屋の女性と同じに。能力と経済力のある男の妻の座を狙って、居座り、夫の力をさも自分の手柄かのように誇らしげに身に纏い、これと決めた笑顔を惜しみなく振りまいて、幸せだと他人に見せびらかしているように――。

立ち上がらなければいけないと思うのに、足が動かない。どこか挫《くじ》いたのだろうか。

とりあえず、手をバッグにかけた。そのとき、中で何かが震えていることに気が付いた。携帯だ。

メールを受信していた。手も少し震えていたが、ゆっくりと操作をして読んでみた。

『満里子さんってば。連絡ちょうだいよ』


トランクス一枚の姿でベッドの縁に座り、田村君はタバコに火を点けた。

「ほんと、よかった。先生にバレたとかじゃなくて。全然返信くれないからさ、俺、マジで気が気じゃなかったってば」

もう何度目かというセリフをまた口にして、だらしなく口を開けて煙を吐く。

まだ体がじんとしている満里子は、返事はせずに、ベッドの中で意味なく一度寝返りを打った。背中がじんわりと痛む。きっとマットレスは、満里子の家のものの半分ぐらいの厚さだ。

床に脱ぎ捨てた、満里子のレース付きのブラジャーを目で指しながら、田村君が言う。

「それにしても、お医者さんの奥さんも大変だね。毎日、こんなゴージャスな格好してなきゃいけないの。下着まで」

ふふっと満里子は、笑い声を上げた。人懐っこいではなくて、やっぱり馴れ馴れしい、だったかもしれない。大体、そんなに「心配」だったのに、何も起こっていないとわかった途端、もう一回ちゃっかりするのも、どうなのだ。

体を起こして、ベッドの上で体育座りをした。部屋の中をぐるっと見回す。八畳のワンルームといったところか。ぐるっとなんてしなくても、見回せてしまう。脱ぎ散らかした衣服に、玩具《おもちゃ》みたいなローテーブル。その上に散乱するビールの空き缶や、コンビニの袋。エアコンの掃除をしていないのか、部屋中がなんだか埃《ほこり》っぽく、タバコのせいか、空気だけでなく部屋の色まで、くすんでいるような気さえする。

この間来たときも、酔った頭で考えていた。汚く狭いけれど、満里子にとってこの部屋は、妙に落ち着く。多分、似ているのだと思う。高校時代、声をかけられるままに付いていって、惰性で体を重ねた大学生や、社会人に成り立てだった男の子たちの住んでいた部屋に。

「そうだ。満里子さん、俺、次の仕事決まったんだよ。クレジットカードのコールセンター」

へえ、私もやったことあるよ。そう言いかけたけれど、面倒になって止める。

「来週から。でもさぁ、思ったよりすぐ決まっちゃってさ。もっとしっかり休み満喫しておけばよかったな。ぱーっと旅行ぐらい行けばよかった」

「旅行？　どこに行きたいの？」

「んー？　沖縄とか？　いつまでも寒いし」

「沖縄かあ。いいね、あたたまりそう。一緒に行く？」

ずっとタバコを吹かし、背中を向けて喋っていた田村君が、満里子のほうを振り返った。

「え、何言ってるの。さすがにそれは、まずいでしょ」

「大丈夫よ、友達と行くって言えば。うちの夫は、したいことはなんでもすればいいって言ってくれるから。仕事、来週からなら、今週は空いてるの？　明日から二泊三日ぐらいでどう？」

「いや、ちょっと待って、満里子さん。だって俺、そんなお金ないよ」

「私のカードで払えばいいわよ。夫はいちいちチェックしないし。シーズンオフだし、今からでも飛行機もホテルも取れるんじゃないかな。ネットで探してみるわね」

手を伸ばして、ベッド脇に置いたバッグから携帯を取りだす。

「ねえ、ちょっと。マジで言ってんの？」

田村君が満里子の顔を覗き込む。目が泳いでしまっている。眼球が玩具みたいにきょろきょろと動くのがおかしくて、また満里子はふふっと笑い声を上げた。

会議の後、夕食を兼ねた懇親会になったので食事は要らないと、夫からメールがあった。ちょうどよかった。結局、満里子は夕食の買い物には行かなかったから。家に帰ってきてからずっと、荷造りをしている。

グアムに行ったときのキャリーケースと、温泉に行ったときの肩掛けの旅行バッグと、どちらにするか迷った。キャリーケースでは大きくて、旅行バッグでは小さい気がした。結局、どうせなら楽しもうと、キャリーケースのほうを引っ張り出した。夏服の衣装ケースも出してきて、二泊三日なのに、キャミソール、マキシ丈のワンピース、Tシャツ、ハーフパンツ、ビーチサンダルと、どんどん詰め込んだ。まだ沖縄だって夏服の気候ではないかもしれないけれど、どうだっていい。グアムで着たのが最後になっている、水着も入れた。

帰ってきた夫には、考えていた通り、「同級生の四人で沖縄に行ってくる」と告げた。

「悠希ちゃんがね、編集者の子ね。急に休みが取れたんだって。出版社ってやっぱり忙しくて、なかなかそんな機会ないみたいで、じゃあ急だけど四人でぱーっと遊ぼうって話になったの。理央ちゃんはフリーだからなんとでもなるし、仁美ちゃんもパートだから、なんとかシフト変わってもらえたって」

夫は、少し驚いた表情を浮かべはしたが、ダメだとは言わなかった。「気を付けて」とだけ言われた。低い声で、短く。

「今日はお風呂はいいや。もう寝るよ」

洗面所であれこれ持って行くものを取り出していたとき、夫が扉を開けてそう言った。

「わかった。おやすみなさい」

「おやすみ」

悠希にもらったスキンケア商品を手に持ったまま、満里子は寝室に向かう夫の背中を見送った。


田村君との待ち合わせは、朝五時半に、空港行きの特急が出る駅の改札前にした。前日に予約したので、飛行機が朝早い便しか取れなかったのだ。

満里子は自宅マンションの下にタクシーを呼んだ。早朝なので道が空《す》いていて、二十分も早く駅に着けた。

構内の柱の一つに、寄りかかって待つことにした。大きな時計が見える位置を選ぶ。

早朝の駅はまだ薄暗く、人気《ひとけ》もなく、凍えるほどに寒かった。けれど、満里子は時間が過ぎるのを待つのは得意だから、苦にならない。時計を見上げる。あと十八分。

あと十二分の頃、前の通りをブロロロ、という音を立てて、初老の男性を乗せたバイクが横切って行った。新聞配達の帰りだろう。

あと五分の頃、改札横の売店のおばさんが出勤してきた。ガラガラと大きな音を立てて、シャッターを開ける。

あと三分の頃、スポーツバッグを肩にかけた男子高校生が、目をこすりながら改札を抜けて行った。部活の朝練習か。

待ち合わせ時間から五分過ぎた頃、ロングコートを着た中年男性が、あくびを噛《か》み殺しながら、満里子の前を横切った。早朝会議だろうか。

十五分過ぎた頃、ランニングウェアを着た二十代半ばぐらいの女性が、ウォーキングの姿勢のまま構内に入ってきた。売店のおばさんと、「おはよう」「寒いねえ」と挨拶を交わす。

三十分過ぎた頃、色とりどりのマフラーを巻いた女子高校生四人組が、改札に吸い込まれて行った。一人の子が定期券をカバンから出すのに手間取ったらしく、たったそれだけのことなのに、「なにやってんの!」と黄色い声を弾ませて、全員が楽しそうに笑い転げた。

待ち合わせ時間から三十五分過ぎた頃、満里子はコートのポケットから携帯を取り出した。手袋はしていたけれど、手がすっかり固まっていて、足許に携帯を落としてしまった。拾い上げて、白い息を吐き、歯をがちがち鳴らしながら、会いたい人の番号を、必死に呼び出す。

コール音が耳に響く。一回、二回、三回。四回目の途中で、受話器を取る音がした。「もしもし?」と、くぐもった声が満里子の耳に響いてくる。

「朝のメニュー食べるの、久しぶり」

　トレイの上のマフィンの包みを手で弄《もてあそ》びながら、理央が言う。

「って言うか、ファストフード自体が久々だわ」

　私も、と満里子は言おうとしたけれど、上手く口が動かなかった。まだ体のどこもかしこも凍えて固まっている。

「ごめんね、本当に。ありがとう」

　それでも必死に声を絞り出して、そう言った。理央が肩を竦《すく》める。

「何度も言わなくていいってば、本当に起きてたんだから。最近ずっとね、寝るのは日が昇ってからなの。よくないってわかってるんだけど、夜のほうが仕事がはかどるし、昔から低血圧で、ついね」

「そう言えば、高校時代もよく遅刻してたかもね」

　理央が明るい声を出してくれるので、甘えて満里子もふざけた口調で言ってみた。

「うん。遅刻もサボリもよくしてた。あと、授業中に別の本読んでたり。ダメな生徒だったよね」

　しみじみといった感じで、理央は呟く。再会以来、若々しくてとても三十を過ぎているようには見えないと思っていたが、ノーメイクだとさすがに、目の下にクマやシミがあるのがわかり、少なくとも同じ校舎にいた頃よりは、彼女も歳を取ったのだと感じさせられた。徹夜状態で呼び出してしまった満里子が言うことではないかもしれないけれど。

食欲なんてなかったが、手持ち無沙汰なので、自分のマフィンの包みを開けてみた。チーズの香りが鼻を突く。

理央は何も言わないし、何も聞かなかった。ただただ満里子が希望した通り、改札前までやってきてくれて、そして「朝ごはんでも食べる？」と、ここに引っ張ってきてくれた。

「そうだ。この間のライブの帰り、バタバタと帰っちゃってごめんね。連絡するって言ったのに、してなかったし。メールは書きかけたんだ、あの後、何度か。でも、なんかメールでは上手く書けなくて、言いたいことが」

ライブの日のことに触れられて、胸がざわっとした。でも「言いたいこと」が気になって、「なに？」という意味で、満里子は理央の顔をじっと見た。

「同じようなの、また行かない？　って言ってくれたでしょ、満里子ちゃん。あのね、知り合いの男の子らしいのに、感じ悪いこと言って申し訳ないんだけど……。面白そうなものがあったら誘ってって言ったのも、私だし」

歯切れ悪く言い、理央は自分のマフィンに一口齧り付いた。満里子も倣う。ほんの一口だけ。

「あの男の子のライブはもういいかなあって、思ったんだ。面白かったんだよ、ああいう弾き語りのライブって初めて行ったし、経験としては。ただ私ね、急に本が売れて、プロとしてやっていかなきゃいけなくなって、今、表現や芸術を趣味でやってますって人のもの、上手く受け取れないのかもしれないんだよね。この間の男の子、柔らかくて甘くて、聴いてて心地のいい声で、ギターも下手じゃなかったと思うんだけど……。なんて言うのかな、声も音楽も、流れるみたいに抜けて行っちゃったんだ、体や頭から。あんまり響いて来なかったって言うか」

申し訳なさそうな表情を理央が浮かべる。満里子は頭を思い切り横に振った。髪が乱れるぐらい、ぶんぶんと。

「なんとなくわかる。軽い感じだったよね」

言ってしまってから、どの口が、と自分を嘲笑《わら》った。そこに上手く甘えたのは、そこを利用したのは一体誰。

「うん、そんな感じかな。ごめんね、なんか」

理央はまだ申し訳なさそうな表情のままで、コーヒーを啜る。

「そうだ、満里子ちゃん。満里子ちゃんの『面白そうなもの』から外れてたら悪いんだけど、私、満里子ちゃんを誘いたいことがあったんだ」

突然表情を変えて、理央が満里子のほうに身を乗り出した。

「私、大学でドイツ文学を専攻してて、グリム童話の研究のゼミにいたのね。そのときの同級生が、今、区立図書館や小学校をまわって、子供に絵本や童話を読み聞かせるボランティアサークルやってるの。でも人が足りないらしくて、前から満里子ちゃんやらないかなあって思ってたんだけど、どう？　私はさっきの話で、ちょっと今は遠慮してるから、知らない人ばっかりなのになんだけど、興味ない？」

「え、私？　読み聞かせって……。だって私、声も細いし、そんなの向いてなくない？」

あまりにも意外な話をされて、満里子は慌てた。

「細い、かあ。確かに通る声って印象ではないけど、でも大きなホールでやるわけじゃないし、きれいでいいと思うんだけどな、満里子ちゃんの声」

とある疑問が満里子の頭に浮かんだ。胸がどきどきとする。聞きたくないような気もした。けれど口が動いてしまう。

「私の声は、軽くない？」

訊ねてみる。だって、満里子もずっと流れるように生きてきた。目の前に横たわる事態から目を背けて、甘えられるものに都合よく体をもたせかけさせてもらって、時間が過ぎるのをただただ待って。

　理央が首を傾げる。

「軽い、とは思ったことないよ。ああ、でも。うーんと」

　そして口ごもった。

「悪く取らないでくれる？」

　今度は遠慮がちに、満里子の顔を見る。まだどきどきしていたけれど、「うん」と満里子は頷いた。その先が聞きたかった。理央が、満里子について思っていることなら、どんなでも、知りたい。

「満里子ちゃんの声は、淋しそう、かな」

　次の瞬間、満里子の体から、どっと何かが流れ出た。

　なんだろう。涙だろうか。声だろうか。

　ずっとずっと、零れ落ちないように、必死に体につなぎ止めていた何か――。

「あのね」

　声が滑り落ちる。声以外のものも、とめどなく滑り落ち、流れ落ちている気がしたけれど、構わなかった。

　理央に話したかった。話を聞いて欲しかった。

「あのね、私の夫は。私と出会った頃、結婚してて。夫の当時の奥さんは、私と夫を引き合わせた人で」

半年ほど前のことだ。いつものように女性誌を惰性で読んでいた満里子は、あるページで雷に打たれたように、体をびくんと反応させた。

知っている顔がこちらを見ていた。満里子を見て笑っていた。夫の前の妻が。斉藤先生の前の妻、が。

「美容皮膚科医」という肩書きが、夫の前の妻には掲げられていた。都内の一等地に二年前に開院した医院の、院長なのだという。シミ取りのレーザー治療やニキビ跡の施術が評判で、都内の働く女性に大人気なのだと紹介されていた。

「大学時代からずっと精力的に、勉強も仕事もしてきました。最初に勤めた病院で知り合った医師と結婚して、子供が二人生まれて、子育てで仕事を休んでいたときが、一番辛かったかな。仕事をしてない自分がうまく捉《とら》えられなくて、夫とも不仲になってしまったんです」

「離婚した当初は、それは苦しかったですよ。でもそこを乗り越えたから、今があると思ってます。離婚は、いい糧、いいステップアップになりました。今はやりたいことができていて、本当に毎日楽しいし、今後の人生もすごく楽しみです」

「新しいパートナー？　います。子供たちも懐いています。でも結婚はまだ先でいいかな。ずっとしないかもしれません。結婚って形にとらわれない、新しいパートナーの形もあっていいと思うんですよね」

　夫の前の妻は、パンツルックではなかった。きれいなラインの淡いピンク色のワンピースを着て、髪もきっちりとした夜会巻きではなく、ふんわりと肩の辺りで下ろしていた。目尻でアイラインを撥ね上げさせてもいなかった。やさしい印象の自然なメイクで、目尻を下げて、とても楽しそうに、誇らしげに、こちらを見て笑っていた。

「僕たちは子供を持っちゃいけないんじゃないかな」

　夫にそう言われたとき、満里子は考えた。ただでさえ男性のほうが寿命が短いのに、夫は十五歳も満里子より年上だ。つまり、まず間違いなく、満里子より先に死んでいくだろう。夫がいなくなった後、満里子は一体何年生きるだろう。子供も家族も友達もなく、趣味もこの世界で生きていく能力も技もなく、たった一人で一体、何年――。

　けれど、満里子は夫の言うことに従った。それが満里子のしたことの報いなのだと思った。自分が品定めをして引き合わせた女に、自分よりも一回り以上も若く、けれど何の能力もない女に、夫を取られた「前の妻」の屈辱は、どれぐらいのものだっただろう。やっと物心が付いた頃に、突然自分の父親を失った二人の幼い子供の動揺と痛みは、一体どれぐらいのものだったろうと、そう考えて。

けれど、前の妻は笑っていた。「きりり」と強がってではなく、心底楽しそうに、誇らしげに。離婚が糧に、いいステップアップになったと言いながら――。

震える手で、満里子は雑誌を持ち上げた。とにかく、これをなんとかしなければならない。夫の目に届かないように、処分しなければ。

しかし手が震えていたので、テーブルに落としてしまった。ばさっと大きな音がして、さっきとは別のページが見開きになった。

「あっ」と満里子は声を上げた。もう一つの知っている顔が、こちらを見て笑っていた。小生意気そうな、「にっ」という音が漏れて来そうな笑顔で――。

「今の状況は、ありがたいし嬉しいです。でも正直、不安もあります」

「本当に私にできるのかな、この表現で受け入れられるのかなって不安になっちゃって、眠れない日もありますよ」

「夫も、私がやりたいことをやって、認めてもらえたことは喜んでくれています。でも相方なんで（笑）、やっぱり彼もいきなり相方の環境が変わって、不安がないってことはないんじゃないかな」

彼女は赤裸々に語っていた。嬉しい、楽しい。けれど不安、と——。

満里子が誰にも言えなくて、でもずっと抱え続けていた思いを、彼女は言葉にしてくれていた。

どうして、この女の子は。いつも満里子が欲しがっている言葉を、満里子が欲しいときに、ずっと与えてくれるのだろう。まるで魔法使いみたいだ。

十四年前のあの日もそうだった。英語のグラマーの教科書を忘れてしまった、あの日。高校三年生の、あの日。

グラマーの先生は、一人が忘れ物をすると「連帯責任だ」と言って、クラス全員を正座させるので有名だった。満里子は焦って、隣のクラスに教科書を借りに走った。でもそのクラスのリーダー格の子が満里子を毛嫌いしていて、前に同じクラスだった女の子たちも、みな扉から顔を見せた満里子を見て、顔を伏せた。

諦めて次のクラスにと、振り返りかけたときだった。ヘッドホンを付けた赤茶色の髪の頭が、満里子の目線のすぐ下を、風を起こして通り過ぎて行った。

数歩進んで、ヘッドホンの女の子は振り返った。

「満里子ちゃん。どうしたの？」

彼女の言動に呆気《あっけ》に取られたまま訳を話すと、「え、大変じゃん、それ」と言い、女の子はパタパタと足音を立てて、教室の隅に駆けて行った。そして教科書を持って戻ってきた。

「はい。落書きばっかりだけど、使って」

まだ呆《ほう》けてしまっている満里子を見て、女の子は笑った。

「どうしたの、ボーッとしちゃって」

女の子は、気が付いていないのだった。ヘッドホンを付けたままだから、自分が教室中に響き渡る大きな声で、ずっと喋っていることに。

「ああ、そうか」

相変わらずの大きな声で、女の子は満里子に向かって言った。

「あの先生、怖いもんね。不安だったよね」

そして笑った。「にっ」という音が出そうな笑顔で。


あの日のあの女の子が、三十二歳になって、シミとクマのある顔で、今、満里子の目の前にいる。何も言わず、ただただ満里子の話を聞いてくれている。そして満里子が欲しがっていた言葉を、すっと差し出してくれた。

「私は淋しいし、不安」

満里子は言った。目の前の女の子がどんな顔をしているかは、目が潤んでしまっているので見えない。

けれど彼女は頷いてくれた。ただ、一言「うん」と。

満里子の体から、またどっと何かが流れ落ちる。

そう、不安だった。満里子はいつも不安で、そして淋しかった。子供の頃から、ずっと。


リビングの扉を開ける。目に飛び込んで来た光景に、一瞬たじろいだ。

夫が床にうずくまっていた。水色のパジャマのお尻をこちらに突き出して、床に拡げた新聞を読んでいる。

「ただいま」

うずくまった背中に声をかけた。

「おかえり。え、あれ？」

夫が振り返る。老眼鏡をずらして、上目遣いで満里子を見る。

「どうしたの。新聞なんて、最近ずっと読んでなかったのに」

「ああ、医大時代の同級生の研究が注目されてて、記事になってるって言うから。ほら、これ」

拡げた新聞の真ん中辺りを、夫は指差した。

「そんなことより、沖縄は？」

「悠希ちゃんが、やっぱり行けなくなっちゃったの。だから、みんなで話して、今度にしようってことになった」

帰り道で考えた言い訳を口にする。

「編集者の子？　やっぱり忙しいんだな。でも、他の三人で行こうって話にならなかったの？　キャンセル料だってかかるだろう」

「うん。四人で行こうって盛り上がったから、また四人で行けるときがいいよねって」

「へえ。いいね」

夫が微かに笑う。

「女の人って、そういうことで揉めそうなのに。いい友達ができてよかったな。できて、ってこともないのか。同級生なら、昔から友達か」

無言で満里子は頷いた。そう、いい友達だ。いつか、満里子にやさしくしてくれた女の子たちが、十四年の時を経て、満里子の、初めてかもしれない「友達」になった。

「ハーブティー、飲む？」

まだうずくまっている夫に訊ねる。

「そうだなあ。でも、今日はチャイがいいな。寒いから、あたたまりたい」

わかった、と返事をしようとしたが、上手く声が出ない。

ゆっくり、夫に近付いた。突き出したお尻の側に立って、腰を落とす。両手を拡げて、後ろから夫の背中に抱きついた。抱きしめた。

父親の記憶はほとんどない。ただ、一つだけ。日曜の朝に、床にうずくまってお尻を突き出して、新聞を読んでいた背中だけ、妙にはっきりと覚えている。

ボサボサの頭でパジャマ姿で、寛いでいるはずなのに、どうしてだろう。その背中は、いつも淋しそうに見えた。とても。

あの日の斉藤先生、夫も——。


暖房もつけずに床に座っていたから、夫の背中は酷く冷えていた。満里子の休も冷えている。冷たい二つの塊が重なり合って、そして、やがて手を絡め合った。

化粧を落としたら、悠希にもらったパックで肌を潤そう。その後、チャイを淹れよう。仁美にもらった香りのいい紅茶で、ミルクをたっぷり入れて。

そして——。

「やってみたいことがあるの」

重なり合ったまま、夫に満里子は告げた。

「友達に誘われたの。理央。翻訳家の子」

夫の体が微かに動いた。

「したいことがあるなら、なんでもすればいいよ」

何かとも訊ねずに、言う。

「本当に、したいことなら」

涙が流れそうになるのを、満里子は懸命に堪えた。冷たいものを流したら、夫の背中を冷やしてしまう。

あれだけ冷えていた二つの塊が、重なり合っている部分から、今、あたたまっていこうとしていた。

少しずつ、本当に少しずつだけれど。

女の子は、誰でも。

My prince is here now.

パソコンの電源を入れたところで電話が鳴り、すかさず悠希《ゆうき》は手を伸ばした。受話器を取って、はきはきした口調を意識しながら、編集部の名前を告げる。

斜め向かいの席から後輩の男子社員が、隣の島からは副編集長の保科《ほしな》が、悠希に目線を送ってきた。二人とも、受話器に伸ばしかけていた手を、所在なげに引っ込めながら。電話を取る速さなら、悠希は部内の、いや社内の誰にも負けない自信がある。

「あ、衛藤《えとう》先輩ですか。おはようございます」

受話器から聞こえてきたのは、悠希とは対照的なゆっくりとした口調だった。よく知っている声だ。少し鼻にかかっていて、よく言えばかわいらしい、悪く言えば甘ったるい。後輩の有村美加《ありむらみか》である。

「有村さん？　おはようございます。どうしたの？」

言いながら、壁時計を見上げた。始業時間、十五分前。「どうしたの？」と聞いてはみたものの、美加の用件は容易に想像がつく。欠勤の連絡だろう。理由も当てられる自信がある。

前回の彼女の欠勤から、ちょうど一か月ぐらい経《た》っている。

「あの、今日お休みをいただきたいんです。生理痛が酷《ひど》くて。多い日なんです」

予想を裏切らない答えが返ってきた。

「大丈夫？　そんなに毎月出勤できないぐらい痛いなら、一度病院に行ったほうがいいんじゃないの？　薬は飲んだ？」

溜《た》め息を堪《こら》えながら、悠希は聞いた。悠希の勤める出版社には、女性社員に対して生理休暇が設けられていて、月に一日なら有休を消化せずに休むことができる。だから美加がそれを使って休むというなら、誰にも止めることはできない。けれど、先週やっぱり生理期間で、「多い日」には呻《うめ》き声を上げてしまいそうな痛みに一日中襲われていたにもかかわらず、薬と気力で乗り切って、いつも通り仕事をこなした悠希からしたら、一言ぐらい言ってやりたくもなる。

「私、薬飲めないんですよ。気持ち悪くなっちゃうから。病院は歩いて行けるところになくて。痛くて電車にも乗れないし……」

語尾を曖昧《あいまい》にして言う美加に、再び溜め息を誘発されそうになる。

「わかった、伝えておきます。今日中にやらなきゃいけない仕事はないの？」

「ファッションページのレイアウトが……、もうほとんどできてるんですけど。あ、あと占いページのイラストレーターさんへの発注も」

「やっておくから。ファイルと連絡先の場所教えて」

「いいですか？　ありがとうございます」

ノートを拡《ひろ》げて、今日の「やること」に二つの項目を走り書きした。

電話を切って、保科に向かって叫ぶ。

「有村さんから電話でした。今日は生理休暇が欲しいそうです。多い日で、痛みも酷いそうで」

斜め向かいの後輩男子が、ぎょっとした表情で顔を上げた。「お、おう」と保科は曖昧な返事をする。

周囲の空気は気にせずに、悠希はデスクに腰を下ろした。メールの送受信ボタンを押す。急ぎのメールがないことを確認して、ノートとペンを持って立ち上がった。

「コーヒー飲んできます」

誰に言うでもなく呟《つぶや》いて、編集部を後にする。

休憩スペースでコーヒーを冷ましていたら、「お疲れー」と頭上から間延びした声が降ってきた。保科だ。

「お疲れってことないか。今から仕事するんだから、おはよう、だな」

伸びをしながら言い、保科はコーヒーメーカーの前に立つ。

「おはようございます」

「うぃっす、おはよう」

コーヒーがこぽこぽ落ちる音が響く。

カップを持って、保科は悠希の隣に腰を下ろした。長椅子の、肩がぶつかるほどではないが、間にもう一人座ることはできないという、微妙な距離の位置に。向かいの椅子だって空いているのに。

「大丈夫？　さっきみたいなの」

コーヒーをふうふう冷ましながら、おもむろに保科が話しかけてきた。

「なにがですか？」

つい強い口調で聞き返してしまう。

「有村さんの休みの報告。あんな大きな声でしちゃって、最近は同性間でもセクハラが問題になったりするって言うじゃん」

「病欠の容体を詳しく報告するのは、当たり前じゃないですか？」

懸命に語気を抑えながら、悠希は言った。

「そうかもしれないけどさ。でも今、実質女の子二人だけなんだし、仲良くしてよ」

茶化すような口調で言われ、顔をしかめそうになる。保科のこういうところが、悠希はどうにも癪《しゃく》に障る。悠希より四年先輩なので、今年で三十七歳。見てくれもいいし、大手出版社の人気女性誌の副編集長という立場だから絶対にモテると思うのに、未《いま》だ独身。けれど確実に女に不自由していない空気は纏《まと》っていて、そんなところにも、やれやれと思ってしまう。

「別に仲が悪いわけじゃないですよ。今日だって有村さんの仕事、引き受けてあげました し」

言い捨てるようにして、コーヒーを啜《すす》った。そう、現在この編集部には、悠希と美加しか女性がいない。八人編成で、男性五人、女性が三人。女性のライフスタイル兼ファッション誌なのに、男性のほうが多い時点でめずらしい事態だと思うのだが、更に現在、もう一人の女性社員、悠希の三年先輩の内田《うちだ》さんが産休中なのだ。

「仕事速いもんな、衛藤は。有村さんはセンスはあるんだけどねえ、要領が悪いって言うか、配分は下手だよね」

返しに困って、もう一度コーヒーを啜る。

「ねえ、なに？　そのノート」

保科が机の上に目をやった。それで初めて、悠希はノートを拡げっぱなしだったことに気が付いた。今日の「やること」の計画を立てていたのだ。

「なんでもないです」

慌てて閉じる。けれど保科は、「落書き帳？　なんでそんな真っ黒なの？」と続けて訊《たず》ねてきた。

「TODOリストです」

観念して返事をする。

「TODOリストなら、もっと女の子らしくてかわいいの、いっぱい出てるじゃない。うちでもこの間、ステーショナリー特集やったばっかりなのに、なんでそんな色気のない大学ノート使ってるの」

保科が笑う。「女の子らしい」「色気がない」という言葉に、また顔をしかめそうになる。自分より後輩とは言え、今年三十三になる女に対して、「女の子」と言うのもどうなのだ。

「中学のときからつけてるんで、当時と同じほうが気が引き締まるって言うか」

「中学から？　すげぇな。右のページ、真っ黒だったのは何？」

「終わった『やること』は、黒でがしがし塗り潰《つぶ》すんです。やった！　と思えて気持ちがいいので」

「やること」の項目は、できるだけ隙間《すきま》なくびっしりと書き込む。そして終えたら黒で塗り潰す。一日の終わりにノートが真っ黒になっているのを見ると、言いようのない達成感に満たされるのだ。

「ふうん、衛藤らしいな。でも、うちに来て一年経ったぐらいか？　覚えることは終わった後に、どっと疲れが来るだろうからさ。あんまり無理すんなよ」

保科が「微妙な距離」から、こちらに顔を向けた。次の瞬間、頭上に何やら気配を感じた。反射的に悠希は、体を保科と逆のほうに大きく反らす。

保科が面食らったような顔をした。さすがに上司を睨《にら》み付けるわけにはいかないので、悠希は真顔で保科の顔を見返した。今、保科は悠希の頭を撫《な》でようとしたのだと思う。

しばし妙な間が流れたが、やがて「じゃ、お先に」と保科は立ち上がった。顔はもう、いつものとぼけた表情に戻っている。でも立ち上がる瞬間に、一瞬肩を竦《すく》めたのを、悠希は見逃さなかった。

保科の背中がオフィスに消えるのを見送ってから、はあっと息を吐いた。美加との電話のときから溜めていたので、長い長い息になった。

残りのコーヒーを一気に飲み干し、えいっと心で念じながら立ち上がる。保科が消えて行った方向に体を向け、足を踏み出す。仕事だ。今日もノートを真っ黒にするのだ。

メールの返信、先月インタビューをさせてもらったヨガインストラクターへのお礼の手紙、読者アンケートの葉書の、自分が担当した記事への反応チェック。そして、美加のイラストレーターへの発注。午前中に予定していた「やること」をすべて塗り潰してから、会社を出た。

午後一の仕事は、担当しているコスメ紹介ページの写真撮影の立ち会いだ。当初の予定より、二十分ほど押している。連載中の恋愛小説への感想なのか、ただ自分の恋愛話を聞いて欲しいだけなのかよくわからない、読者からの厄介な電話を取ってしまったせいだ。でも、まだ取り戻せる。移動と食事を一緒にしてしまえばいい。スタジオが入っているビルの一階はコーヒーショップなので、早めに到着してサンドイッチでも頬張《ほおば》ろう。

最寄り駅の改札を抜けるときに、バッグの中で携帯が震えた。仁美《ひとみ》からメールだ。

『来週の食事会のお店と時間って決まりそう？　ごめんね、催促するみたいで。シフトを一時間ずれてくれって頼まれてて、場所と時間によっては断らないといけないんだ』

千葉の高校で同級生だった、仁美、理央《りお》、満里子《まりこ》と悠希の四人で、大体月に一度食事会をするのが、恒例になっている。去年の夏頃から始まったので、そろそろ九か月ぐらいになるだろうか。

きっかけは、翻訳家になっていた理央のインタビュー記事を、悠希が自分の雑誌に載せたことだった。それを読んだ満里子から、編集部に「理央と連絡が取りたい」と問い合わせがあり、悠希が仲介することにした。満里子は東京で、年上の医師の妻になっていた。仁美は悠希の会社の近くのマッサージ屋で施術師をしており、ある日客として行った悠希は、彼女と偶然の再会を果たしていた。理央にインタビューをする少し前のことだ。そのとき連絡先を交換していたので、満里子と理央を引き合わせるときに、仁美にも声をかけた。それ以来の四人組である。

かちゃかちゃかちゃ。階段を上りながら頭を働かせる。お店も時間も実はまだ決めていない。明日の就業後にお店探しをして、明後日《あさって》に三人に連絡しようと思っていた。決めたわけではないが、最初の食事会を仕切って以来、日程調整にお店選び、全員への連絡と、なんとなくすべてが悠希の仕事になっている。でも今日は美加の欠勤のせいで「やること」も増えたし、早く決めたいということなら、仁美にお願いしてしまおうか。ホームの列に並ぶ。

『ごめんね、待たせてて。二、三軒ピックアップしてあるから、今日には予約取って、明日辺り連絡しようと思ってたよ。有楽町に十九時半でどう？　どの店も駅からすぐだから、これは確定で』

悩んだけれど、結局、仁美にはそう返信を送った。頼んだら断ったりはしなさそうだけれど、おとなしい仁美には仕切り役は荷が重いだろう。満里子も同様だ。理央は活発だけれど、昔から自由人なので、仕切れるというのとはちょっと違うし、自分がやるのが一番早い。高校時代は生徒会や学級委員をやっていたので、三人も自然と頼ってくれている節もあるし、そういうことは嫌いではない。

『了解。ありがとう。忙しいのに、いつも悠希ちゃんに頼んじゃってごめんね』

ホームに電車が入ってきたとき、再度仁美からメールが来た。

『大丈夫！　じゃあお店取れたら、また連絡しまーす』

電車に乗り込みながら、急いで返信を送る。

降りる駅で開くほうの扉付近に体を落ち着けて、ノートとペンを取り出した。新しくできた「やること」を、追加で書き込む。今日のスケジュールのどこに入れ込もう。サンドイッチを食べながら、携帯でお店を検索。予約は会社への帰り道で。これがよさそうだ。

「よし」と小声で唱えたところで、ちょうど電車が動き出した。大きく揺れて、ふらつきそうになる。ローヒールの足に力を入れた。

三階の端の「山本《やまもと》」と表札がかかった部屋のドアに鍵を差し込む。山本は、三年前に結婚した夫の苗字で、現在の悠希の本名である。職場では旧姓の「衛藤」を未だに使っている。結婚したという事実があるだけで、仕事においては何も変わっていないので、職場仲間や仕事相手に、新しい名前で呼んでもらう手間を強《し》いることもない。仁美たちとの食事会の予約も、衛藤でする。悠希自身、学生時代の友達の結婚した後の苗字はよく忘れてしまうので、そのほうが集合しやすいと思っている。

ドアを開けたら、トマトの匂いに鼻をくすぐられた。「ただいま」と、リビングの扉を開ける。

「おかえりー」

キッチンに立っていた健吾《けんご》が、八重歯を見せて悠希に笑いかける。

「遅かったね。今日も忙しかったんでしょ？　お疲れさま」

「うん。でもまだ全部は終わってないの。仕事持ち帰ってきちゃった」

言いながら、バッグを肩から下ろす。ぱんぱんに肩が張ってしまっている。

「いい匂いするね。何作ってくれてるの？」

「トマトソースがけのロールキャベツ。悠希ちゃん、あったかいトマト好きでしょう？　味見してよ。うまくできたら、店長に新メニューとして提案しようと思ってるんだ」

お鍋の灰汁《あく》を掬《すく》いながら言う健吾の声は明るく、目はきらきらとしている。早番とは言え、自分も仕事を終えて帰ってきた身なのに感心する。こういうところに、年齢差が出るのだろうか。

夫の健吾は悠希より五歳年下で、飲食店で働いている。昼はカフェ、夜はバーになる店で、ここから二駅の、悠希が就職してから結婚するまでの約八年間を過ごしたアパートの近くにある。健吾は料理人兼バーテンだ。

「最近、新しい料理作るの、張り切ってるよね」

「うん。だってシマがさあ、あいつマジで料理オタクで、どんどん新メニューの提案するの。俺も熱くなるよ、つい」

小さなお店で、従業員数も少ないので、長い間健吾は職場で一番下っ端だった。でも三か月ほど前に、初めてシマ君という後輩が入ってきて、嬉しくて仕方がないようだ。最近の健吾は、二言目には「シマがさあ」だ。後輩と相性がいいのは羨《うらや》ましい。

「何か手伝うことある？」

「ううん、もうすぐできるし。休んでていいよ」

「ありがとう。じゃあ化粧落としてくる」

「うん。楽しみにしててね、ロールキャベツ」

肩を揉《も》みながら、洗面所に向かった。化粧落としとスキンケアをして戻ってきたら、健吾は据え膳にしてくれていそうな勢いだ。ありがたいと思う一方で、申し訳なさもこみ上げる。早番の日と休みの日、健吾は必ず夕食を作ってくれる。でも悠希のほうは、もう随分長い間、まったく料理をしていない。健吾の店は深夜まで営業をしているので、遅番の日の健吾の帰宅は、残業して帰ってきた悠希よりも遅いのに。

結婚当初は、悠希も少しは料理をしていた。でも、だんだんとおかずをスーパーのお惣菜に頼って、ご飯と味噌汁《みそしる》を用意するだけになり、そのうちに味噌汁もインスタントになり、今の編集部に異動してからは、ついにお米も炊かなくなった。今は健吾の遅番の日は、悠希は外食、健吾はお店でまかないを食べるか、帰り道のコンビニで弁当を買ってくるようになっている。

「いいよ。俺より早いって言っても、悠希ちゃんだって残業してるんだし」

「それに悠希ちゃん、料理苦手でしょ。俺は自分が好きで作ってるだけだから」

健吾はそう言ってくれるけれど、苦手だからこそ余計にサボっているという罪悪感が募る。夫婦して教師だった両親に、悠希はよく、「苦手なことから逃げてたら、何もできない人になってしまうよ」と、厳しい口調で叱られた。

悠希が健吾と付き合い出したのは、四年前。結婚したのは三年前だ。付き合うのも結婚も、どちらも勢いと流れでしたと言っていい。

四年前の、ちょうど今と同じ、ゴールデンウィークも終わってしまい、社内にも町にも祭りの後のような鬱々《うつうつ》とした空気が漂っていた頃のことだ。金曜日の夜、悠希は一人で、ふらっと近所のバーに立ち寄った。普段は職場や友達との飲み会で数杯付き合う程度にしか飲まないので、我ながらめずらしい行動だったと思う。

そのときの悠希は、実際に「祭りの後」だった。退職する同期の女子社員の、送別会に出た帰り道だった。外資系の商社に勤める恋人のロサンゼルス転勤に、結婚してついて行くとのことで、おめでたいはずなのに、悠希は心の底から純粋に「おめでとう」と言ってあげられなかった気がして、もやもやした気持ちを抱えていた。

その頃の悠希は販売部所属で、実用書の営業を担当していた。二作続けてヒットを出したりと、仕事は好調でやりがいもあり、このまま頑張っていれば、入社当時からの憧れの編集にもなれるかもしれないと、意気揚々としていた頃だった。それなのに、一番の花形のはずの週刊誌の編集部にいた同期が、あっさりと結婚退職してしまって、なんとも言えない複雑な気持ちにとらわれていた。

入ったお店は小ぢんまりとしていたが、お酒も料理もおいしくて、悠希はいい感じに酔っ払った。うるさく話しかけてきたりしないけれど、まったくほったらかしにもしない、バーテンたちが作る「距離感」にも好感を持った。

閉店を告げられお店を出てからも、気分が浮ついていてまだ帰宅したくなく、悠希はふらふらと周囲を散歩した。コンビニの脇を通りかかったときに、「ああ、どうも」と、どこから声をかけられた。さっきの店の一番若そうだったバーテンが、コンビニから出てきたところだった。若いバーテン、健吾は、手に悠希の出版社の、一番売れ筋の漫画週刊誌を持っていた。

「お家、近いんですか？　うちの店に来てくれたのは、初めてですよね」

そう聞かれたことから始まって、しばらく駐車場で会話をした。そのうちに、長々と立ち話もなんだよねと、どちらからともなく言い出して、まだ夕食を食べていないという健吾に付き合い、朝までやっている駅前の居酒屋に向かうことになった。

八重歯を見せて、まだあどけない顔で笑う健吾は、見た目を裏切らず幼かった。「うちの実家の犬が、超バカで。でも超かわいいんですよ。この間もね」とか、「悠希さん、最近目ぇ付けてるお笑い芸人います？　俺はねぇ」などと、居酒屋ではくだらない話ばかりを披露された。

けれど、そのくだらなさは、その日の悠希にとってはとても心地がよかった。健吾の肩をばしばし叩《たた》き、ときには涙を流して、悠希はひたすらに笑い転げた。

店を出た後のことは、あまり覚えていない。次の日の朝、アルコールがすっかり抜けた状態で目を覚ましたら、そこは自分の部屋ではなかった。狭いシングルベッドの隣で、裸の健吾が、気持ちよさそうに寝息を立てていた。

事態を理解して、青ざめた。酔っ払って、会ったばかりの若い男の子と寝てしまうなんて、そんな一昔前のドラマで使い古されたような展開を自分が——。恥ずかしさから体が熱くなった。青くなったり赤くなったりと忙しく、とにかく一刻も早くその場から逃げ出すことにした。

健吾を起こしてしまわないように、そっとベッドから出て、そそくさと衣類を身につけた。そしてバッグを取って玄関に向かい、靴を履き、扉を開けかけたときだった。

「え、ちょっと待ってよ、なんで？」

後ろから大きな声で叫ばれた。びくっと肩を震わせ振り返ると、健吾が、歩いたって数歩しかない狭い部屋を、どたどたと走ってこちらに向かってきていた。素っ裸で。

思わずひるんだ悠希の手を、健吾がしっかりと摑《つか》んだ。そして再び叫んだ。

「待ってって、悠希さん！　俺、もしかしてヤリ逃げされちゃうの？　嫌だよ、そんなの！」と。

次の瞬間、悠希はその場に崩れ落ちた。全身から力が抜けた。体中を震わせて、大きな声を上げて笑い転げた。もうアルコールは抜けていたのに、昨夜と同じように。いや、もしかして、昨夜以上に。

「なんで笑うの？　だってまだ携帯番号も交換してないのにさ、そのまま帰られたらヤリ逃げじゃない？　酷いじゃん、そんなの」

健吾は悠希の反応に動揺したようだ。困惑した表情で、屈《かが》んで悠希の顔を覗《のぞ》き込んできた。それも素っ裸で。その様子がまたおかしくて、悠希は立ち上がることができず、しばらくその場でひたすら笑い続けた。

ヤリ逃げ、という言葉が使われた場面には、何度か遭遇したことはある。でも全部、女性が男性に「されること」「されたこと」として使われていた。それがまさか、自分に向けられるなんて。しかも、自分よりずっと若い男の子から。


やっと笑いが収まった後、悠希は健吾と一緒に、近くの牛丼屋に朝ご飯を食べに行った。土曜日なので悠希は休みだったが、健吾は出勤だというので、店を出た後、電話番号を交換して別れた。健吾は何度も、「仕事が終わったら電話していい？　出てよ？　絶対だよ？」と言いながら去って行った。

電話は、ぴったり八時間後にかかってきた。受話器の向こうから聞こえた第一声は、「よかった、出てくれて！　悠希さん？　本物だよね？」というもので、また悠希は笑ってしまった。

その日の夜は、健吾が悠希のアパートにやってきた。冷蔵庫の中の少ない食材で、おいしい夕食を作ってくれた。それ以来、部屋のキッチンに健吾が立っているのが、悠希にとって日常の風景になった。付き合いが始まって数か月経った頃、悠希は健吾に合鍵を渡した。すると健吾は、早番の日と平日のお休みの日は食材を買い込み、夕食を作って据え膳の状態で、悠希の帰りを待っていてくれるようになった。

きちんと付き合うようになっても、健吾は出会った日と同じでやはり幼く、まるで姉弟のような関係ができあがっていった。けれど、男性に頼ったり甘えたり、あちらからも女の子扱いされて、あれこれ世話を焼かれたりするのは元より苦手だったので、その関係は悠希の性に合っていたようだ。年下の男性と付き合うのは初めてだったが、これまでの人生で一番、穏やかに付き合いを進められた。

そんな関係がちょうど一年ほど続いた、ある日のことだ。めずらしく日曜に休みが取れた健吾と、昼ご飯を食べた後ソファでごろごろしていたら、チャイムが鳴った。玄関を開けると、悠希の両親が立っていた。東京の知人の家に急な不幸があり、お葬式の帰りにちょっと寄ってみたのだという。

一人暮らしの娘の家でラフな格好で寛《くつろ》いでいる、娘より明らかに若い男と、突然向かい合う状況になり、悠希の両親は最初、あからさまに不満げな顔をしてみせた。けれど、悪く言えばがちがちに緊張して、よく言えば一生懸命さを滲《にじ》み出させて挨拶をした健吾に、両親はやがていいほうに気持ちを動かされたようだ。部屋に上がって一時間も経つ頃には、

「いやあ、悠希は気が強いから、大変だろう？　健吾君」

「意地悪されたら、私たちに電話してきていいからね」

なんて、楽しそうに健吾と会話を繰り広げていた。さらに帰り際には、

「いやあ、結婚式はいつかな。楽しみだな」

「ねえ。悠希ももう三十になるし、子供のことを考えたら早いほうがねえ」

などと、芝居じみた口調で言い残していった。子供の頃は、厳格なイメージしかなく、怖れてさえいた両親だったのに。その緩みきった表情には、苦笑いせざるを得なかった。

そのときは適当に流したものの、それから毎週のように、両親は悠希のもとに電話をかけて来て、「結婚の日取りは決めたか」「あちらのご両親に挨拶は」と急《せ》かすようになった。根負けして、三か月後に悠希は健吾と入籍をした。結婚式は、ウェディングドレス、ケーキカット、キャンドルサービスなど、それらをしている自分を想像するだけで、恥ずかしさで叫び出しそうになるので、説得して勘弁してもらった。健吾の両親は、いい意味で穏やかで緩やかな人たちで、「籍を入れます」という報告に、笑顔で「いいんじゃないかな」「おめでたいわね」と一言ずつ言っただけだった。

「ごちそうさま。おいしかった」

きっと近々、健吾の店の新メニューになるロールキャベツを食べ終えて、悠希は席を立った。二人分の食器を下げて、手早く洗う。その後、コーヒーを淹《い》れた。食事を作らない分、洗い物と食後のコーヒーは必ず悠希が淹れることにしている。コーヒーはインスタントではなく、きちんと粉で淹れる。

カップを二つ持って、ソファに座る健吾のもとに運んだ。一つはブラック、一つはミルクたっぷりである。「ありがとう」と健吾は、右手でミルクのほうを受け取る。左手にはテレビのリモコンを持っていて、さっきからザッピングを繰り返している。

「面白いのやってないから、いいや」

テレビを消して、健吾は隣に座った悠希に、体を少し近づけた。肩先が微《かす》かに触れ合う。

コーヒーが減っていくにつれて、健吾の体がだんだんと悠希に寄りかかってくる。そして飲み終える頃には、しっかりと頭を肩にもたせかけてきた。構って欲しいときの、健吾のサインだ。

空《から》になったカップをローテーブルに置きながら、悠希は頭をかちゃかちゃとさせた。ノートの今日のページは、まだ真っ黒になっていない。あと一つ、明日の「会議の資料作り」が残っている。健吾の相手をしてからにするか——。いや、もしそのままベッドで眠ってしまったらどうするのだ。会議は明日の朝一なのに。昼間より、どうも頭の働きが鈍くなっている。

「さあ、やるかあ。まだ仕事残ってるんだ。明日の会議の資料作らなきゃいけないの」

足だけの伸びをしながら、悠希は言った。健吾を傷つけないように、できるだけさりげなさを装って。

「まだ仕事するんだ？　じゃあ俺、お風呂入れてくるよ。お湯張り終わるまでに終わりそう？」

肩に頭をもたせかけたまま、健吾は上目遣いでこちらを見る。女の子かよ、と心の中で突っ込みながら、「ごめん、終わらない」と返事をした。

「お風呂、入っててもらっても終わらないなあ。一時間、うーん、二時間はかかりそう」

「そっか。じゃあお風呂入って、ベッドで漫画でも読んでるよ」

「うん。でも健吾も疲れてるでしょ？　寝ちゃうんじゃない？」

「うーん、寝ちゃうかなあ。寝ちゃったらごめん。でも、とりあえず待ってる」

そう言って健吾は悠希から体を離し、立ち上がった。お風呂場に向かう。

悠希はローテーブルにノートパソコンを運んできた。電源を入れながら、壁時計を見る。

全力で急いでやったら、一時間ぐらいで終わるだろうか。でも会議資料だし、やっつけ仕事にするわけにもいかない。

お風呂場からシャワーの音と、健吾の鼻歌が聞こえてくる。深呼吸をする。気を抜かず、速くだ。とにかく頑張ってみよう。


結局、資料作りは二時間半かかった。やっとノートを黒く塗り潰して寝室に行くと、健吾は気持ちよさそうに寝息を立てていた。

翌日の朝、電車に揺られながら、悠希は頭をかちゃかちゃとさせた。今日の「やること」を考える。今日は会議で企画が通るかどうかで、その後の「やること」が、だいぶ変わってくる。

企画は二つ出す予定なので、三つのパターンを考えた。企画が二つとも通ったときの、Aパターン。一つ通ったときのBパターン。二つとも通らなかったときのCパターン。

数時間後に決定がくだった。悠希が今日実行すべきはCパターンだ。『今から学ぶ！しっかり女子の、将来のための年金入門』と、『旅行に行く前に知っておきたい　あの人気海外国の経済事情』という企画を出したのだが、どちらも「うちにはちょっと堅いんじゃないの」「もっと、女子っぽくないと。ある意味、生々しいとでも言うかね」などと言われて、却下された。

　今日は出勤した美加も二つ企画を出していて、こちらは二つとも採用になった。『大人になっても、キュンとする！　女の子がされたら嬉しい、男性の行動』と、『女の子なら一生に一度は言われたい！　ときめきフレーズ特集』というものだ。

「内容、似通ってませんか？　その二つ」

「中身が軽いというか、ページを埋めるのが大変な気がします」

いい、と思えなかった悠希は色々と質問をしてみたのだが、「じゃあ二つをくっつけて、一つの特集にしたら？」「需要はあるよね、絶対」などという意見が多く、結果、採用になった。

　美加がプレゼンに用意したのは、タイトルと内容説明が数行書かれただけの紙が一枚のみだった。自宅のパソコンでメール形式で書いたものを、そのままプリントアウトしたらしい。作成日時が、昨日の夕方になっていた。

「女の子なら誰でも、されたら嬉しいって行動とかあるじゃないですか。そういうのを集めて、ランキング形式にしてもいいかもですね」

　よく言えばかわいらしく、悪く言えば甘ったるい声で、美加は企画の説明をした。

「例えば、お姫様抱っことか。あと、頭を撫でられるとか。あれ嫌いな女の子って、いないですよ」

そう言われたときには、悠希は体を強張《こわば》らせずにはいられなかった。保科と決して目を合わすまいとして。


デスクに戻り、ノートを拡げた。Cパターンの「やること」をリストアップする。

今回で三回連続、企画が通らなかった。販売部にいたときは、ずっと編集部に憧れていて、実際に異動の辞令が出たときには、大喜びした。配属されたのは、これまで自分が読者としてまったく読んでいなかった女性誌だったけれど、それでもここで頑張って行こう、結果を出そうと張り切った。

けれど一年経った今、思い返してみると、残業と仕事を家に持ち帰ることが増えて、食事も作らなくなって、健吾との時間も減って、企画も思うように通らず、時間に追われながら日々の仕事をこなすことに精いっぱいで——。なんだか販売部にいた時のほうが、充実していて、元気だったような気がする。

「衛藤先輩」

横から美加に声をかけられて、我に返った。慌ててノートを閉じる。

「昨日はありがとうございました。欠勤の連絡と、代わりに仕事までやって頂いて」

どう返事しようか迷う。一言や二言どころじゃなく、言ってやりたいことはある。でもこのタイミングで強いことを言うと、企画が通らなかった先輩が、通った後輩に当たっているような構図になってしまうだろう。美加はここ数か月の間、企画会議で全戦全勝している。

「うん。お大事にね」

結局、そう一言言うだけに留《とど》めておいた。

「衛藤、ちょっといい？」

美加が去って行った直後、保科に隣の島から手招きをされた。見計らったかのようなタイミングだ。席を立つ。

「今日の就業後って、予定ある？　急で悪いんだけどさ、座談会に立ち会って欲しいんだよな」

「座談会ですか？　どうして私に？」

レギュラー企画ではないが、数か月に一回の割合で、読者モニターを集めてテーマに沿って喋《しゃべ》ってもらう、座談会の記事を載せている。内田さんが担当で、産休に入ってからは保科が代理でやっている。

「内田さん、帰ってきてももう担当は難しいだろうから、衛藤に引き継いでもらいたいんだよね。モニターさんたちの仕事が終わった後にやるからさ、小さい子がいると夜は無理でしょ。今回までは俺がやるけど、顔合わせがてら、衛藤も来てくれたらと思って」

　頭をかちゃかちゃさせる。担当の記事が増えるのは嬉しいし、今後のためにも断る理由はないだろう。けれど、さっき書いたＣパターンの項目には、「定時で退社」「食材の買い物」「夕食作り」というものが入っていた。昨日構ってあげられなかったお詫《わ》びに、久々に健吾に夕食を作ってあげようと思ったのだ。今日は健吾は遅番である。

「無理ならいいよ、急だし。今日もＴＯＤＯリスト、いっぱい？」

　けれど保科にそう言われ、胸に小さな炎が灯《とも》ってしまった。

「いえ、行きます」

　子供の頃に両親によく、「無理、できない、って言葉を使うと、自分の可能性が狭まってしまうよ」と教えられたし、二十代の頃なら間髪を入れずに「行きます」と言っていただろう。

「本当？　じゃあついでにもう一つお願い。今日、外に出る予定ある？　座談会用のお菓子、買ってきてもらえないかな。モニターさん四人と俺らで、六人分」

　かちゃかちゃかちゃ。夕方にライターとの打ち合わせに出るつもりだった。その道中でなんとかしよう。

「わかりました。何か好みとかありますか？」

「ああ、見た目が派手なのだったら何でもいいよ。女の子たちが、かわいい！　って喜びそうなの」

保科の言葉に、一瞬悠希は黙った。堪えるべきだと言い聞かせたが、我慢が利《き》かない。

「バカにしてますか？」

低い声で呟く。

「え？　なんで？　なんか気に障ったなら、ごめん」

保科は首を傾《かし》げる。

「いえ、私にじゃなくて」

言い捨てて、回れ右をした。デスクに向かう。「やること」を、書き足したり書き換えたりしなければ。


座談会は社内の会議室で行われた。悠希が各席に並べた色とりどりのマカロンを見て、「きゃあ！　かわいい！」「わー。気分上がって来たね」などと、モニターの女性たちは黄色い声を上げた。二十代半ばぐらいの一番若そうな女の子なんて、歓声に近い声を上げながら、マカロンに向かって拍手までしている。

かわいいものと言われたので、何か月か前の食事会で、満里子が持ってきてくれた四色一セットのこれを調達した。確かにカラフルで見た目もいいし、悠希だってお菓子は好きだ。でも、食べ物に向かって拍手をするのは理解できない。さっき保科からかばってあげたつもりでいただけに、彼女たちの反応には、複雑な思いにさせられた。

「こちら、うちの衛藤。次回から彼女が担当になるので、よろしく」

保科に紹介をされて、「よろしくお願いします」と悠希は、四人の女性に名刺を配ってまわった。

「よろしくお願いします」

「わあ、いかにもできそうな編集者さんって感じ」

女性たちは悠希に笑顔をくれたけれど、一方で、「保科さんじゃなくなるんですね」「ねえ。せっかく仲良くなれたのに、淋しいな」などと、保科への、決して社交辞令ではなさそうな言葉も口にした。きっとそつなく立ち回り、彼女たちともうまくやっていたのだろう保科の姿が容易に想像できて、苦笑する。

丸井さん、長谷川さん、大塚さん、鎌田さん。四人の女性の名前を、保科から教えられた。全員既婚者で、丸井さんと長谷川さんは専業主婦、大塚さんはアパレルの広報、鎌田さんは商社の秘書課にいるという。子供の有無、共働きか主婦かの区別はあまりないが、悠希の雑誌は、二十代から三十代の既婚女性向けに作っている。

赤いカーディガンの人が丸井さん、リボンの形のピアスをしているのが長谷川さん。マカロンを食べながら、悠希は彼女たちの顔と名前を覚えようとした。でも、なかなかに難しそうだ。どことなく皆、ファッションや化粧の仕方、醸し出す雰囲気が似通っている。次回、鎌田さんが赤いカーディガンを着てきたら、間違えて丸井さんと呼んでしまうかも。

今日のトークテーマは、『ヒロインに憧れる映画』というものだった。

「考えてきたんですけど、私はやっぱり『プリティ・ウーマン』かな」

「わかるー。私も言おうと思ってた！」

「最後に彼が迎えにきてくれるシーン、いいよねえ」

女性たちが話すのを聞きながら、保科がペンを動かしているのを見て、悠希も慌ててノートを拡げた。テープは回っているけれど、自分もメモを取らなければ。理央も取り上げた『今を生きるあの女性に聞く』というインタビュー特集が認められて、今、悠希は毎月一人、働く女性にインタビューをする記事を担当している。けれど、その記事で取材する人たちと違って、彼女たちは世間話と変わらない語り口調で話しているので、ついぼんやりと聞き流してしまいそうだ。もちろん「座談会」だから、これでいいのだろうけれど。

「私は『ボディガード』かな」

「それもわかる！　私もケビン・コスナーに守って欲しい！」

「いいねー。でも私はやっぱり、一番は『タイタニック』」

「あー、レオ様ね」

彼女たちの話に、保科は合間合間で頷《うなず》いたり、「うん、うん」と相槌《あいづち》を打ったりする。悠希も倣《なら》った。でも本当はまったく「うんうん」と思っていない。これまでに出てきたどの映画も、別に好きじゃないし憧れもしない。

「なるほどねー。まとめると、守ってもらいたいとか、迎えにきてもらいたいって憧れがある感じ？」

保科が女性たちの顔を見回しながら聞いた。彼女たちは顔を見合わせ、頷き合う。

「うん。そういうのは、思いますねー」

「うん。女の子は誰でも、『いつか王子様が迎えにきてくれる』願望、あると思う。ねえ、衛藤さん」

赤いカーディガンの丸井さんが、いきなり悠希に話を振った。動揺して、「あ、ええ。そうですかね」と悠希は、らしくもなく歯切れの悪い返事をしてしまった。

「衛藤の王子様は、まだ若いんですよ。五つ下だっけ？　旦那君。王冠じゃなくて、コック帽を被った王子様だよね」

保科が、笑いながら言う。瞬間、悠希の顔は熱を帯びた。

「へー、五つも下。でも、なんかわかる。衛藤さん、しっかりしてそうだから」

「うん。お姉さんキャラって感じ」

「そうそう。旦那君は弟キャラっぽかったし」

「保科さん、会ったことあるんですか？」

「コック帽ってことは、料理人さん？」

健吾の話で場が盛り上がり始めてしまった。愛想笑いを繰り返して、必死にかわす。保科に対して、心の中で舌打ちをした。

上手《うま》く返しができなかった悠希のフォローのためとはわかっているが、保科に健吾の話をされると、冷静ではいられない。一度だけ、二人は会ったことがあるのだ。会ったというか、健吾と一緒にいるところを、保科に見られたというべきか。

結婚して、まだ数か月の頃だった。健吾が平日休みの日に、悠希の仕事が終わる頃を見計らって、会社の近くまで迎えにきてくれて、二人でそのまま夕食を食べに行った。

その席で、次の週の日曜日が休みになったと健吾が嬉しそうに言ったのだが、悠希はその日、大学のプチ同窓会の予定があり、そのことを伝えたら、「えー、じゃあ俺、遊んでもらえないの？　せっかく日曜に休みなのに！」「じゃあ俺も一緒に、その同窓会行く！　行きたい！」などと駄々をこねられた。

「なんでよ。同窓会だよ？　部外者が来たってつまらないでしょ」

「みんなに気を遣わせちゃうし、ダメだよ。子供みたいなこと言わないでよね」

溜め息を吐《つ》きながら、悠希は健吾をなだめていた。まさしく、弟を叱るみたいに。実際は一人っ子なのだが、昔から悠希はよく「長女でしょ？」と言われる。自分で言うのもなんだけど、行動的でしっかりしているからだと思う。

そんな最中に、「あれ、やっぱり衛藤さんだよね」と、背後から声をかけられた。振り返ると、広告部の先輩女性社員が、斜め後ろの席からにやにやと悠希を見つめていた。

彼女の向かいには保科が座っていた。目が合うと、保科はわざとらしく「にっこり」と音が出そうな笑顔を、悠希に向けてきた。すべて聞かれていたのだということを悟って、悠希の体は一瞬で体温が上がった。

耳まで赤くなりながらも、悠希は健吾を先輩二人のもとに連れて行き、挨拶をさせた。一社会人としての礼儀だけは、必死に守った。

「『シザーハンズ』も好きだなあ」

「私も！　ねぇ『アメリ』は？」

女性たちの話題が、また映画に戻っている。胸を撫で下ろしながら、悠希はふと気が付いた。昨日、悠希が「仕事するから」と、健吾が構って欲しがったのを断ったとき。そう言えば健吾は駄々をこねて来なかった。あの、保科と遭遇してしまったときのように。

「えー、つまんないよ。遊んでよ」

「仕事？　俺と遊んでからでいいじゃん！」

付き合い出した頃、結婚した頃の健吾は、すぐにそんなことを言って、悠希を困らせてばかりいた。でも最近は、そういう子供っぽい発言をあまり聞かない。

「色々出たね。面白い記事になりそう。ああ、そうだ。ねえ、衛藤は何？『ヒロインに憧れる映画』」

保科に名前を呼ばれて、我に返る。

「私ですか？『エリン・ブロコビッチ』かな」

「それ、知らない」

「どんなのですか？」

女性たちが悠希に視線を向ける。

「環境汚染の訴訟で、絶対に勝てないって言われた大企業相手に、立ち向かうシングルマザーの話です。ヒロインは実在の人で……」

これまでずっと笑顔で話していた女性たちの表情が、硬くなっていく。隣同士で目配せをし合い、どう反応すべきかの相談をするのも見て取れた。悠希の説明する声は、だんだんしぼんで行く。

同じジュリア・ロバーツなのに。『プリティ・ウーマン』とは扱われ方が違う。

座談会を終えた後、六人で夕食に繰り出した。悠希は食事の間中、ずっと聞き役に徹していた。普段は大抵どんな集まりでも、仕切って盛り上げ役を買って出るのだけれど、今日はサボった。女性たちが、「保科さんとのお別れ会ですね」などと言っていたし、場の空気を整えるのは彼に任せた。

でも担当になるのだから、次からは自分がやらないといけないのだ。彼女たちの喜ぶものを用意して、話を拡げるネタを提供して、上手に相槌を打って――。

帰り道、ヒールに力を込めて、駅の階段を上った。ホームで電車を待ちながら、健吾にメールを送る。

『今からやっと帰れるよ。そっちももう終わるよね？　店の近くまで行こうかな。まかないは食べた？　夕食まだだったら、居酒屋でも付き合おうか？』

しばらく待ってみたが、返信は来ない。もう閉店時間は過ぎているはずなのに。

メールの問い合わせをしてみたら、一件受信した。

『残業、お疲れー。でも座談会って、なんか楽しそうだね。俺は急だけど、今日閉店後に店長とシマとカラオケ行くことになった。ごめんね、先に寝てて』

健吾からだったが、なんだか話が嚙《か》み合っていない。よく見ると、受信時間が数時間前になっている。悠希が夕方、残業になったことを知らせたメールへの返信のようだ。センターで止まっていたらしい。

『ごめん、すれ違っちゃったみたい。店まで行くってメールなしで！　カラオケ行ってらっしゃい。しばらく会ってないけど、店長さんによろしく』

慌ててメールを送り直した。健吾が閉店後に同僚と遊びに行くなんて、めずらしい。初めてのことじゃないだろうか。仲はよさそうではあるものの、終業時間が遅いせいか、これまで従業員同士で、そういう交流をしていた風はまったくなかった。シマ君という人は、健吾の職場に新しい風を吹き込んだようだ。

電車に乗り込み、空いている席に腰を下ろす。軽く息を吐いたつもりが、「はあっ」と大きな声が出た。隣の席のサラリーマンが、迷惑そうな顔で悠希をじろりと見る。

気が付かなかったふりをして、悠希はシートに体を倒した。ゆっくりと。

「すごいなぁ、満里子ちゃん。毎日そんなにしっかりご飯作ってるんだ。私なんて、手抜きしまくりだよ」

「しっかりってほどでもないよ。それに私は、専業主婦だし。仁美ちゃん、働いてるじゃない」

「働いてるって言ってもパートだよ。でも毎日家事やってても、誰にもお礼も言ってもらえないしって思ったら、ついつい適当にしちゃう」

ジョッキの底に沈む梅干しを、プラスチックのマドラーでがしがしと潰す。くにゅっという妙な感触が気持ちいい。

「あれ、でも満里子ちゃん、習い事始めたんだっけ。理央ちゃんの紹介の。どう？」

「うん、読み聞かせね。最初は緊張してたけど、今はすごく楽しいよ。絵本も童話もすごく奥が深いんだなあって知って。私、これまで雑誌ぐらいしか読んでなかったんだけど……。あ、ごめん、悠希ちゃん。雑誌ぐらい、なんて言っちゃって」

名前を呼ばれて、反射的に顔を上げた。向かいに座る満里子が、申し訳なさそうな表情で悠希の顔を見ている。

しまった。しばらく満里子と仁美が主婦トークを繰り広げていたので、ぼんやりと聞き流していた。数秒前までの記憶をたどる。満里子が最近始めたらしい、子供に絵本や童話を読み聞かせるサークル活動の話だった。緊張していたけど、今は楽しい。童話は奥が深い。今までは雑誌ぐらいしか読まなかったけど――。こんな流れだったはず。

「いいよ、いいよ。実際、雑誌って『ぐらい』ってものじゃない。すぐに手に入って、でも次の情報がどんどん来てね。作ってる側も、そういうものってわかって発信してるし」

ぼんやりとしていたことがバレないように、努めて明るい声を出す。けれど言い終えた直後、自分の言葉に少し落ち込んだ。自ら自分の仕事を、「ぐらい」なんて評価してしまった。

満里子が静かな笑みを浮かべる。安堵《あんど》したようだ。けれど、その顔を向けられた悠希は逆に、どきどきした。

満里子のこの「笑み」は、高校時代からよく見かけた。当時から見る度にどきどきした。奥二重の切れ長の目に、高い鼻。すらっと長い手足に艶《つや》やかな黒髪。「美人」なのは当時から一目瞭然だが、ただ「美人」なだけじゃない何かが、満里子にはあるように思える。物静かに教室の隅で佇《たたず》んでいただけなのに、高校時代から異彩を放っていた。

それは今も変わらない。今日の満里子は、胸元にレースの付いた、上質そうな生地の黒いキャミソールの上にアンサンブルの黒いカーディガンを羽織っている。下は光沢のある、鮮やかな緑のロングスカート。狭々しく小汚いこの居酒屋では、完全に浮いているファッションだ。

これまでイタリアンやカジュアルフレンチが多かったので、たまには和食をと思って予約した「アットホームな雰囲気」「多彩な創作料理」と書かれていた店は、来てみたらどこにでもある居酒屋だった。若いグループが多く、笑い声、話し声がうるさく飛び交っている。入ってすぐに、「ごめん。店、変える？」と悠希は聞いてしまったぐらいだ。

仁美が「たまにはいいじゃない、カジュアルなのも」と言い、満里子も頷いてくれたのでそのまま入ったが、店員は既に二度も違う席の料理を間違えて運んできたり、いくら呼んでも来てくれなかったりするし、完全に外してしまった。仁美からメールが来て急いで探したからとはいえ、面目がない。

「ごめんねー、お待たせ！」

明るい声が響き、理央がテーブルに駆け寄ってきた。今日の夜までの原稿が終わらないから三十分遅れるとメールが来ていた。腕時計を見る。店に入ってから、四十分が経っていた。

「駅にはだいぶ前に着いてたんだけど、迷っちゃって。ごめんね、遅くなって」

悠希が時間を見たことに気が付いたのか、理央が言う。

「道、奥まっててわかりにくかったよね。ごめんね」

慌てて悠希も言った。

「ううん。私が方向音痴なだけ」

笑いながら理央は、満里子の隣の席に座る。

「理央ちゃんの服、かわいいね。だまし絵になってるの？　あ、動物がいる。シカかな」

仁美が理央の服の、右袖辺りを指差した。紺の無地のワンピースに見えたけれど、確かによく見ると、濃い赤、緑、黄色などで模様が描かれている。個性的で理央らしい。

「ありがとう。気に入ってるんだ、これ」

「うん。よく似合ってるよ」

そういう仁美は今日は、ミルクティー色のサマーニットだ。下は黒いフレアスカート。おとなしめだが、こちらもよく似合っている。

悠希は今日は、白いカッターシャツに、黒と白のギンガムチェックの七分丈パンツだ。動きやすいのが好きなので、大体いつもこんな格好をしている。

メニューを覗き込む三人を見て、悠希は一人ほくそ笑んだ。神様になったつもりで、自分も含めた四人を、頭上から眺めるところを想像してみる。そして、もう一度笑った。

同じ女子四人組なのに、この間の座談会の子たちとはまったく違う。誰一人として、ファッションも化粧も似通っていない。この四人を見て、区別がつかないという人はいないだろう。

「日本酒もあるんだね。後で飲もうかな」

「満里子ちゃん、さっき日本酒飲んでたよね」

「うん。でも、あんまり期待しないほうがいいかも。店員さん、ちゃんと銘柄の把握もできてなかった気がする」

「そうなんだ。とりあえず最初はビールにするかな」

理央が注文を終えるのを待って、悠希はさっきまでの話題にさりげなく戻した。

「満里子ちゃんの読み聞かせの話してたんだ。童話は奥が深いよね、とか」

「うん、童話は面白いよね。実はすごく残酷だったりするし、お姫様の話もさ、昔は全部同じって思ってたけど、ちゃんと読むとそれぞれみんな個性があるんだよね」

理央が乗ってくる。

「ねえねえ、お姫様と言えばさ。みんな『いつか王子様が』願望、ってある？」

思い付いて、訊ねてみた。

「王子様？」

「どうしたの、急に」

「この間ね、女の子は誰でも『いつか王子様が』願望があるよねって、言った子がいて」

悠希は座談会での話を披露した。

「編集者さんって、本当に色んなことやるんだね。座談会かあ」

「『ヒロインに憧れる映画』ねえ、なんだろう。私、映画よりドラマ派だからなあ。満里子ちゃん、ある？」

「うーん。私、本だけじゃなくて映画も観なかったから……。理央ちゃんは？　いっぱい知ってそうじゃない？」

「単純に好きな映画じゃなくて、ヒロインに憧れるって条件付きなんだよね。そうだなあ」

映画の話で、三人は首を捻《ひね》る。

「その場で人気だったのは、『プリティ・ウーマン』とか『ボディガード』とか。それでうちの副編集長が、守られたい、迎えにきてもらいたいって願望があるのかなって」

悠希が追加説明をすると、考え込んだ顔をしていた理央が、急に「ああ！」と声を上げた。三人で理央の顔を見る。

「ヒロインに憧れるって、そういう意味？　私、自分もあの人みたいになりたいって、人物に憧れるってことかと思った。守られたい、迎えにきてもらいたいなら、ヒロインがされたことに憧れる、私もされたいって意味だよね。そこで、だいぶ違ってこない？　ニュアンスが」

ストン、と悠希の体に、何か落ちてくるものがあった。

「わー、すごい。なんか今、理央ちゃんって作家なんだなあって思った」

「うん。理央ちゃん、自分の言葉を持ってるって感じだよね。で、それをいいタイミングですっと出してくれるの」

　仁美と満里子が感嘆の声を上げ、惚《ほ》れ惚《ぼ》れといった視線を理央に送る。でも悠希は、何も言うことができなかった。衝撃を受け過ぎて。

　座談会の間中、ずっと悠希がじんわり感じていたズレや違和感のようなものを、理央は今、一瞬で明文化してみせた。いや、座談会のときだけじゃないかもしれない。悠希がズレを感じているのは、今の編集部に来てからずっと――。

「何々、みんな急に。私、作家じゃないよ。翻訳家だよ。あ、ねえ、もろきゅうがある！　これも頼んでいい？　すみませーん、お兄さーん！」

　自分が発した言葉が悠希を大きく惑わせたことも知らず、当の本人はいつも通り、笑顔で明るい声を上げている。


「ねえ、悠希ちゃん。前に話してた、生理休暇をよく取る後輩の女の子。あの子、どうなった？　婦人科には行ったの？」

　理央が来てから、一時間ぐらい飲み続けた頃だろうか。満里子がトイレに立った直後、仁美がふいに悠希に訊ねてきた。

「まったく何も変わってないよ。先週もまた休み取ってたよ。でも婦人科は行ってないみたい。もう何を言っても無駄なんじゃないかな」

返事がつい愚痴っぽくなる。

「そうなんだ。私、実は今、通ってるんだよね、婦人科」

遠慮がちな口調で仁美は言う。

「そうなの？　前に旦那さんが不妊検査に付き合ってくれないって言ってたよね」

悠希よりも先に理央が訊ねた。

「うん。でも、あの後、説得して連れて行ったの。二人とも特に問題はなかったんだけど、やっぱり早く欲しいしってことで、不妊治療始めたんだ」

「そうなんだ。不妊治療って、大変じゃない？　すごくお金かかるって聞くけど」

悠希は言った。今、産休中の内田さんは、悠希が編集部に入ってから間もなく休みに入ったので、あまり親しくはない。でも部内の人たちに、長い間不妊治療をしていて大変そうだったと聞いたことがある。

「私はまだ、タイミング法っていう、先生に基礎体温表とか出して、妊娠しやすい日を教えてもらうってだけのだから、そこまでじゃないけど……。人工授精や体外受精になると、かなりかかるみたいだね」

「タイミング法？　ねえ、ちょっと生々しいこと聞いてもいい？　それって、この日にセックスしましょうって、お医者さんに指示されるってこと？」

理央が言う。そのまんまの言い方をするのは彼女らしいが、さすがに声の音量は抑えたようだ。

「うん、そう」

「そうなんだ。大変そうだな、なんか。それだけのことかもしれないけど、お互いの気持ちとか雰囲気とか。ねえ？」

理央に同意を求められて、悠希も「うん、うん」と頷いた。今日は本当にそう思っている「うん、うん」だ。

「そうなの。そういう日に、旦那が今日は飲んでくるとか言うと……」

何か言いかけて、仁美が途中で口をつぐむ。男性店員が「空いているお皿、お下げしますね」と近付いてきた。

「ごめんね、こんな話。二人とも、まだ子供は考えてないって言ってたから、嫌かな」

店員が去った後、再度仁美は口を開いた。

「別に聞く分には嫌じゃないよ。ねえ？」

理央に同意を求められて、悠希はまた「うん」と頷いた。でも今度の「うん」は実は曖昧だ。

「ほんと？　よかった。実は誰にも話せないから、聞いて欲しくて仕方なかったの」

「職場の人と話したりしないの？　女の人多いじゃない」

悠希は訊ねた。仁美の店には、月に一度ほど行く。客ではあるのだけれど、友達にやってもらうのは気が引けるので、悠希はいつも仁美以外の人なら誰でも、と受付で告げる。やってくるのは、女の人が多い。悠希たちと同じく、三十代だと思われる人もいる。

「うん。でも、年が近くて結婚してる人がいないんだよね。あ、一人いるけど、離婚協議中なの」

そこまで言って、仁美は店の奥のほうにこそこそと視線をやった。悠希もつられてそちらを見た。通路を満里子が歩いてくる。

「ありがとう、聞いてくれて。満里子ちゃんの前ではちょっと悪いかなって思って。ほら、子供作らないって決めてるって言ってたし」

小声で言い、場を繕うように仁美はだし巻き玉子に箸《はし》を伸ばした。

「なんか迷路みたいに入り組んでるね、このお店。お手洗い、わかりにくかった。帰り、迷っちゃったよ」

黒い髪をさらりと揺らしながら、満里子が苦笑いして席に着く。

なんとなく満里子と目を合わせたくなくて、悠希は視線を下に向けた。あの静かな笑みを見るのが怖かった。

電車に乗っている間中ずっと、うとうとしていた。頭の中では、今日の食事会で入ってきたあれこれが、ぐるぐると回り続けていた。雑誌「ぐらい」、理央が気付かせてくれたズレ、いつか王子様が、仁美の不妊治療、満里子の笑み――。

最寄り駅の階段を下りている途中で、改札の向こうに見慣れた後ろ姿を見つけた。健吾だ。今日は早番だったはずだから、真《ま》っ直《す》ぐ帰ってきていたら、もうとっくに家に着いているはずなのに。どこか寄り道でもしていたのだろうか。でも、いつも何でも報告してくるのに、聞いていない。

近付こうと足を速めた。と、健吾の隣に女の子が立っていることに気が付いた。さっきまで柱に隠れていて見えなかった。女の子は、頭の高い位置で髪を結わって、Tシャツにジーンズというカジュアルな格好をしている。まだ若そうだ。健吾と同じぐらいか、あるいは、もっと下か。

なぜか悠希は足を止めてしまった。後ろからチッと舌打ちが聞こえた。中年サラリーマンが、悠希を追い抜かしていく。改札前の柱に体を寄せた。向こうからは見えにくそうな位置を選ぶ。どうして自分が隠れなきゃいけない、と思いながら。

女の子が健吾から離れ、悠希の家とは逆方向の出口に向かって歩き出した。途中で上半身を反らせ、健吾に向かって手を振る。「またね」と言いながら、健吾が女の子に手を振り返す。

その様子を、悠希はじっと黙って見つめていた。体を動かした、いや、動かせたのは、女の子の姿が夜道に消えてからだ。

改札を抜ける。健吾はもう、出口に向かって歩きかけている。

「健吾」

名前を呼んで、駆け寄った。

「あれ？　悠希ちゃん。高校の友達と食事会じゃなかったの？　思ったより早かったね」

振り返った健吾は、いつもと変わらない八重歯の笑顔を見せてきた。健吾が「いつもと変わらない」ことに、ひとまず悠希は安心した。でも、まだ第一段階の安心だ。

「うん。そう、かな。ねえ、今、女の子と一緒にいた？　お友達？」

詰問にならないように、いつもよりやさしい声を出すことを心がけたら、なんだか甘えているような、媚《こ》びているような声になった。語尾がたらっとしていて、美加みたいだ。自分に顔をしかめる。

「ああ、今の？　シマだよ」

思いがけない答えが返ってきた。「え！」と大きな声が出る。

「シマ……さんって、女の子だったの？　下の名前？　もしかして」

「そうだよ？　伊勢志摩の志摩。え？　悠希ちゃん男だと思ってたの？」

「うん。島とか嶋君だと思ってた。だって、健吾の店、従業員さんみんな男の人だったし」

「そうそう。シマが初めての女の子なの。そういうのなんて言うんだっけ？　あ、紅一点だね。でも、おもしれー。俺、いつも志摩の話してたのに、悠希ちゃん、ずっと男だと思ってたんだ」

　声を上げて笑い、健吾は悠希の肩をばしばしと叩く。悠希は愛想笑いをした。でも、上手く笑えていたかわからない。

　健吾と二人で夜道を並んで歩く。住宅街なので、辺りは暗く静まり返っており、悠希たちの足許《あしもと》を照らすのは、コンビニの不自然な明るさの光だけだ。

「今日は、どこまで行ってたの？」

「同級生って四人組だっけ？」

　健吾が時々話しかけてくるが、悠希は「有楽町」「うん。四人」などと、短く単語で答えることしかできなかった。頭をかちゃかちゃかちゃっとさせようとしても、上手く働いてくれない。「シマ」のことを考えてしまっている。ここ数か月の間に、健吾が何回「シマ」の話をしたか、などと。

シマっていう、すげぇ面白いやつが入ってきて――。シマ、何でもできるんだよ。料理もうまいし、シェーカーさばきもマジかっこいいし――。昨日シマが言ってたんだけど――。今日はシマとカラオケに――。

気が付いたら、健吾の背中が斜め前にあった。歩くのが遅れている。追いつこうと右足を前に出したら、つま先で左足の踵《かかと》を蹴っ飛ばしてしまった。カツン、と鈍い音が夜道に響く。

小さな音だったのに。なんだか、やけに明瞭に響いた、気がした。

たぬきうどんを、ずずっと吸い上げた瞬間に、「いたいた。衛藤!」と、背後から名前を呼ばれた。保科の声だ。

「昼飯中悪いけど、ちょっといい?」

自分で「いい?」と聞いたくせに、まだ「いい」と言っていないのに、まわり込んできた保科は、悠希の向かいに腰を下ろす。

「うどんって。男らしいもの食べてるなあ」

悠希の手許を見て笑う。口に「男らしい」うどんが入っているふりをして、無視させてもらう。

「なんですか？」

飲み込んだふりをしてから、訊ねた。

「うん。さっき長谷川さんから電話があってさ、急なんだけど、旦那さんが転勤になるんだって。だから読者モニター辞めさせてくれって」

かちゃかちゃ。長谷川さん。記憶をたどる。リボンのピアスの人だ。

「そうなんですか。まあ、仕方ないですよね。専業主婦って言ってたし、ついて行かれるんですね」

「うん。だから、一人補充しなくちゃいけなくなったんだ。四人が一番バランスいいんだよね、やっぱり。衛藤、知り合いの当てとかない？　信用できる人で」

「誌面で募集するんじゃないんですか？　読者モニターって」

「総入れ替えのときだったらそうするけど、一人のためには効率悪いよ。すごい数の応募が来るんだぜ？　それを全部プロフィールチェックして、会いに行って大丈夫な人か見極めてって、大変だよ」

雑誌に出るということで、「違うこと」を求めてしまう人もいるのだと、保科は説明をした。モデル志望でコネや紹介を狙う人や、過去には芸能人に会わせてくれと言いだす人もいたそうだ。

「主婦二人、働いてる子二人でちょうどよかったから、主婦の子がいいな。一般人プラスαぐらいで写真映えする見た目で、あと、丸井さんと鎌田さんが結構喋るほうだから、暗くはないけど控えめな子。それと、愚痴の場所にされても困るからさ、生活に余裕のある人がいいね。ここ、結構大事」

こちらに都合のいい条件を、保科は並べ立てる。特に汚い言葉を使っているわけではないのに、保科が女性について語ると、どうにも癪に障るのは何故だろう。

しかし、苛立《いらだ》つ一方で、悠希の頭にはある映像がくっきりと浮かんできていた。満里子の、あの静かな笑みだ。

「あの、ちょっと信じられないぐらい、条件にぴったりな子がいます」

悠希は言った。「え、本当に？」と保科が身を乗り出す。箸を置いた。うどんが伸びそうなのは少し気になったが、バッグを探って携帯を取り出す。最初の食事会のときに、「再会の記念写真」と言って、店員さんに撮ってもらった写真が確かあったはずだ。

「右端の子です。高校の同級生で、眼科医の奥さんなんですけど」

見つけた画像を開いて、携帯を保科のほうに差し出す。

保科はしばらく黙って画面を眺めていたが、やがてゆっくりと呟いた。

「プラスα、どころじゃないな」と。

　陶磁器のように白い肌をした若いウェイターが、悠希と満里子の前にコーヒーカップを置く。ありがとう、の意味で軽く会釈をしたら、品のいい微笑を返された。高級住宅街にあるカフェは、やはりウェイターも「高級」らしい。

「感じのいい店だね。よく来るの？」

　話があって、できるだけ早く会いたい。早ければ早いほどいい。そちらの家の近くまで出向くから。一昨日、そう電話で打診したら、満里子がこの店を指定してきた。

「実は私も、今日が二回目。先週末に夫と散歩してるときに見つけて、入ってみたの」

　満里子の背後の壁はガラス張りになっていて、緑がいっぱいの広い中庭が見えるようになっている。雑居ビルがひしめきあう中にある会社の最寄り駅にいたのは、まだたった十五分前なのに。短時間で別世界にやってきたようだ。

「へえ、仲いいんだね、旦那さんと。一緒に散歩なんて」

「あー、そうね。そうでもないときもあったんだけど、最近は仲は悪くはないかな。ほら、例の読み聞かせ。あれを始めてから、よく話すようになったの。聞いて欲しい話がいっぱいできたから」

「そうなんだ。本当に充実してる感じだね。その読み聞かせの活動」

「うん、そうなの。なんかね、自分の区切り、ターニングポイント？　みたいなものになるんじゃないかと思うの。理央ちゃんみたいに、言葉で上手く説明できないんだけど……。見えるものが違ってきたっていうか」

おっとりとしているけれど、気持ちがこもっているのは見て取れる口調で、満里子は話した。例の静かな笑みではなく、ちょっと恥ずかしそうな笑みを浮かべている。

「ねえ、それで？　話ってなんだった？」

コーヒーカップを持ち上げて、満里子が悠希の顔を見る。「うん、実はね」と悠希は姿勢を正した。

「この間会ったとき、座談会の話したでしょう？　ほら、映画の話の」

そこから悠希が話した今日の用件について、満里子は何度も相槌を打ちながら、真摯《しんし》な様子で聞いてくれた。けれど最後まで聞き終えた後、満里子が口にした言葉は、「ごめん」というものだった。

「悠希ちゃんの雑誌、私もよく読んでるし、座談会も楽しそうだなって思いながらいつも見てるんだけど。でも、私には向いてないんじゃないかなあ」

そう言って、満里子はカップを口に付ける。

「どうして？　そんなことないよ。うちの副編集長も、満里子の写真を見せたらすごく乗り気なんだ」

　悠希は逆に、カップを口から離してテーブルに置く。

「そうなの？　どうしてだろう。だって、私きっと、輪を乱しちゃうよ？　悠希ちゃんたちは仲良くしてくれるから、すごくありがたく思ってるんだけど。でも、ほら高校時代、知ってるでしょう？　私は、女の子に嫌われるから」

　迷いながらではあったものの、語尾を曖昧にしたりはせずに、はっきりとそんなことを言われて、悠希は怯《ひる》んだ。どくん、と心臓が鳴る。

　沈黙が流れている。さっき自分が口にした言葉、「そんなことないよ」というものを、今もう一度言うべきだ。そう思うのに、口が動いてくれない。

　どくん、どくん。予感があって、目線を上げてみた。満里子の顔が視界に入る。ああ、やっぱり――。

　満里子は浮かべていた。あの、静かな笑みを。あの顔で、悠希をじっと見ている。

「それにね」

　そのままの表情で、満里子が再び口を開く。

「そういう派手な行動っていうか、人目に付くところで顔と名前を出すってこと、私はしちゃいけないんだ。いけないって、これ、自分がそう思ってるって意味なんだけど。マナーというか、礼儀として」

「どういうこと？」

悠希は聞いた。今度は声が出た。今のは、まったく意味がわからなかった。

満里子が姿勢を正した。軽く、深呼吸もした気がする。

「私ね、不倫して、略奪したの、今の夫を。世間的な言葉で言うと」

どくん。また心臓が鳴った。さっきよりも大きく。

「しかも、夫の前の奥さん、私の知ってる人なの。だからね、私は人前で顔出したりとか、できないんだ。できないっていうか、しちゃいけない。前の奥さんとの子供ももう大きくて、自分の両親の離婚の理由とか、そういうこと、わかると思うから」

満里子の口調は、落ち着いていた。いつも通りの、細くて哀愁のある声だった。けれど、いつもよりも、その声には芯のようなものを感じた。低いわけではないのに、どっしりとしているとでもいうのだろうか。

怖いもの見たさで、また悠希は目線を上げてみたくなった。満里子が今どんな顔をしているのか、見たい。でも、しない。もうわかりきっているから。

どれぐらいの時間、二人して黙っていたのだろう。やがて悠希は声を絞り出した。「そっか」と一言。

「うん、ごめんね」

「ううん、こちらこそ。勝手なお願いで時間とってもらって」

言いながら悠希は、やっと視線を上げた。満里子の声から、どっしりとした感じが抜けていたので、躊躇《ちゅうちょ》せずにできた。やっぱり。あの笑みは消えている。

「残念だけど、わかった。副編集長には、ダメでしたってことだけ、伝えておくね」

もやもやとした感情が、渦巻いている。不倫、略奪、という話と、それを満里子が突然語りだしたことには驚いたものの、読者モニターを断られたことには、どこかで自分はホッとしている気がする。自分の領域に、満里子が今以上には入って来ないとわかって。でも、じゃあどうして。そうだとしたら何故、自分は満里子に会いにきたのだろう。満里子を保科に推薦したりしたのだろう。

このもやもやは、前にも感じたことがある。満里子が編集部に電話をかけてきたときだ。電話の相手が満里子だとわかって、そのときは興奮して色々と語りかけたけれど、かけ直すことを約束して一度電話を切った後、悠希は迷った。この子と再会することを、本当に自分はよしとするのか、と。会ってしまって大丈夫だろうか、怖くないか、と。

「そうだ。ねえ、悠希ちゃん。私も悠希ちゃんに話したいことあったんだ」

「え？　何？」

急に話を振られて、身構える。

「うん。あのね、次回から、食事会のお店選びや予約、私がしようか？」

満里子の言葉に、悠希の体にかっと、なにか熱いものが走り抜けた。

「どうして？」

強い調子で、訊ねた。満里子が怯んだのがわかる。

心臓の音、心に侵入してきたもやもやとしたもの、走り抜けた何か。それらが合わさり、とてつもなく嫌な感触を伴って、悠希の体に襲いかかる。

「この間のお店、外したから？　そう言えば満里子ちゃん、店員さんが日本酒の銘柄もわかってないとか言ってたもんね。あと、トイレまでの道がわかりにくいとかも。怒ってたの？　あれ」

言葉が口から滑り出る。嫌な感触を迎え入れることを体が拒否していて、形にして吐き出してしまったような感じだ。

満里子が、悠希の顔を見ている。怯《おび》えたような表情で。初めて見る顔だった。

もやもやとした嫌な感触は、いつまでも体から出て行ってくれない。どうして自分は、あんなことを言ってしまったんだろう。しかも、あんな強い口調で。満里子だって怯えるに決まっている。

電車が大きく揺れたので、足に力を入れた。瞬間、下腹部の一部に鋭い痛みを感じた。声にもならない息が漏れる。

ぎりぎりぎり。電車の揺れは収まったが、痛みはまだ続いている。細い道をこじあけるように、じわじわと悠希の下腹部に侵入してくる。

最初、生理が来たのかと思った。でも違う。まだ一週間ぐらい先のはずだし、生理が始まるときに感じる、内臓が下がるような感触はない。

ぎりぎりぎり。痛みはだんだんと、悠希の下腹部で居座る範囲を拡げていった。声を漏らしてしまうような鋭い刺激はなくなったが、代わりに鈍く重いものが、ずっしりと下腹部にのしかかる。

ぎりぎりぎり。ようやく会社の最寄り駅に着いたとき、悠希は額に脂汗をかくまでになっていた。もがくように足を動かし、ホームを歩く。

少しでも痛みを和《やわ》らげようと、服の上から下腹部をつねって、会社のエレベーターに乗り込んだ。編集部がある四階で降りる。今度は廊下の床に足を這《は》わせるようにして、自分の体を、少しずつ前に運んだ。

デスクの机に生理時の痛み止めが入っているので、そこまで頑張ろうと思っていたが、無理そうだ。オフィスがはるか遠くに見える。腰を九十度近く曲げるようにして、悠希は途中の女子トイレに入った。

入口で、中から出て来ようとした女の子とぶつかりかけた。

「あ、ごめんなさい」

聞き覚えのある声がした。少し鼻にかかった——、美加だ。

「衛藤さん!? どうしたんですか？」

美加が大声を出す。上体を起こせないので床に向かって、悠希は「ちょっとお腹《なか》が痛くて」と声を零《こぼ》した。

「大丈夫、ちょっと休めば……」

「大丈夫じゃないですよ！ 真っ青ですよ！」

視界に美加の顔が入り込んだ。屈んで顔を覗き込んでくれたらしい。が、そう思った次の瞬間、また美加は視界から消えた。

がん！ と衝撃があった。多分、頭に。

「衛藤さん！ やだ、どうしよう。救急車！」

美加が叫ぶ。それで、どうやら自分が床に倒れたらしいことを理解した。

「救急車はダメ。騒ぎになっちゃう」

声を絞り出す。

「だって！　じゃあどうしたら」

「タクシー」

「あ、そうか。下に着ければ……。でも、衛藤さん、下までどうやって」

美加の姿が、悠希の視界の中を出たり入ったりする。パタパタという音が聞こえる。美加は、あわあわと歩き回っているようだ。

また美加が視界から消えたと思った次の瞬間、「保科さん！　ちょっと来てください！　衛藤さんが」という声が聞こえた。

「ダメ」

悠希はまた声を絞り出した。でも、きちんと外に出たかどうかわからない。出ていたとしても、美加は近くにいないから聞こえていない。

「なに？　どうしたの？」

「中で衛藤さんが倒れてるんです！　運んでください。私はタクシーを！」

ダメ。いや。ダメ。よりによって保科に運ばれるなんて。

「衛藤！　どうした⁉　大丈夫か？」

視界がみるみる狭まっていく。聞こえてくる声も、どこから聞こえてきているのか、よくわからない。

体がぐにゃりと揺れた気がした。髭の剃《そ》り跡、奥二重の瞼《まぶた》。そんな映像が狭まった視界に、いきなり入り込んできた。保科の顔が、すぐ近くにある。保科に抱き上げられ、お姫様抱っこをされたのだと気が付いた。

「ダメ。嫌。嫌です。下ろしてください」

最後の力を振り絞って悠希は叫んだ。

「うるさい！　ちょっと黙ってろ！」

保科の声が耳許で響く。


初潮を迎えた日、母にかしこまって言われた言葉がある。

「あなたは今から、女性になるの。それは決して恥ずかしいことじゃない」

大げさではなく、母は悠希を自分の前に正座させて語った。

「でも、女性であることに甘えたり、媚びたりすることは、とても恥ずかしいことよ。お父さんの学校でも、生理を理由にすぐに体育を休んだり、授業に遅刻して来たりする子が沢山《たくさん》いるみたいだけど、男の先生だったら何も言えないと思って、いやらしいわ。悠希はそんな女性に絶対になっちゃダメよ」

　イベントごとやお祝いに力を入れる家ではなかったので、その日の夕食もいつもと変わらない、ごく普通のものだった。けれど食卓に漂う空気、特に父が悠希に話しかけるときの態度、雰囲気が、何がと聞かれたらはっきりと答えることはできないが、でも確実にいつもと違っている気がして、悠希はその日、自分がどのようにそこに存在していればいいのかわからなくて、戸惑った。父が悠希のほうに体を傾けたときに、大げさに反応して、反らしてしまったりもした。父は醤油の瓶を取ろうとしただけだったのに。

　食後のお茶も飲まず、食べ終えたらそそくさと席を立ち、「ごちそうさま」と言い捨て、自分の部屋に引っ込んだ。そのわざとらしい自分の態度が、一体誰に、一体何にかはわからないけれど「負けている」気がした。部屋で一人、下腹部にどっしりと横たわる、これまでに味わったことのない痛みと意味のわからない敗北感に襲われて、何故泣くのだろうと思いながら、涙を流した。

　肩をポンと叩かれて、目を覚ました。白衣を着た中年女性が、悠希の顔を覗いている。

「起きられますか？　痛みが酷いようだったから、鎮痛剤と安定剤打ったんだけど、よく眠れた？　痛みはどう？　先生が、起きられるようなら診察に来てって」

　体全体がだるく重い。けれど、下腹部の痛みは治まっていた。

中年の看護師さんに連れられて、寝かされていた病室を出た。廊下のプレートに「婦人科」という文字が書かれている。婦人科——。やはり、痛かったのは子宮だったのか。

「子宮内膜症だね。卵巣チョコレート嚢胞《のうほう》ができてる。わかる？　卵巣の中で病巣が袋を作っちゃって、その中に血液が溜まってるの」

足を拡げた状態で下半身がせり上がる、あのとんでもない格好をさせられる内診台での、指や器具を突っ込まれた上での診察の後、老眼鏡をかけた痩《や》せ型の初老の男性医師は、そう悠希に告げた。

子宮内膜症。卵巣チョコレート嚢胞。名前ぐらいは悠希も聞いたことがある。

「神経性のものもあるだろうけどね、月経中じゃないときに倒れるぐらい痛むなんて、月経中はさぞすごい痛みだったんじゃないの？　どうして病院に来なかったの、今まで」

どうして、と言われても。だって。

「ただの生理痛だと思ってました。四年ぐらい前から、生理痛はずっと重かったですし」

そう。それに悠希はそれで休んだりしなかったし、美加のように。だから病気だなんて思ってもみなかった。

「薬を飲めば、乗り越えられてましたし」

悠希の言葉に、医師は「ふっ」と鼻を鳴らした。

「だから、四年ぐらい前から進行してたんだよ、ずっと。乗り越えられてたねえ。それ、君が勝手にそう思ってただけじゃないの？　体はとっくに悲鳴あげてたよ、きっと。ずっと前からね」

ずっと前から――。ずっと前。それって、いつ――。

「はい、じゃあもっと詳しく説明するから。治療法の相談もしなきゃね」

鼻の下のほうにかけていた老眼鏡をくいっと押し上げて、医師は悠希のカルテを眺めた。


教えられた、総合受付の待合室にやってきた。

「悠希ちゃん！」

大きな声がした。真ん中辺りの席で、跳ね上がるように立ちあがった人がいた。健吾だ。

「大丈夫？　まだ痛い？　びっくりしたよ！　仕事中なのに、悠希ちゃんから着信が何度もあったからさ、出てみたら保科さんって男の人が、悠希ちゃんが倒れたって教えてくれて！あ、診察はもうしてきたの？　ほんと俺、マジでびっくりして。すぐ店長に言って、早退させてもらってさ」

駆け寄ってきた健吾が、悠希が返事をする間もなく、まくし立てる。

「保科さんは？」

健吾が落ち着くのを待って、聞いた。

「少し前までいてくれたけど、帰ったよ。あの人、前にレストランで会った人だよね？　ねえ、それで診察はどうだった？　今はお腹は大丈夫なの？」

まだ落ち着いていなかったらしい。健吾は悠希の肩を、がくがくと揺らしかねない勢いだ。

「悠希ちゃんが寝てる間に、俺もちょっと話聞いたんだ。子宮内……なんだっけ。診察してみないとわからないけど、多分それだろうって言われて。でも、女の人の体のことだし、よくわからなくて」

健吾の背後の席に座っているお婆さんが、ぎょっとした顔で健吾を見上げる。

「健吾。ありがとうね、来てくれて。でも話は帰ってから……」

「そうだよね、ごめん。俺、タクシー拾って来る！　あ、でも会計がまだか。じゃあ、一緒に行こう。悠希ちゃんはタクシーの中で待ってて。俺、会計しに戻ってくるから」

体を出口のほうに向けたり、また戻したり。顔もきょろきょろとさせて、健吾は忙しい。

マンションの廊下を、健吾は悠希を後ろから支えるようにして歩いてくれた。そして部屋の前に来たら、片方の手で悠希を支えたまま、もう片方の手で扉を開けてくれた。

手を添えられたまま、部屋に入った。タクシーでも、ずっと同じように背中に手を当ててくれていたので、とても助かった。支えがないと、悠希は今にも崩れ落ちてしまいそうだったから。

「あ、悠希ちゃん。携帯鳴ってるよ」

靴を脱いでいたときに、健吾が持ってくれていた悠希のバッグを差し出した。

バッグを受け取ると、背中の健吾の手が離れた。ハイカットのスニーカーを履いている健吾は、靴紐《くつひも》をほどきたかったらしい。玄関に屈み込む。

悠希はその間に、携帯を見た。メールだった。満里子からだ。

『悠希ちゃん、今日は忙しいところ、来てくれてありがとう。そちらのお願いを断ったのになんだけど、読み聞かせのこととか、夫のこととか聞いてくれて、私はかなり楽しかったです』

そこまでは、堪えた。なんとか。

『お店の予約のこと。私だけ主婦だから、一番時間があるから、私がやるべきだと思ったの。でも、気を悪くするような言い方をしちゃったなら、ごめんなさい。私、女の子の友達がいたことないので、もしかして、これまでにも嫌なこと言ったりしていたかな。でも私は、悠希ちゃんたちが遊んでくれるようになって、本当に嬉しくて……』

そこまで読んで、限界が来た。体がずるっと下がっていった。磁石のような強い力で、床に引っ張られたような気がした。悠希は玄関先に、崩れ落ちて尻餅《しりもち》をついた。

「大丈夫!? また痛いの？」

健吾が振り返って、こちらに手を伸ばそうとした。

「違うのに！　満里子は悪くないのに！」

けれど悠希がいきなりそう叫んだので、驚いたのか健吾は手を宙で止めた。

「満里子は悪くない。私が勝手にいっぱいいっぱいになって」

ゴフッと濁った音がした。鼻水を啜りあげたら、鼻が鳴った。でも啜ったかいもなく、直後また鼻水が大量に垂れた。唇の端のほうまで流れてくる。涙も、どんどん溢《あふ》れてくる。ああ、もうぼろぼろぼろだ。

「いや。お医者さん、ホルモン剤で治療するって言ったけど。いや、ダメ」

ぼろぼろなのだ。だったらもう、全部ぶちまけてしまえばいい。

「診察の話？　ダメって何が？　ちょっと悠希ちゃん落ち着いて」

健吾が再びこちらに手を伸ばそうとした。悠希は頭をぶんぶんと振って、その手を払いのける。

「いや！　副作用が出ることがあるって。女性ホルモンを抑えるから、男性みたいに、髭が生えたり声が低くなったりする人もいるって。胸が小さくなったりも。いや！　そんなの、だって」

髪の毛の束が頬に当たる。でも構わず頭を振り続ける。

「何それ、そうなの？　それはいや……」

何か言いかけた健吾に「違うの！」と叫ぶ。

「嫌がってる自分がいや。そんなのおかしい。だって私、そんなんじゃないのに。女の子だからとか、女の子なのにとか、そんなんじゃ。ずっと、そうやってしてきたのに。女ってことに甘えたり媚びたりしなかったのに。なのに、おかしい。なんで嫌なんて思うの。いや！」

「悠希ちゃん！」

健吾の声が耳許で聞こえた。大きな声だったので、驚いて体を後ろに反らしてしまうところだった。でも止められた。健吾が、悠希の両手をしっかりと摑んだから。

「何言ってるの？　全然わかんないよ！　マリコはって何？　甘えるとか媚びるとか、何の話？　わかんないよ。嫌に決まってるじゃん！　当たり前じゃん！　だって悠希ちゃんは、女の子なんだから！」

摑まれている手首に、ぎゅっと力がかかった。強い力。でも決して、乱暴ではない――。

へ？　と、悠希は声を漏らした。酷く間抜けな声だった。え？　と言ったつもりだったのに、涙と鼻水で、声がすっかり掠《かす》れてしまっている。それから、びっくりしたせいもある。

そう、びっくりした。健吾の言葉に――。

「悠希ちゃんは、女の子なんだから。ずっと女の子の体で生きてきたんだから。急に髭が生えたり、声が低くなるなんて、嫌で当たり前じゃない。俺だって嫌だよ。病気治すのに薬飲まなきゃいけないけど、飲んだらおっぱいが出てきたり、おちんちんがなくなっちゃうって言われたらさ。嫌だよ、そんなの絶対。当たり前じゃん」

腕を摑んだまま、真っ直ぐに悠希の顔を見て、健吾は言った。

かちゃかちゃかちゃ。頭の中を整理する。今、健吾が言った言葉を思い出してみる。俺だって嫌だよ。おっぱいが出てきたり――。

悠希は再び、崩れ落ちた。でも今度は床に引っ張られたわけじゃない。急に体が軽くなったから、力を入れる場所がわからなくなっただけだ。そう、体が急に軽くなった。

気が付いたら、笑い声を上げていた。さっきまでとは違う種類の涙を流して、体中を震わせて、大きな声を上げて笑い転げていた。

前にもこんなようなことがあった。健吾の言葉に、玄関先で笑い転げたことが。そのときと今と違うことがあるとすれば――。健吾が悠希の手を、摑んでくれていることだろうか。

しっかりと。

初潮を迎えた日に母に言われた言葉は、悠希の体と心の中に、重くずっしりと横たわった。女性であることに甘えたり、媚びたりすることは、とても恥ずかしいこと。

中学、高校に上がり、グループを作って群れるクラスメイトの女子たちが、黄色い声を上げて男性アイドルグループの話をするのを、クラスのカッコいい男子に甘ったるい声で話しかけるのを、悠希はいつも横目で眺めていた。

一方で、クラスの大半を占めるそういう女子に、嫌われたりバカにされたくないという思いもあった。自分はなんて醜い女なんだろうと思う。

だから悠希は、明るい優等生を目指した。どこのグループにも属さないけれど、誰からも好かれて頼りにされる優等生を。授業でも学級会でも積極的に手を挙げ発言をして、学級委員や生徒会や、みんなが面倒くさがる仕事をどんどん引き受けた。

そんな悠希の前に、これまでに会ったことのないタイプの女の子が現れた。高校二年生のときだ。

その女の子、満里子は、群れもせず、黄色い声も上げず、甘ったるい声も出さず、どころか、いつも教室の片隅で、たった一人で佇んでいた。けれど彼女は誰よりも女の子、いや

「女」のオーラを放っていた。

クラスの男子たちが、隠し撮りをした満里子の写真を見て、「俺、昨日これで三発抜いた」などと話しているのを聞いたことがある。女子たちが、「あの子、援助交際してるって本当？」「私は数学の田中と付き合ってるって聞いたよ」などと、噂話をするのを聞いたことがある。

彼ら、彼女らと同じところには堕ちたくないと、悠希はよく満里子に声をかけた。「学祭の打ち上げ、渡辺さんも来るよね？」とか、「明日から、放課後、球技大会の自主練しようと思うんだけど、渡辺さんもどう？」とか。

応じるかどうかは半々だったけれど、声をかけると満里子はいつも、静かな笑みを浮かべて悠希を見つめ、「誘ってくれて、ありがとう」と大人びた声でお礼を言った。その度に悠希は、どきどきとした。そして少しだけ「怖い」と思った。

夏休みのある日のことだ。塾の夏期講習に通っていた悠希は、夜遅くまでの授業を終えて、帰り道を自転車で飛ばしていた。明日の授業の予習など、家に帰ってからの「やること」がまだ沢山残っていたので、近道をすることにした。ラブホテルが数軒並ぶ通りを突っ切るコースだ。

そのエリアに差し掛かる直前、ペダルにぐっと力を入れた。一気に通り過ぎようと。けれど、寸前で逆にブレーキをかけた。一番手前のホテルから、ちょうど出てきたカップルを見て、驚いてしまって。

そこにいたのは満里子だった。白っぽいタンクトップに黒いロングスカートという、ラフだけれど大人っぽい格好をしていた。満里子の隣に立つ男の人は、まだ若そうではあったけれど、スーツ姿だった。

突然ブレーキをかけた自転車の存在に、気が付いたらしい。二人がこちらを振り返った。満里子と悠希の目がばっちりと合う。

満里子のほうから、慌てて目を逸《そ》らすだろうと悠希は思った。だって、状況を考えたらそれが当たり前だろう。まだ処女だった悠希は、それが当たり前と、そう思った。

けれど満里子はそうしなかった。真っ直ぐに悠希の顔をしばらく眺めて、それから一呼吸置いた後、いつものあの顔で、満里子は悠希に微笑《ほほえ》みかけてきた。

あの、静かな笑みだ。とても美しい、けれど、どこか怖いような笑み。こちらのすべてを見透かしているかのような――。

悠希は満里子を怖がっていた。怖がりながら、一方でどうしようもなく、魅了《みりょう》されてもいた。その理由が、今日やっとわかった。十五年の時を経て。

「私は、女の子に嫌われるから」

「不倫して、略奪したの」

そうはっきりと口にした満里子を見て。その後、またあの笑みを浮かべた満里子を見て。

満里子は自分が女であることを、ただただ受け入れている。女であることに甘えず、媚びもせず、抵抗もせず、もがきもせず。

ただ、受け入れている。自分が女であることと、女であることで抱えるもの、放つもの。同性から受ける扱いと、抱かれる想い。異性から受ける扱い、抱かれる想い――。それらのすべてを、ただ。

「だって、悠希ちゃんは女の子なんだから！」

悠希が十五年近くもかかって、健吾の手を借りてやっと辿り着いた「ここ」に、満里子はあの教室にいたあの頃から、もう居たのだ。たった一人で、ずっとそこに佇んで居たのだ。

だから、あんなにも。満里子はいつも、怖いぐらいに美しい――。


「悠希ちゃん」

しばらく黙っていた健吾が、ゆっくり口を開いた。

「嫌だと思うのは、当たり前だよ。でも、治療は受けてね。俺、悠希ちゃんに髭が生えても嫌いになったりしないから。だって、子宮でしょう？　いつか、俺と悠希ちゃんの子供ができるかもしれないところでしょう？」

悠希は顔を上げた。健吾の顔を見る。健吾はいつになく、真剣な顔をしていた。

子供、だなんて。結婚して三年。今までそんな話、一度もしたことなかったのに。

「勢いでしちゃったしさ、結婚。あの頃、俺、ガキだったと思うし、悠希ちゃんにガキって思われてるのもわかってたし。悠希ちゃんも仕事忙しいし、だから、しばらく子供を作るとかは、ないんだろうなって思ってたけど」

声には出さなかったのに、健吾は悠希が考えたことについて、答え始めた。

「でも、そういうこともあるかもしれないじゃん？　やっぱり、いつか。だって結婚してるんだし。俺ももうすぐ、知り合った頃の悠希ちゃんと同じ年になるし、最近はそういうことも考え始めたよ。ほら、シマ。あいつ再来月結婚するんだけど、俺より年下なのに、将来のこととか、すげえしっかり考えてるの。そういうの見てたらね、俺もしっかりしなきゃなあって思うようになった」

ずっと握っていた悠希の両手を、ゆっくりと健吾が離した。悠希はそのまま、自由になった健吾の両手の中に体を収めた。吸い込まれるように。健吾の手が、背中にまわる。

うん。健吾の胸の中で、悠希は頷いた。声が出たかどうかはわからない。でも、いいや。

きっと健吾には伝わっている、きちんと。

悠希だって、子供を産むことについて考えたことがないわけじゃない。考えないなんてことは、不可能だ。両親から、「それで子供はいつ」という電話が頻繁にかかってくるし、職場には産休を取っている先輩がいるし、同級生が不妊治療を始めた。

第一、この体が、悠希の子宮が——。毎月力一杯に、「ここに、子供ができる可能性があるんだぞ」と訴えかけてきていた。ぎりぎりと、激しい痛みを起こしてまで。考えない、なんてことができるわけがない。

「うん」

今度は、きちんと声に出して頷いた。

「治すよ。髭、生やしてでも」

頭上に何やら、気配を感じた。とても柔らかい「なにか」が、悠希の頭の上に降りてきた。やがてその「なにか」が、悠希の頭をやさしく撫でる。

ああ、美加の言う通りだ。男の人に頭を撫でられるのが嫌いな女の子なんて、いない。女の子は誰でも、喜ぶだろう。好きな男の人から、されるのなら。

「あの、衛藤さん」

ノートに今日の「やること」を書き込んでいたら、脇から小声で名前を呼ばれた。美加が中腰で悠希の顔を覗いている。

「どうしたの？」

倒れた日から三日休みをもらって、今日久々に悠希は出勤をした。さっき朝礼を開いてもらって、みんなにお詫びとお礼を述べたばかりだ。もちろん美加と保科には特に強く。

まさか、言い足りないと思われたとか。感じの悪い物言いをしてしまったとか。

「私も行くことにしました、婦人科。昨日、予約を取りました。来週行ってきます」

やっぱり小声でそそくさと言い、美加はすぐに踵《きびす》を返そうとした。「待って」と、悠希はその背中を引き留める。

「今度飲みにでも行かない？　助けてくれたお礼におごるよ。女子、二人だけなんだし、たまには」

悠希の言葉に、美加は一瞬、表情を固まらせた。そんなに驚くか。

「センス、勉強させてよ。っていうか、盗ませて。私は、要領よく仕事する方法、教えてあげるから」

笑いながら悠希は言った。

保科はこの間、「有村さんはセンスはあるんだけど」と言った。その後に飲み込まれた言葉はわかっている。悠希には、センスがない。うちの雑誌向きの記事を考えられる、センスが。

でも、ここで頑張ろうと一年前に決めた。入社以来ずっと憧れていた編集だし、自分とはズレていても、次々流れてくる情報で「ぐらい」というものであっても、求めている人がいるのだから、やりがいのある仕事には変わりない。

「私、こう見えて酒豪ですよ。焼酎でも日本酒でも、がぶがぶ飲みまくりますけど、いいですか」

しばらく考え込んだ顔をしていた美加が、やがてそんなことを言った。かわいらしく、甘ったるい声で。

「え、う、うん」

返事したときには美加はもう、背中を向けて自分のデスクに向かって歩き出していた。

悠希もデスクに向き直る。今日の「やること」に追加事項を書き込む。

「有村さんと飲みの日程相談」

休憩スペースでコーヒーを啜っていたら、「ういっす。お疲れ」と、上から間延びした声が降ってきた。保科だ。

「おはようございます、ですよね」

「ん？　ああ、まあね。でもさっき朝礼で会って、おはようございますは言ったし。それ以外にもお詫びとかお礼とか、さんざん色んな挨拶してもらったし」

ぶつぶつと呟くように言いながら、保科はコーヒーメーカーの前に立つ。

なんだろう、今のは。もうお礼は十分だという意味だろうか。確かに、今また改めて言おうとしていたけれど。

淹れ終えたコーヒーカップを手に持って、保科はソファに腰を下ろした。悠希の隣ではなく、向かいに。そして、ふわぁあ、と音を漏らしてあくびをする。

「衛藤の王子様は、カッコいいな」

あくびを終えてしばらくの後、突然、保科が言った。

「は？　なんですか？」

「この間、病院の待合室でさ、君の旦那君、俺に、すみませんでした、ありがとうございました、って、もう回数数えておいてやればよかったぜってぐらい、何度も言うの。そのうち、情けないです、自分の責任です、とかまで言い出して」

淡々と保科は語る。聞いている悠希の顔は、だんだんと熱を帯びてきた。

「だから俺、衛藤には悪いけど言ってやったの。保護者じゃないんだから、健康管理は本人の責任でしょう、旦那さんが謝ることじゃないでしょう、って。そうしたら君の王子様、『悠希ちゃんの元気を守るのが自分の役目だから』『無理してたんだろうに、気付いてあげられなかった』『守れなかった、情けない』とかなんとか、熱く語り出してね」

きっと顔が真っ赤になっているので誤魔化《ごまか》そうと、悠希はコーヒーカップを口許に持ってきた。保科に健吾の話をされるのは、悠希にとって拷問と同じだ。

「守るとか、守られたいとか言うじゃない、よく。この間の座談会でも出たよな。俺さ、いつも違和感あったんだよな、内緒だけど。女の子が、あれを言うと、守られたいって、何から？　何か危険な目にでも遭ってるわけ？　って思っちゃってた。でも、そういう守るっていうのもあるのか、と思って」

保科は一呼吸おいて、コーヒーを啜った。気まずくて、悠希も同じことをする。


悠希は保科と、一度だけ寝たことがある。入社二年目の頃だ。結婚退職をしてロサンゼルスに行った同期の女子社員が、入社当時、配属された情報誌の編集部で保科に教育係をしてもらっていた関係で、悠希も新人の頃から、保科と顔見知りだった。

見てくれがよくて、女の扱いに慣れていて、そつなく立ちまわる保科は、後輩女子から人気があった。ある飲み会の席で隣になって、悠希も簡単に手なずけられてしまった。

その日の帰り道でホテルに行って、寝た。勢いでのこととは言え、社内でこういうことになったのだから、きちんと付き合ってくれるのだと思っていた。けれど保科は、「一回切りの関係」の常習犯だったらしい。次の日から涼しい顔で、何事もなかったかのように振る舞われた。後から聞こえてきた話だと、同期の女子とも寝ていたらしい。きっと、レストランで一緒にいた広告部の先輩とだって寝ている。

考えてみると、悠希はそういう目に遭うことが少なくなかった。明るいし友達も多いので、出会いの場は多かったし、誘ってくる男性だって、それなりにはいた。でも、後腐れがなさそうでさっぱりしていると思われるのか、関係を持った後に彼女がいることを知らされたり、寝た日の翌日別れたまま、二度と連絡が取れなくなったり、悪びれず、そういうことをされることが多かった。

そして悠希も、そういうとき、どうしたらいいのかわからなくて、結局そのまま泣き寝入りしてしまっていた。泣いている姿を、決して人には見せずに。すがったり、泣いたりすると、媚びている、女を利用していると思われるのではと、考えていた。

健吾と初めて寝た日の翌日、玄関先で「嫌だよ、そんなの！」と叫ばれて、初めて気が付いた。ああ、こんなに簡単なことだったのだ、と。悠希もそう言えばよかった。甘えるわけでも、媚びるわけでもなく、ただ「嫌だよ」と、素直に。

だって、当たり前だ。いくら明るくても、さっぱりしていそうでも、しっかりしていても。「ヤリ逃げ」なんてされたら、嫌だし傷付くに決まっている。


「カッコいいなって、思ったよ」

しばらく間をおいたあと、保科が呟くように言った。

「衛藤の王子様。俺はそんな風に、誰かを守る、守りたいって思ったことがないから」

そして、悠希に何か言わせる隙もなく立ち上がった。

「TODOリスト、今日もぎっしりなの？」

こちらを振り返りながら言う。

「あ……。今日は余裕があります。次の会議に出す企画を考えるとか、まだ期限が先のものが多いので」

「うん。しばらくは、そういうのがいいな。俺もお前に無理させないように、配置とか、色々画策してみるよ。治療、時間かかるんだろ」

独り言のようにぼそぼそと言い、保科は編集部のほうへ去って行った。

残された悠希は、はあっと息を吐いた。長い長い息になった。でも憂鬱な溜め息とは違う。

長い間溜め込んでいた「なにか」を、すっきりと体から吐き出した感じ。気持ちがよい。

今日の「やること」に思いをめぐらす。次の企画は三つ出そうと思っている。

『隣のあの子も悩んでるかも⁉　妊娠、出産にまつわる、みんなの本音』

『童話のお姫様から学ぶ！　女子の生き方カタログ』

『今からでも遅くない！　あなたを変えるかもしれない、ちょっと変わった趣味、習い事』

まだタイトルは仮だし、仁美と理央にはまだ話していないけれど、満里子だけには、昨日既にメールをした。こういう企画を考えているから、もし通ったら話を聞かせてもらえないか、名前も顔も出さないから、と。

返信はすぐに来た。

『面白そうだね！　私でよかったら！』

たった一言のメールの中に、満里子にしてはめずらしく、三つも絵文字が使われていた。ハートとキラキラマークと、破顔して笑う顔文字だ。女の子らしい、かわいいメールだった。

コーヒーを飲み干し、悠希は立ち上がる。「えいっ」と心で唱えながら。

今日もノートを真っ黒にしたい。今日の「やること」の最優先事項は、三つだ。

「定時で退社」「食材の買い物」「健吾と一緒に夕食作り」。

女の子は、いつでも。

to lose is to win.

お客さんの腰に置いた手に力を込めたとき、下腹部にとある感触を覚えて、「あ」と仁美《ひとみ》は微《かす》かに声を上げた。ベッドにうつ伏せになっているお客さんが、ぴくっと体を震わせる。

「ごめんなさい。声、出ちゃった」

言いながら、手の位置を改めた。

「どうかしたの？」

お客さん、常連の松本《まつもと》さんが、顔を横に向けて仁美に訊《き》く。

「ちょっと、コンタクトがずれちゃって」

まさか「今、子宮口の辺りをとろっとしたものが通った気がして」なんて本当のことは言えないので、適当に誤魔化《ごまか》した。

「あら、大丈夫？　鏡見たら？」

しかし、そんなことを言われてしまい、「あ、じゃあ」とベッド脇の棚の前に移動した。言った手前、鏡を覗《のぞ》き込んでみる。「一度外して洗いたい」などと言って、トイレに行かせてもらおうか。仁美を気に入ってくれている松本さんなら、きっと「いいよ、いいよ」と言ってくれる。

少し悩んだけれど、結局「すみませんでした。大丈夫です」と、ベッドに戻った。「通った」感触はあったものの、「落ちた」にまでは至っていなかったと思う。確認は、松本さんの施術を終えた後でいいだろう。もし「来て」しまっていたら、集中力を欠いてしまいそうだし。

「ああ、気持ちいいわ。やっぱり垣内《かきうち》さんの手が一番癒されるなあ、ライムの香りもいいわね」

マッサージを再開すると、松本さんはすぐに気持ちよさそうな声を上げた。

「ありがとうございます。いいですよね、ライム。私も好きです。夏にお勧めのアロマですね」

こめかみの辺りに滲《にじ》んだ汗が、ベッドに滴り落ちそうになる。手は動かしたまま、肩を耳に近付けて、こっそり拭《ぬぐ》う。

「ほんと、今日は予約の指名できてよかった。二か月ぐらい前かなあ、突発的に来たら、垣内さん休みだったことがあってね。別の女の子にやってもらったんだけど、あの子はダメだったなあ。名前何て言ったっけ。垣内さんと同じ歳《とし》ぐらいで、目のきっとした子」

「畑中《はたなか》さんですかね。よくなかったですか」

「腕は悪くないと思うのよ。でも何せ不愛想で、終始やる気なさそうでね。そういうのって嫌な空気になるじゃない？　まったく癒されなかったわ。いつもあんな感じなのかしら。他のお客さんからもクレーム来たりしてない？」

確かに彼女は、いつも不愛想でだらだらしていた。一年前に入ってきたときは、同い年だと聞いて仲良くなれるかと仁美も期待したが、どんな風に話しかけても適当に素っ気なく返されるので、すぐに諦《あきら》めた。だけど、まさかお客さんにまでそんな態度だったとは。

「それは申し訳なかったです。ただ彼女、先月末でうちを辞めたんですよ」

「あら、そうなの？　どうして？」

しばらく閉じられていた松本さんの目が、急に開かれた。

「実は彼女、長い間、離婚協議中だったんですけど、先月成立したそうで、実家に帰るって。四国だったかな。まだ三歳のお子さんがいるので、自分の親に手伝ってもらって子育てするとか」

辞めた人とは言え、お客さんにこんな話をしていいものかと迷ったが、結局説明してしまった。彼女の不愛想には、仁美も散々嫌な思いをさせられたから、「いいか」と自分を許してあげた。

「まあ、小さな子がいるのに離婚なんて。原因は何だったの？」

「いえ、そこまでは知らないです」

これは本当だ。同僚セラピストたちが、「旦那さんが浮気性らしいよ」とか、『違うって。畑中さんのほうも浮気してて、W不倫でドロドロなんだって」などと噂しているのは聞いたことがあるが、誰とも仲良くしようとしなかった子なので、真相を知っている人はいない。

「ふうん。でも、わかる気もするなあ。疲れて仕事で帰ってきたところに、あんなにぶすっとした奥さんがいたら、旦那さんも更に疲れちゃうわよね。愛想尽かされちゃったんじゃないの？」

「どうでしょうねえ」

適当な返事をしながら、仁美は手を腰から太ももに移動させた。

「女の子はいつでも、感じよく笑ってるほうがいいじゃない？　その点、垣内さんの旦那さんは幸せ者よね。あなた本当にいつもにこやかで、感じいいもの」

「いえ、そんな」

愛想笑いをする。松本さんとの会話は、どんな話題から始まっても、最後は必ずここに行き着く。「垣内さんの旦那さんは幸せ者ね」、に。

「あら、本当よ。私、あなたが結婚してなかったら、うちの息子のところに来てもらいたかったぐらいだわ」

「とんでもないです。弁護士さんの奥さんなんて、私には務まらないですよ」

一体この人とこのやり取りをするのは何回目だろうと考えながら、でも仁美はあくまで愛想よく言う。

都心の一等地にある、このマッサージサロンの客層は、大きく分けると二種類だ。経済的に余裕のある専業主婦か、この近辺の会社で働く、一昔前なら「キャリアウーマン」と呼ばれただろう、エリート女性。女性専門なわけではないのだが、セラピストも全員女性で、内装も外装も女性向けの造りなので、お客さんの九割以上が女性である。

松本さんは、前者のお客さんの代表格だ。旦那さんは弁護士で、この近くで法律事務所を経営しているらしい。一人息子も去年めでたく司法試験に受かり、いずれは事務所を継ぐのだという。

「でも、そうねえ」

目を再び薄く閉じ、呟《つぶや》くように松本さんが言った。手は動かし続けたまま、仁美は体に力を入れて、身構えた。次に来るだろう言葉を迎え入れるべく。

旦那さんは幸せ者ね、の後の流れも、毎度同じだ。

「後は子供ができたら、垣内さんのところは最高の家庭よね。あなた、いいお母さんになれると思うわ、絶対」

自分の言葉に小刻みに頷《うなず》きながら、松本さんは言った。大方予想通りの言葉だった。相槌《あいづち》を打つのに、早過ぎず、遅過ぎずの間をきちんと見計らってから、仁美は「にこやか」な笑みを浮かべた。そして言う。

「えー、なれるといいんですけどね」

この返しも、毎度同じ。もう一体何回目になるのだろう。

店の入口で、松本さんの背中が見えなくなるまでしっかりと見送ってから、トイレに向かった。個室に入って便座に腰かけ、大きく息を吐く。「確認」をする覚悟を決めるための、気合の息だ。

またあの感触が通るまでしばらく待って、感じた瞬間、トイレットペーパーを局部にそっと押し当てた。そして、おそるおそるそこに視線をやる。

薄い赤、が、うっすらと滲んでいた。はあっと、また大きく息を吐く。今度のは、まごうかたなく、溜《た》め息である。

「いいお母さん」になれる日が、また遠ざかってしまった。今月も生理が来てしまった。また妊娠できていなかった。

下着を下ろしたままの状態で、その場でしばらく仁美はぼんやりとした。その間、何回溜め息を吐《つ》いたかわからない。

やがて徐《おもむろ》に、トイレットペーパーホルダーの脇にある小棚に手を伸ばした。女性のお客さんが多いから、トイレにはナプキンが常備されている。緩慢な動作で、下着に装着をする。

水を流して個室を出た。手洗い場の鏡に映った自分を見て、驚いた。眉間《みけん》に深く皺《しわ》が寄り、口の両端は垂れ下がっている。かなりの疲れ顔、不満顔だ。これではまるで、畑中さんみたいじゃないか。さっき松本さんに、「いつもにこやか」と褒めてもらったばかりなのに。

鏡の中の自分と向き合い、洗い終えた手で、両頬《ほお》をぴしゃっと叩いてみた。そうだ。まだ着床出血の可能性だってある。妊娠超初期、着床時に、生理の始まりとよく似た状態で、血が出ることがあるらしい。一年前に買った、妊娠や不妊についての本で読んだ。

がちゃっと音がして、扉が開いた。慌てて手を頬から離す。

「あ、垣内さん、いた。店長が受付で呼んでましたよ。もうすぐ来るお客さん、担当してもらえないかって」

「本当？　行くわ。どうもありがとう」

入ってきた後輩セラピストの女の子と、早口で会話を交わしてトイレを出た。

扉が閉まった瞬間、また下腹部に感触を覚えた。今度は、とろっ、ではなく、ずるっ、というような。

気のせいだ、と言い聞かせて、仁美は受付に早足で向かう。

とんとんとん。一定のリズムでキャベツを刻む。そこに合いの手を入れるように、ずるっという音がする。いや、音ではなくて、感触が。

包丁を止めて、溜め息を吐く。あのときの「ずるっ」も気のせいではなかった。次のお客さんを終えて再びトイレで確認したら、今度はうっすらではなく、しっかりとナプキンに血が付いていた。やっぱり生理が来てしまったのだ。

玄関のほうから、がちゃがちゃっと鍵をまわす音がする。夫、浩介《こうすけ》が帰ってきたようだ。

「ただいまー。あちい、あちい。死にそう」

大きな声で言いながら、浩介はリビングに入ってきた。顔を大げさに手で扇《あお》いでいる。

確かに今日も真夏日だったから、外回りの営業はきつかっただろう。「太っている」とまでは言わないが、大柄で体格のいい浩介は、暑さに弱い。でも、スーツで顔をしかめながらのその仕種《しぐさ》は、まるで中年のおじさんで、仁美は苦笑いをしてしまう。それとも仁美よりも三歳年上の浩介は今年三十六歳になるので、もう立派に中年だと思うべきなのか。

「おかえりなさい。トイレ行ってくる」

エプロンを外す。「ほーい」と返事をしながら、浩介はエアコンのリモコンを手にした。

ボタンを連打する。設定温度を下げたらしい。体を冷やしたくない仁美は、一気に下げるのは止《や》めて欲しい、と言おうかと思ったけれど、遠慮してしまった。浩介のワイシャツが、汗で色が変わっているのを見て。

「今日ね、来ちゃったんだ」

食事中、アボカドとキャベツのサラダに箸《はし》を伸ばしながら、仁美は浩介に告白をした。アボカドはホルモンバランスを整えたり、卵子の老化を防ぐ効能があるらしい。持っている本に書いてあった。

「来た？　え？　何が？」

豚肉とほうれん草の炒《いた》め物を口に運びながら、浩介が言う。口の端から豚肉がこぼれ落ちそうになっている。喋《しゃべ》るなら、食べ終えてからか、食べる前にすればいいのにと、また苦笑する。

「生理」

短く呟き、お味噌汁《みそしる》を啜《すす》った。タイミング法を始めてから、次の生理予定日を浩介にも伝えるようにしているが、浩介が覚えていた例《ためし》はない。

「そっか。そろそろだっけ。そうか、来ちゃったんだ。でも仕方ないよ。また次、頑張ろう。

頑張ろうってのも、なんだけど」

浩介の言葉に、無言で仁美は頷いた。そう、仕方がない。だから、次また頑張るしかない。

その通りだ。

仁美も豚肉とほうれん草の炒め物に箸を伸ばす。ほうれん草は、子宮の環境を整えるらしい。

「あ、ねえ仁美。今週の金曜日って早番だったよね？　夜は何か予定ある？」

喋る浩介の額には、汗が滲んでいる。浩介が着替えている間に、エアコンの設定温度をこっそり元に戻しておいた。冷えは、ホルモンバランスの一番の大敵なのだ。

「金曜日？　ああ、ちょうどさっき遅番に変えてもらったところ。生理が来たから、婦人科に行かないと」

「そうなんだ。そっか」

「なんで？　飲み会でも入ったの？　いいよ、出かけても」

「いや、僕は入ってないんだけど。金曜の夜だし、仁美、予定あるかなって思って。ほら、高校の同級生の子たちとの集まりとか」

「ああ」と仁美は相槌を打った。千葉の高校で同級生だった、悠希《ゆうき》、理央《りお》、満里子《まりこ》と仁美の四人で、一月に一度ほど食事会をするのが、ここ一年ぐらい恒例になっている。確かに金曜の夜に開催されることが多い。

「あれは今、ちょっとお休み中。ほら、悠希が治療中だから。治ったら快気祝いをしてあげようって、三人で話してはいるけど」

三か月ほど前、いつも食事会を仕切ってくれていた悠希が、子宮内膜症で倒れた。大手の出版社勤務で、いつも忙しそうだけれど活発で元気な子だったので、報告を受けたときには驚いた。生理に関しても「毎月生理休暇を取る後輩がいる」と人のことを愚痴ってはいたもの の、自分が体調が悪いなんて、まったく言っていなかったし、そんな風にも見えなかった。

「ああ、会社で倒れて運ばれたんだっけ。相当だよね。子宮内膜症、だっけ。それってさ、やっぱり妊娠しにくくなったりするの？」

「治れば問題ないんだろうけど、あると不妊の原因にはなるんじゃないかな。まあ、でも悠希はまだ子供とか考えてないって言ってたし、そこら辺は気にしてない気がするけど。仕事が楽しいみたいよ」

「ふーん。そっか」

頷いて、浩介はゆっくりとした動作でお味噌汁を啜った。そして、仁美のほうに向き直る。

「うちはさ、そういうトラブルはなかったから、よかったよね」

じっと仁美の顔を見つめながら、言う。なんだろう。今日生理は来てしまったけど、と慰めてくれているのだろうか。

五か月ほど前に、仁美と浩介は揃《そろ》って、レディースクリニックで不妊検査を受けた。浩介は病院内で精液を出して、それを検査。仁美は血液検査に、子宮の内診、造影剤を注入して、卵管に詰まりがないかどうかの検査などをした。フーナーテストという、前日の夜にセックスをして中で出し、次の日の朝、仁美の頸管《けいかん》の中で、浩介の精液がどういう状態でいるかという検査もした。

結果は、どちらにも何の問題もない、と診断された。仁美と浩介は、妊娠できない、しにくい夫婦、ではないらしい。じゃあどうして三年近くもできないのか、という思いも芽生えたが、一方で、医師に「問題がない」と言われて、確かに「よかった」と仁美も思いはした。

「うん。そうだよね」

仁美が頷くと、浩介はホッとしたように顔を綻《ほころ》ばせた。残り少なくなっているアボカドサラダに箸を伸ばす。「これ、おいしいな」と呟きながら。

仁美はお茶のコップに手を伸ばした。ゆっくりと喉に流し込む。

夫、浩介は、やさしい人、だと思う。ちょっとずれているというか、不器用で、頼りなくはあるけれど。

仁美が浩介と出会ったのは、今から四年ほど前、二十九歳のときだった。その頃の仁美はまだ千葉の実家に住んでいて、医療事務の仕事をしていた。

高校を出た後、医療系の専門学校に進学したのは、特に思い入れがあってのことではない。どの科目の勉強もあまり得意でも好きでもなかったので、一部のクラスメイトたちのように、必死に受験勉強をして、国立大や東京の有名私大を目指そうという気にはならなかった。かと言って、子供の頃から決して積極的でも、精神的に逞《たくま》しくもなかったので、卒業後すぐに就職するという発想もなく、結果、一番潰《つぶ》しが利《き》きそうな、医療系の専門学校という道を選んだ。

卒業後、市民病院に総合受付として就職した。二十五歳のとき、病院が移転になって、実家から通いにくくなったので、近所の私立の総合病院に転職した。

仕事や周囲との人間関係をこなしているうちに、日々は過ぎた。その間に、沢山《たくさん》の同級生、友達、同僚たちが結婚、出産をしていった。誰かが結婚する度に、未婚の友達と「私たちも頑張らないとねえ」と言い合った。誰かが出産する度に、「すごいねえ。私たちまだ結婚もしてないのに」と頷き合った。そうして二十九歳になったときには、頷き合える未婚の友達は、仁美ともう一人だけになっていた。

「やばいって。もうすぐ三十なんだよ。私、本格的に婚活する」

その最後の一人の友達が、そんなことを言い出して、ある日、仁美をお見合いパーティーに誘った。彼女が登録した結婚相談所の主催するもので、でも「今回のは会員じゃなくても行けるぐらいだから、気軽な飲み会って感じで行こうよ」と言われ、それならと思って仁美も出かけてみることにした。男性との出会いや付き合い、ひいては結婚に向けての活動に、友達ほど積極的にはなれないものの、もうすぐ三十歳ということを、まったく気にしていないわけでもなかった。東京に出てきてから、三十歳を過ぎても独身で、それを特に気にしていない女性だって沢山いることを知ったけれど、数年前の千葉の片田舎では、本人も周囲も「何も思わない」なんてことは、不可能だったように思う。

パーティーは男女七対七で、カジュアルイタリアンの店の、大きめの個室を借り切ってのビュッフェ形式で、確かに見た目の雰囲気は、お見合いと言っても気軽なものに思えた。でも、仁美は始まってすぐに、友達も含む他の女性参加者の、積極性に臆してしまった。ビュッフェなのに、男の人のお皿や飲み物にかいがいしく世話を焼く女性、どんな話にも甲高い笑い声を上げ、「すごーい」と連発する女性、自分の結婚観について熱弁を振るう女性もいた。

色んな意味で圧倒されて、ひたすら聞き役に徹しているうちに、パーティーはお開きになった。何人かの男性が携帯のアドレスを聞いてくれたけれど、どれも義務的な感じだったので、あまり嬉しくもなく、自分にはやっぱりこういう場所は向かないなあと感じながら、仁美は一人、帰路に就いた。友達はよく喋っていた男性と、お茶を飲んでから帰るとのことだった。

電車に乗り込み、吊り革に摑《つか》まった。ほぼ同時に、隣に背の高い男性が立った気配があった。何気なくそちらに目をやって「あ」と仁美は小さく声を上げた。さっきのパーティーにいた男性の一人だった。

「あ、どうも。わあ、びっくりした。偶然ですね」

仁美に気が付いた男性は、何もそこまでと思うほど、目を丸くさせてそう言った。仁美は少し笑ってしまった。間違ってはいないけれど、ちょっとずれている。元々知り合いの人に電車でばったり会ったなら「偶然ですね」でいいけれど、さっき初めて会って、同時に店を出た人と電車で再び出くわしたなら、「あなたもこの線なんですか」などが適当だろう。

この人はパーティーの間もそうだった。あまり自分からは動かず喋らずだったので、最初仁美は「私の男性版がいるなら、あの人だな」と思って眺めていた。けれど、時々話を振られたときのこの男性の反応が、どこかずれているというかおかしくて、「いや。あの人は私よりも不器用かも」などと、途中からは少し笑ってしまっていた。他の参加者たちからは、途中からすっかり、いじられ役にされていた。

「どうも。お住まい、この線なんですか？」

軽く頭を下げながら、仁美は「適当」な質問をしてあげた。「そうなんです」と男性は駅の名前を言った。仁美の実家から二つ離れた駅で、彼も実家暮らしだと言う。

天気の話や、明日も仕事ですか？　など、当たり障りのない会話を二、三交わしたところで、電車が動き出した。誰が相手でも、自分から積極的に話題を振ったりするのは苦手だけれど、沈黙もそれはそれで嫌いな仁美は困ってしまった。今日初めて会った双方聞き役の二人が、どうやっても時間を共有せざるを得ない状況に陥っている。どうしたらいいんだろう。と、「あの」と徐に男性が口を開いた。何か話してくれるのかと期待をしながら、仁美は「はい」と顔を向けた。

「今日はご連絡先も聞かないで、すみませんでした。でも瀬戸《せと》さんにだけ聞かなかったわけじゃないんですよ。僕、今日みたいな場所は慣れてなくて、どの方のも聞けなくって」

しかし、そんなことを言われて、仁美は今度は焦ってしまった。彼の前の席に座っていた若い女の子が、携帯から顔を上げて、彼と仁美に視線をやる。

「いえ。あの、そんな」

「急に行くことが決まったんですよね。友達、ほら飲食店の店長やってるって言ってた、よく喋るヤツいたでしょう。あいつ、大学の同級生なんですけど、なんか直前で一人急にキャンセルになって、結婚相談所からあいつに友達連れてこられないかって電話がかかってきたらしくて」

けれど男性は、決して小さくはない声で喋り続けた。さっきの女の子だけでなく、仁美の前のサラリーマンもこちらを見ていた。結婚相談所、という言葉に反応したのだろう。

「あ、でも行きたくなかったってわけじゃないですよ。僕も興味はあったんで乗っからせてもらったっていうか……。でも昨日の今日だったんで、やっぱり心の準備が不十分で」

強い言い方にならないように、「あの」と仁美は男性の言葉を遮った。次の駅が近付いてきていた。幾つかの線が乗り入れている、大きな駅だ。きっと飲食店も充実している。

「あの、お茶飲んで行きませんか？　よかったら」

仁美の言葉に、「えっ」と男性は、また大げさに目を丸くして叫んだ。彼の前の女の子がそれを見て、笑いを堪《こら》えているのか、口の周りの皮膚をぷるぷると震わせた。それを見たら、仁美もまた少し笑ってしまった。誘ったのはもちろん、これ以上注目を浴びないためだったのだが、更に注目を浴びてしまった。でも面白いから、「まあ、いいか」と、そう思った。

入った喫茶店でも、男性、垣内浩介はそわそわ落ち着かなかった。「瀬戸さんは何にしますか？」とあらかじめ聞いてくれて、注文を取りにきたウェイトレスさんに仁美の注文を告げたはいいが、自分の注文を決めるのを忘れていて、大慌てでメニューを捲《めく》ったり、落ち着こうと思って水を飲んだら、それは仁美の水だったり。そして、「すみません。僕、緊張してるみたいです。カッコ悪いですね」と素直に認めて、また大げさに頭を下げてみせたりした。

仁美はその一つ一つを、微笑みながら見守った。ちょっとずれていて不器用で、頼りなさそうではあるけれど、一生懸命に何かしてくれようとする辺り、やさしい人なんだな、と思った。電車の中での妙なお詫《わ》びや、結婚相談所という言葉を出されたのには焦ったけれど、友達に誘われてきたが、「でも行きたくなかったわけじゃない」「興味はあった」と、すぐにフォローを入れたときにもそう感じていた。

「電機メーカーにお勤めなんでしたっけ？」

彼が落ち着かないでいるので、お茶が運ばれてきた後は、まず仁美のほうから話しかけてみた。

「いえ。電子部品メーカーです。異業種の人からすると、同じように聞こえるかもしれませんが」

「そうでしたっけ。ごめんなさい。あの、どう違うんですか？　失礼ですけど」

「いえいえ。ええとですね、電機って言うのは、電気機械器具の略なんですね。洗濯機とか、冷蔵庫とか。電子って言うのは、電子器具の略で、ラジオとか携帯電話とか。僕は、電子器具の部品を作っている会社の営業です。小さな会社ですけど」

「なんとなくわかりました。大きいものは電機、小さいのが電子、ですか？」

「あー、そうですね。いや、でも電池は電機だったりするので、難しいな」

彼の仕事の話から始まって、その後どんな話に流れたのかは、あまり覚えていない。好きなテレビ番組の話などを、ゆるゆるとしたかもしれない。価値観、結婚観とか、自分はこういう人間ですとか、そういう仁美の苦手な仰々しい話にならなかったことは確かだ。気張らず楽にいられていいな、と思ったことは覚えているから。

帰り際に浩介は、「あの、今度の日曜日、映画にでも行きませんか」と誘ってきた。けれど仁美が「いいですね。行きましょう」と言うと、「本当ですか。あ、でも僕、今どんな映画やってるかも知らないまま、誘っちゃいました」と、また慌てていた。

結局、ハリウッドのアクション映画を観に行った。その帰り際に、「再来週の日曜日も、会えませんか」と誘われた。新しくできたショッピングセンターに行こうと言う。でも仁美が「はい」と言ったらその時は、「あ、来週は会いたくないってわけじゃないですよ。来週は、得意先とのバーベキューがあって」と、やっぱり浩介は慌てていた。

知り合って二か月近く経《た》った、確か四回目のデートのときに、「あの、僕と付き合ってくれませんか」と改まって言われたので驚いた。まだ寝てはいなかったけれど、その頃もう、ほぼ毎日他愛もないメールをしたり、三日に一回ぐらいは電話をしたりという仲になっていたので、仁美はもう「付き合っている」、もしくは「付き合いかけている」という認識でいて、まさか三十二歳の男性が、中学生のように「付き合ってください」と口にするなんて思ってもみなかった。「はい」とこちらも改まって返事をするのは、酷《ひど》く気恥ずかしかった。「付き合い」出して、お互い翌日が休みなら、泊まりのデートもするようになった。付き合いが始まってから二か月後、知り合ってからは四か月ほど経った頃に、今度は「結婚してくれませんか」と言われて、また驚いた。お見合いパーティーで出会っているとは言え、お互い友達に連れられてという消極的な参加の仕方だったので、結婚話はもっと先になると思っていた。

　浩介のほうにも、早過ぎるという思いはあったようだ。しかし、切り出したのには、こんな理由があった。

「実は会社が合併することになって。合併じゃないな、正直に言うと、東京の中堅メーカーに吸収される。数年前からそういう話はあって、みんなで踏ん張って頑張ってたんだけど、この不景気だし、やっぱり堪えきれなくて」

「あっちでは、新規開拓とかで、しばらく忙しくなると思うから、今と同じように仁美と付き合えるか自信がないんだよね。でも仁美とは別れたくない。でも仁美にも仕事があるし、瀬戸家の大事な一人娘に、一緒に東京に行ってとりあえず同棲しない？　なんて、絶対に失礼だと思うし。だから、早過ぎるのはわかってるけど、結婚してください。これを言うしかないと思って」

一度も仁美の家族に会ったこともないし、どんな家族か仁美が話したこともなかったのに、「瀬戸家」とか「大事な一人娘」なんて言うのに、また仁美は笑ってしまったが、プロポーズにはしっかり、「はい」と答えた。

確かに一人娘ではあるけれど、兄はいるし、結婚して六年前に家を出ていたその兄が、三人目の子供がもうすぐ生まれるにあたって、実家に戻って二世帯住宅にする計画を立てているのを知っていた。そうなると仁美は家にいづらくなるし、実家にいることも仕事にも、特に強く思いがあってのことではなくて、なんとなくでしているだけだったので、実家を出ることにも、仕事を辞めることにも、それほど抵抗はなかった。

短い交際期間での結婚に不安がないわけではなかったけれど、別れたくないと言われて嬉しかったし、仁美も結婚をせずに同棲するのには抵抗があった。それに何より、浩介との結婚は、自分に似合っているんじゃないかと思った。お互い目立つタイプでも、行動的でもない。浩介もきっと、学校や会社、どこのコミュニティでも、地味な立ち位置にいたことだろう。そういう人となら、東京という慣れない都会でも、きっと気を張らず穏やかに、仁美らしい生活が送れそうだと。

「本当に？　本当にいいの？」

仁美の「はい」という返事に、浩介はまた大げさに驚いて声を上げた。小ぢんまりとした洋食レストランにいたので、周囲のお客さんが何人か、こちらに目線をやったほどだ。

「本当に？　嬉しい。付き合う期間が短くて悪いなって思ってたんだけど。じゃあさ、結婚してから、したかったこと、二人でいっぱいしようね」

満面の笑みで浩介は言った。

結婚式は、入籍をして東京に引っ越しをして、生活基盤が整った頃に、地元の千葉でした。浩介は同級生や友達の間で、やはりいじられキャラだったようだ。二次会の余興のバツゲームでは、「花嫁の好きなところを、みんなの前で告白しろ」とマイクを押し付けられて、囃《はや》されていた。

「おとなしいけど、いつでも笑ってて、癒される」

そんな風に答えてくれたのは嬉しかった。でもそんなときも浩介は、声が裏返った挙句にマイクをハウリングまでさせてしまって、友人たちに、ばしばし体を叩《たた》かれ、からかわれていた。

ピンクが基調の待合室には、ざっと二十人ぐらいの女性がいた。年齢はさまざまである。どう上に見積もっても、まだ二十五、六にしか見えない茶髪にTシャツ、ジーンズ姿の女の子もいれば、その子のお母さんと言われたら納得してしまうような、どう若く見積もっても、五十に手が届きそうな女性もいる。

検査をして以来通っている、不妊治療専門の、レディースクリニックである。最寄り駅のホームに広告が出ていて、自宅から職場までの間にあるという単純な理由で選んだのだが、どうやら全国区で有名な人気クリニックだったらしい。期待ができるのはよいが、いつ来ても混《こ》んでいるのには辟易《へきえき》する。予約治療のみなのに、一時間以上待たされることもざらにある。

受付で診察券を出して待合席に向かう途中、マガジンラックが目に入った。悠希が作っている女性誌が入っている。取って真ん中辺りの席に座り、パラパラとページを捲った。

『童話のお姫様から学ぶ！　女子の生き方カタログ』という特集ページで手を止めた。童話、お姫様、という言葉に反応した。悠希が倒れる少し前の四人での食事会で、理央がそんなような話をしていた気がする。

鼻を啜るような音が、どこかから聞こえた。顔を上げる。診察室から出てきた四十手前ぐらいだと思われる女性が、涙目で口許《くちもと》にハンカチを当てている。おぼつかない足取りで、仁美の斜め前の席に座った。胸がぎゅうっと締め付けられる。今回もダメだった、という状況だろう。あまり見てはいけない気がして、再び仁美は雑誌に目を落とした。

　浩介と結婚してから、三年近くが経つ。生活に対して、少しの不満もグチもないかと言えば嘘にはなる。例えば、吸収合併の吸収された側だから、浩介の給料が年齢を考えると決して多いとは言えない額だとか、東京に住んでいるというと華やかそうに聞こえるが、実際は築二十年、１ＬＤＫのマンションに住んでいるとか。結婚前は「不器用だけど、やさしい人」と浩介のことを思っていたのを、最近は「やさしい人だけれど、不器用」と、順番を逆にして考えてしまうことがある、とか。

　でも、どれも許容範囲、想定内のことだと思っている。部屋は狭くて古いけれど、何度かリフォームはされているので、住んでいて虚《むな》しくなるほどではない。家計は、仁美も働きに出ているし、元より二人ともお金を使うタイプではないから、余裕ではないけれど、足りないということもない。医療事務をしていた頃に、いつか何かあったらと思って、セラピストの認定資格を取っておいて本当によかった。パート扱いではあるが、マッサージ師の仕事は、時給は千三百円と高めで、「仕事を頑張っている」という気持ちにもなれる。浩介の長所と短所の順番を逆にしてしまうことだって、付き合いが長くなればなるほど、当たり前のことだと思う。いつまでも、付き合い始めの頃と同じままの気持ちのカップル、夫婦なんていないだろうし。

　ただ一つ、結婚生活について、仁美の想定外だったことがある。子供ができない、ということだ。

結婚をしたら、自然に子供ができるものだと、仁美は疑うこともなく思っていた。だって子供の頃、母親に「赤ちゃんって、どうやってできるの？」と訊《たず》ねたら、「結婚して仲良くしていたら、自然にできるのよ」と答えられた。「仲良く」という言葉の意味はもちろん後から知ったけれど、結婚してからの仁美と浩介は、もちろん避妊することなく「仲良く」していたのに。

一年ほど経った頃、仁美は基礎体温表を付け始めた。地元で唯一子供がいなかった友達から、妊娠の報告を受けたのがきっかけだった。あの、浩介と出会ったお見合いパーティーに誘った子だ。彼女は、あのときお茶を飲みに行った男性とはうまくいかずに、結婚は仁美よりも遅かったけれど、仁美の結婚式の直後にやはり相談所で紹介された男性と付き合い出して、半年後に結婚。結婚して二か月で妊娠した。その頃、地元の友達うちから、他にも二人目、三人目の妊娠報告が相次いだ。

けれど、それから一年経っても仁美は妊娠しなかった。好きなときに「仲良く」していた最初の一年と違って、排卵日を意識して「仲良く」できるよう、浩介を必死に仕向けていたのに。仁美は自分から誘うことはどうしてもできないので、雰囲気を作るように頑張っていたが、浩介がそういう気にならないときは、諦めてしまっていたのがよくなかったのだろうか。新しい土地で、一から人脈や得意先との関係を築かなければいけなくなったので、接待の飲み会やイベントが多く、浩介がそういう日に家にいない、いても疲れてすぐ寝てしまうことも多かった。

妊娠、不妊に関する本を買ってきて、仁美は独自に勉強を始めた。妊娠しやすい体にするための食事、体調管理の仕方、ヨガなどの体操。すぐに自分で試せるものは、何でもやってみるようになった。それでも結果が出なかったので、不妊検査を受けたいと考えるようになった。とにもかくにも、まず妊娠できる体であることを確認しなければ、何をやっても無駄だと思ったのだ。

けれど、婦人科に行ってその場で精液を採取するということに、浩介がどうしても抵抗があったようで、なかなか実行に移せずにいた。でも浩介も、「将来的には子供が欲しい」「子供がいない家庭というのは、考えてもみなかった」という思いは仁美と一致しており、「だったら」と、じわじわと説得を重ねて、ついに引っ張っていくことに成功したのが五か月前だ。

検査の結果、問題はないと言われた後、タイミング法を勧められた。医師の指導のもと、基礎体温をよりきっちり管理して、排卵日を正確に予測、妊娠しやすい日を教えてもらうという方法である。

不妊治療と言っても、この方法なら自然妊娠の一環と言えるし、できればこれで妊娠したいと仁美は期待を寄せている。先月誕生日を迎えて、仁美は三十三歳になった。高齢出産と言われる三十五歳が着々と近づいている。もし来月妊娠できたとしても、生まれるときには三十四歳が目前。二人目、三人目も欲しいと考えたら、そのときは確実に三十代後半だ。今は四十を過ぎても産めるというが、体力にも精神力にも自信がない仁美は、自分は早く産むに越したことはないと思っている。

どすん、という衝撃をお尻に感じて顔を上げた。長椅子の隣の席に、女性が座ったようだ。目が合ってしまった。意味ありげな視線を送られて、慌ててまた雑誌に視線を落とす。

なんだろう。仁美と同じぐらいの歳の、きれいな顔立ちの人だった。でも口をへの字にして、挑むような目でこちらを見てきて、なんだか怖いという印象を持った。そもそも椅子に座るときも乱暴だったし。普通に腰を下ろしていたら、あんなに大きな振動はない。

雑誌は、特集記事のページのままになっていた。あれから随分時間が経っているが、ぼんやりとしていて、まったく読み進めていなかった。

遅番でサロンに出勤したら、店長に「垣内さん、待ってたわよ」と声をかけられた。

「おはようございます。今日はすみませんでした。シフト、組み直してもらって」

そのことで注意をされるのかと思って、急いで頭を下げる。

「ああ、それはいいのよ、別に。垣内さんはいつも、代わりの人に自分で交渉してくれるし。違うの、あのね。今、混んでて、すぐにお客さん対応して欲しいんだけど、いい？　お友達なんだけど、あちらは構わないって」

待合室を目で促された。悠希がそこに座っていた。仁美に気付いて、笑顔で手を振ってくる。中から「お願いします」という声が聞こえたので、「失礼します」と言い、カーテンを開けた。友達とは言え、仕事なので敬語を使った。作務衣《さむえ》を着た悠希が、ベッドに腰かけている。

「仁美にやってもらうの、久々だよね」

「うん。久しぶりだよね。最初のとき以来？」

「うん。そうだね」

悠希がベッドにうつ伏せになる。

一年と少し前、お客さんとしてやってきた悠希と、ここで偶然の再会をした。高校卒業以来会っていない友達が、カーテンを開けたらそこに座っていたというのは、なかなかの衝撃だった。クラスのまとめ役で、生徒会の副会長などもしていた悠希とは、二回同じクラスになったけれど、いつも一緒にいる親友、というほどの仲だったわけではない。けれど悠希は、

「仁美？　本当に？　信じられない！　こんなことってあるんだ！」と大はしゃぎをして、

「ねえねえ、仕事何時に終わるの？　飲みに行こうよ！　色々話したい！」とまだ動揺して

いる仁美を強引に誘った。昔から、何事にも積極的な子だっただけある。

悠希の出版社は、ここからすぐのところにあり、元々よく休憩中や仕事帰りに、別のマッサージサロンに行っていたらしい。けれど、そこが閉店してしまって、初めてここに来てみたら、仁美が入ってきたというわけだった。

そうやってまず悠希との付き合いが始まった。連絡先を交換して、メールを頻繁にするようになり、そのうちに悠希から、やはり同級生だった理央が翻訳家になってヒット作を出していること、インタビュー記事を雑誌に載せたら、それを見た満里子から連絡があったことを聞いた。そして、四人での食事会が始まった。

「今日は休憩中？」

肩に置いた手に力を込めながら訊ねる。なかなかに張っている。

「ううん、今日はこれから出勤。病院に行く日だったから、フレックス」

なるほど。だから時間がなくて、仁美でもいいと言ったのか。悠希が頻繁にここに来ていることは、来客記録で知っている。でもあれ以来一度も当たらないということは、指名のときに、仁美以外と希望しているのだと思う。こちらはあまり気にしないが、友達にマッサージをしてもらうことに遠慮があるのだろう。

「病院行ってきたんだ。どう？　治療は。進んでるの？」

「うん。痛みはもうほとんどないし、いい方向に向かってると思う。薬もね、思ってたより副作用もなくて。ねえ、仁美って薬に詳しい？　医療事務やってたもんね」

「ごめん、全然。薬は薬剤師さんの管轄だから。私は処方箋をお客さんに渡してただけ」

うつ伏せになっている悠希には見えてはいないとわかっていつつも、思わず首を振る。病院の受付にいたというと、よく薬や治療法について聞かれるが、まったくわからない。不妊についても、自分で本を買って一から勉強したぐらい、知識がなかった。

「そっか。そうだよね」

「うん。でも治ってきてるなら、よかったね」

「うん、みんなには心配かけちゃったけど、おかげさまで。お見舞いメールとか、どうもありがとうね。もう少ししたらさ、家でお礼のパーティーでもできないかなあと思ってるんだ。旦那が、料理作るって、張り切ってるの」

「本当？　お邪魔しちゃっていいの？　旦那さん、プロの料理人さんでしょ？　すごいなあ、楽しみ」

汗が滴り落ちそうになる。悠希だから甘えさせてもらって、「ちょっとごめん」と手を離して、ポケットに入れていたタオルで拭いた。

「ねえ。私も今朝、婦人科に行ってきたんだ。あ、悠希の雑誌が置いてあったよ。童話の特集の号の」

　肩から腰に手を移動させながら、仁美は話しかけた。

「本当？　嬉しい。あの特集、面白かったでしょう？　理央の解釈とか」

「理央も出てたの？　見たかったなあ。ページ開いたところで呼ばれちゃったから、読んでないんだ。ごめんね、帰りに本屋さんで買うよ」

　少しだけ嘘を吐いた。本当は時間はかなりあったのに、ぼんやりしていて読んでいなかった。仁美は活字を読むのが昔から苦手だ。しかし、理央がそんな話をしていたと思っていたら、実際に記事にも関わっていたとは。

「あれ先月号だから、書店さんにはもうないなあ」

「あ、そうだったの」

　そう言われて更に焦る。普段買っていないことがバレてしまった。ファッションやグルメにもそれほど興味がないので、女性誌を買って読む習慣がない。

「また病院行ったときにでも、気が向いたら読んでみて。でも、そんなに頻繁に行かないか。次はもう来月号になってるかな」

「そんなことないよ。来週にもまた行くし」

「そうなの？　月に何回ぐらい行くものなの？」

「結構行くよ。生理が来たら一回行って、排卵日が近付いたらまた行って、でもまだ早いから明後日もう一回来てとか言われることもあるし、そうすると結構な頻度だよね」

「そんなに行くの？　私、タイミング法って、基礎体温表を月に一回見せて、次の妊娠しやすい日教えてもらうって感じかと思ってた、生理中にまで行くんだ？　なんで？」

悠希が横に向けていた顔を、心なしかこちらに反らせてみせる。

「今日がその生理中の診察だったの。私、今月もダメだったんだ。触診して、子宮の具合を診てもらうのよ。で、排卵日が近くなったら卵子の大きさを診て、正確なタイミングを取ってもらうの」

「へえ、知らなかった。生理中にまでって大変だよね。そっか、今月はダメだったのね。でも、まだ治療始めてそんなに経ってないでしょう？　これからじゃない？」

話が盛り上がってきたので、このまま今日医者に提案されたことを打ち明けて、相談させてもらおうかと、仁美は口を開きかけた。が、遮られてしまった。「実はね」と悠希が話し出す。

「不妊治療についての特集をしようかと思って、企画を出したんだよね。で、部内では一回通ったんだ。治療してる人たちの本音座談会なんてどうかとか、色々意見も出て、もし実現したら仁美にも話を聞けないかと思ってたんだけど」

「そうなの?」

　仁美は声を上げた。それは興味がある。同じ状況の人と気持ちを分かち合えないかと、前から仁美は願っていた。地元の友達は全員出産したし、このサロンで唯一同世代の店長はバツイチだ。他は二十代独身の子か、四十代、五十代で子供はもう高校生、大学生という人ばかり。だから仁美は、職場では不妊治療をしていることさえ、打ち明けていない。

「うん、でもねえ。色々調べ始めたら、かなり繊細な問題だってことがよくわかったから、取り上げるなら、相当に慎重にやらなきゃって話になって、一回保留にすることにした」

「そうなの?」

「うん。ねえ、仁美はネットの掲示板とか見たりする? 不妊治療してる人が集まって書き込みするようなの。私、手始めにそこを覗いてみたんだけど」

「ネットにそういうのがあるの? ううん、見てない」

首を振った。仁美は携帯しか持っておらず、それも電話とメールしかしないので、インターネットにはかなり疎い。そういうところで同志と出会うなんて、発想すらなかった。

「ああ、そうなんだ」

悠希が、ホッとしたような声を出す。

「なんかね、こんなこと言っていいかわからないけど。殺伐としてて、びっくりしちゃったんだよね。気が滅入ったというか。色々考えることがあったなあ」

「殺伐？」

汗を拭いながら、仁美は訊く。

「うん。なかなかできなくて落ち込むとか、旦那さんと温度が違うとか、そういう悩みを打ち明け合うのは、いいと思うのよ。気持ちもわかる気がするし。仁美も前に少し話してたじゃない？」

「うん」と頷く。前回の食事会のときに、悠希と理央には少しだけ話を聞いてもらった。

「でも、不妊に関する用語について知らなかった人が『そんなこともわかってないのに、本当に子供が欲しいって言えるの？』って責められてたりとか、『二人目ができない』って悩んでる人が、『一人もいない人もいるのに、無神経』って怒られてたりとか……。なんだかなあって思っちゃって」

「そう、なんだ」

自分を落ち着かせながら、そう返事をした。でも気が付いたら、手の力をだいぶ緩めてしまっていた。

「肩や腰が凝ってるよね？　下半身の時間短めにして、そっちに重点おいてやろうか？」

慌てて力を入れ直し、誤魔化すために、そう訊ねた。

「ああ、そうしてくれる？　ありがとう」

悠希は気持ちよさそうな声を上げる。ライムの香りが、仁美の鼻を強く刺激した。汗を拭くついでに、タオルで鼻をこする。分量を間違えただろうか。

「そう言えばさあ、この間、例の後輩と、初めて二人で飲みに行ったんだ」

さっきの話の余韻はもう残っていないのか、悠希は別の話をし始めた。

このサロンに来るお客さん二種類のうち、松本さんとは違うほうの、悠希は代表格だ。この周辺の会社で働くエリート女性。彼女たちの特徴として、いつも忙しそう、けれどマッサージ中もよく喋る、次々別の話題を振りまく、というのが挙げられる。頭の回転が速いのだろう。


結局、悠希には医師に提案されたことを相談できなかった。まあ、いい。もちろん一番しっかりと相談しなければいけないのは浩介だから。

夕方、仕事を終えて帰路に就いた。マンションの最寄り駅を降りて、スーパーまでの道を早足で歩く。遅番のときは、急がないとタイムセールに間に合わない。スーパーに着いたときには、汗だくになっていた。夕方になってからも、暑さの緩まない日々が続いている。

金曜なので、週末の分も一緒に、いつもよりも沢山の食材を、エコバッグに詰め込んだ。

部屋に入って、エアコンをつけ、その場にしゃがみ込む。汗と、下着の中は生理の蒸れもあり、体中がベタベタしていて気持ちが悪い。

バッグの中で携帯が震える音がした。浩介からメールだ。

『ごめん。今日やっぱり飲み会になっちゃった。得意先に誘われて』

はあああっ、と自分でも驚くような、大きな声と息が出た。仕事だから仕方がない。取引先なら尚のことだ。頑張ってそう言い聞かせようとするが、一方で、今日は飲み会はないと自分から言っていたのに、とか、病院に行ったと知っているのに気にならないのだろうか、など、どうしようもなく不満も込み上げてきてしまう。

零時を過ぎるまで待っていたが、浩介は帰ってこなかった。諦めて先にベッドに入った。暑さと生理とで疲れが酷い。なのに、横になってもなかなか寝付けない。昼間に悠希に言われたことが、頭の中で渦巻いていた。「殺伐」と悠希が言ったこと。

強い言葉で責めたり怒ったりはしていないものの、仁美には「気持ちはわかる」というものだった。実際、経験がある。

一月ほど前病院で、初診らしき女性が看護師さんに「基礎体温表はお持ちですか？」と聞かれて、「なんですか、それ」と答えていた。そのとき「基礎体温表も知らないのに、不妊治療？」と、仁美は確かに思った。

二か月ほど前、久しぶりに専門学校時代の友達から電話がかかってきた。二人目を妊娠中だというので、「私は実は不妊治療を始めたの」と言ったら、「できないの辛《つら》いよね。私も二人目までは時間かかったから、わかる」と言われて、既に一人いたのに、そして二人目も今はできているのに、そんなに簡単に「わかる」と言って欲しくないと、確かに思った。

あの仁美の気持ちも、悠希からしたら「殺伐」としたものなのだろうか。

四人の食事会が始まった頃、仁美は実は期待をしていた。全員、結婚しているけど子供はいないという状況だったから、多少の重みの違いはあれど、みんなそのことについて、悩んでいるだろうと。そういう話ができるだろうと。

でも、三回目か四回目の食事会のときだったと思うが、仁美が初めてそういう話を切り出したとき、三人ともに「子供は考えていない」と言われて、とても驚いた。本当に、かなり仁美は驚いた。

聞けば満里子は、十五歳年上の旦那さんが離婚歴があり、前の奥さんに子供がいるからとのことだったので、事情としては理解した。子供を産まないで生きることに、迷いや辛さはなかったのだろうかと、今も疑問は抱いているけれど。

でも、そういう問題や事情がない、悠希や理央が「考えていない」というのは、理解し難かった。「仕事がしたい」「仕事が忙しい」などと二人とも言っていたが、結婚をしたら、誰もが自然に子供を望む、作るものだと仁美は思っていた。これまで仁美が付き合ってきた人たちは、皆そうだった。二人の旦那さんは、どう思っているのだろう。話を聞いているかぎり、旦那さんと不仲というわけでもないように見える。

結局仁美は、彼女たちは、自分とは違うんだと考えて、納得をさせた。悠希は学校の中心的存在で優等生だったし、今はエリート会社員。理央は帰国子女の自由人で、現在も翻訳家という変わった仕事をしている。そういう意味では満里子だって違う。校内一の美少女で、今は医師のセレブ妻で――。

扉が開く音がした。まどろんでいた仁美は、体をびくっとさせてしまった。浩介が帰ってきたようだ。隣に潜り込んだ気配がする。

ぼんやりとそう思っていたら、すぐに隣から高いびきが聞こえてきた。目が覚めてしまいそうだ。仁美は固く、必死に目を閉じ続けた。


次の日の土曜日は、深酒がたたったのか、浩介は体調悪そうに家でゴロゴロしていたので、深刻な話ができるような雰囲気ではなかった。日曜日は今度はゴルフだと言って、また一日、朝から出かけてしまった。結局きちんと腰を据えて話ができたのは、病院に行ってから三日目の夜になった。仁美はその間、ずっともやもやしたものを抱える羽目になった。

片手間に話したくなかったので、食事を終えて食器を下げた後、仁美はグラスに二人分の冷茶を淹《い》れて、「話があるの」と姿勢を正して浩介の向かいの席に座った。

「どうしたの？　改まって」

そう言う浩介に、病院からもらってきた、資料の入っている封筒を差し出す。

「この間の診察で、今月も生理が来た、ダメだったって話したら、体外受精に進みますか？って、言われたの」

「え？　そうなの？」

封筒を受け取りながら、浩介は目を丸くした。大げさに驚く表情をするのは、浩介のクセだ。今は重要な話だからいいけれど、大したことじゃないときにでもするので、ときどき仁美は苦笑してしまう。

「体外受精って、もっと後の段階でする治療だと思ってたよ。だってさ、検査に行ったとき、最初がタイミング法で、次が人工授精で、体外受精はその次って説明受けなかったっけ？」

「うん、そうなんだけど。検査で特に問題はなかったから、そういうの『原因不明不妊』って言うらしくて、それの場合、人工授精より体外受精のほうが有効なんだって」

医師から受けた説明を懸命に思い出して、仁美は浩介に伝えた。人工授精は、精子を子宮内に注入する方法で、精子を洗浄し活性化させるので、受精の確率は上がるものの、自然妊娠に近い形の方法だ。

対して体外受精は、精子と卵子を体外で受精させて、その後子宮に戻す方法。もともと受精しているので、着床さえすれば妊娠できる、つまり人工授精よりも確率が高い。

「そうなのかあ。でもタイミング法も、まだ始めて四か月だよね？　もっとこれで様子見るのかと思ってたよ、僕は」

「それは、私も思ってた。でも検査のときのカウンセリングで、できれば三人、少なくとも二人は絶対欲しいって、私たちが言ったからかな？　年齢もあると思うけど、先生が、そろそろ体外受精に進んでみる？　って」

「進んでみる？　ってことは、そういう方法も考えてみてもいいんじゃない、って感じ？進んだほうがいいよ、じゃなくて？」

「え、どうだったかな。私も言われてびっくりしちゃって、その後すぐに説明が始まったし、そんなに細かくは覚えてないけど……」

うーん、と浩介は首を捻《ひね》る。いつになく真剣な表情だ。

「絶対ダメって思ってるわけではないけど……。でも、自然な形ではないって思っちゃうよね、少し。だから、抵抗はあるかなあ。タイミング法も、四か月したって言っても、実際できたのって、二回か三回だよね、多分」

歯切れの悪い口調で、浩介は言う。無理もないだろう。そう、四か月、四回「仲良く」する日を指導してもらったけれど、実際その日に「した」のは、二回だけだ。一度目は確か残業で疲れていて、二度目は飲み会帰りで酔っ払い過ぎていて、できなかった。もちろん、どちらも浩介が。それと、念のため当日の前後の日も「する」ことを仁美は望んでいたが、それをきちんと実行できたのは、一回だけ。

「そう思うと、まだそんなに焦らなくてもいいんじゃないかなあとも思うけど。仁美はどうなの？　どうしたいの？」

じっと顔を見られて訊ねられ、「えっ」と仁美は背筋を伸ばした。

「私は……、早く欲しいのは間違いないけど、でも自分でホルモン注射したりするケースもあるらしいし、採卵も痛いって聞くしちょっと怖いなって思う部分もあって……。あと、お金のことも。保険が利かないから、かなり、かかるよね。一回で成功するとは限らないし」

浩介が資料をパラパラと捲る。そして料金のページを見つけて、また例の驚いた表情をした。

「確かに、うん。簡単に出せる額ではないなあ。絶対に出せない額でもないけど。ああ、でも一回じゃないなら、きついよね、やっぱり」

また浩介は首を捻る。仁美の病院で案内された体外受精の料金は、一回で総額約三十五万円だ。仁美の一月のパート代が、大体、十二、三万。浩介の月収が手取りで二十五万強ぐらいだから、我が家では、ぽんと出せる金額では絶対にない。けれど、お互い独身時代の貯金が少しはあるから、絶対に出せないわけでもない。

でも浩介の言う通りで、一回で必ず成功するなら、頑張って出してみようかと思えるけれど、それが何回もとなると実際、厳しい。だって成功、つまり妊娠したら、出産までにまたお金がかかる。出産前後は仁美は働けなくなるし、というか、店長さえ契約社員扱いの今の店で、パートの仁美が産休を取った後に復帰させてもらえるなんて想像しにくいし、今のサロンは結果的に、辞めることになるだろう。その後、また雇ってくれるところがあるかもわからない。

三十代前半の体外受精の成功率は約五割と医師は言っていた。でも、これまで三年近くも妊娠しなかったことを考えると、仁美は自分が成功する方の半分に入れる自信がない。

「浩介は？　どうしたい？　どうするべきだと思う？」

今度は仁美が浩介の顔をじっと見て、聞いてみた。「え、僕？」と浩介はまた、あのびっくり顔をする。

「いや、だから僕はちょっと抵抗があるよ。お金のことも含めてね。でも、子供は欲しいし、だから仁美がどうしてもしたいって言うなら、また話は違ってくると言うか……」

視線をあちこちに動かして、たどたどしく浩介は言う。その様子を見て、仁美の心に、なにか得体の知れない感情が浮かんだ。いや、違う。本当はこの感情について、仁美はよく知っている、苛々《いらいら》、だ。

溜め息を吐いたり、苦笑いを浮かべたりしてしまわないように、仁美はテーブルに置かれていた資料に手を伸ばして、そこに目を走らせた。

その日、話の決着を付けることはできなかった。うーん、とお互い唸《うな》ったり頭を捻ったりしながら、結論の出ない話をしばらく続け、やがて疲れてしまったのだろう、どちらからともなく席を立った。無言のままお風呂に入ったり、テレビを眺めてみたりして、最後は少し時間差をつけて、各々ベッドに入った。


排卵日が近付いて、仁美はまた病院へ行った。最初の日は、まだ卵子の大きさが不十分だったようで、二日後にもう一度来るようにと言われた。

体外受精をどうすることにしたかと訊ねられ、まだ夫と相談中です、と答えておいた。そうしたら、旦那さんにも詳しく説明とカウンセリングをするから、今度また一緒に来たらどうかと言われた。

二日後に再度来院したら、卵子がいい大きさになっていて、次のタイミング日を指導された。今度は旦那さんとのカウンセリングはどうすることになったかと訊かれ、カウンセリングに来るかどうかを相談中です、と答えておいた。

でも嘘だった。あれから浩介とは、治療についての話は、一度もしていない。なんとなく、お互い避けてしまっている気がする。そしてそれは治療の話だけではない。あれ以来、同じ家にいるのに、浩介との会話自体が減っている。

受付で料金を払って、外に出た。病院は五階建てのビルの三階にある。エレベーターに向かう。今日の診察代は実費で千三百円だった。診察代は保険が利くので、毎回千円から千五百円ぐらいだが、それだって月に何度も通っていて、それが長引くとなるとバカにならない。

多めに見積もって、一回千五百円として、月に四回行ったら六千円。既に五か月通っているから、これまででも三万円。最初の不妊検査では、総額で一万弱ぐらい払った気がする。そうすると今まで約四万円で、例えばこの後半年通うとすると――。数字が頭の中でぐるぐるまわる。

後ろから、にゅっと腕が伸びてきて、仁美の前にあったボタンを押した。

「ごめんなさい」

言いながら後ろを振り返った。エレベーターの前まで来たのに、ぼんやりしていて、呼び出しボタンを押していなかったようだ。

あ、と声を上げそうになる。後ろに立っていたのは、あの女性だった。この間、仁美の隣にどすん、と座って、なんだか挑むような視線を送ってきた人。

「よくお会いしますよね、待合室で」

女性が言った。低い抑揚のない声で。驚いて、え？　とまた声を上げそうになる。この間と同じように、口をへの字に曲げて、やはり挑むような目で、女性は仁美のことを見ている。会っていただろうか、よく。この間しか記憶にない。その一度のことを言っているのだろうか。いや、一度では「よく」とは言わないのでは。

動揺して、変な間を空けてしまった。焦って仁美は、とりあえず「そうですよね」と適当に返事をした。

女性は仁美から視線を逸《そ》らさない。それは決して心地がよくないのに、つられて仁美も彼女の顔をじっと見てしまう。とても肌が白かった。いや、青白いというべきか。健康的なそれではない。口をへの字にしているだけでなく、よく見たら眉間にも深い皺ができている。そのせいで、顔立ちはきれいなのに、冷たい、怖い、と表現したいような空気が、彼女の周りに漂っている。

目が離せなくなっていたら、彼女がまた、低い声で淡々と言った。

「お話ししませんか？　お茶でも飲みに行きませんか？」と。

　コーヒーショップで、黒川《くろかわ》さんと名乗った女性と向かい合った。歳は仁美より二つ年上の、三十五歳だそうだ。

「前からときどきお見かけしてて、話できないかなと思ってたんです。同じ歳ぐらいに見えたし、話しやすそうな雰囲気の人だと思って。同じ境遇にいる者同士、色々話して吐き出したり、情報交換をしたりって大事だと思いません？」

　ここに来るまでの道のりで、黒川さんにそんなことを言われた。言葉尻だけ聞くと、仁美にとって、願ってもないありがたいお誘いのように思える。けれど、冷たい表情のまま、低い声、淡々とした口調で、まるで台詞《せりふ》を棒読みするかのように喋るので、どこかで仁美はまだ怖がっていた。

　それなのについてきてしまったのは、少しはこの人に期待をしているのか。それとも、怖くて断れなかっただけなのか。

　コーヒーショップなのに、仁美も黒川さんも、紅茶が入ったマグカップをテーブルに置いている。コーヒーは体を冷やすのだ。

「今、どういう治療をしてらっしゃるんですか？　垣内さんは」

　場の空気を温めるような、様子見の会話など一切なしで、いきなり黒川さんはそう切り出してきた。

「私は、今はタイミング法です」

仁美も何故か素直に答えてしまう。口調、表情、雰囲気のすべてに威圧感があって、あちらのペースに完全に乗せられている。

「そうなんですか。何人目不妊?」

次に聞かれたことは最初意味がわからずに、しばらく考えてしまった。やがて理解して、

「ああ、一人目です」と返事をする。

「あの、黒川さんは? もし聞いてよかったら」

そう言ってみてから、自分の言葉に違和感を覚えた。向こうも当たり前のように聞いてくるのだから、こちらだって聞いていいに決まっている。

「一人目です。今度、三回目の体外受精を受ける予定」

「三回目? そうなんですか」

思わず仁美は身を乗り出した。やはり何度も挑戦しないといけない事態にも、成り得るのだ。

「そうです。目的を達成するためなら、何度でもやるつもり」

きっぱりと言い切って、黒川さんは紅茶を啜った。

「あ、そうなんですね。実は私も、勧められてるんです、体外受精」

「やらないんですか？」

間髪を入れずに訊ねられた。マグカップから視線を上げて、あの目で仁美をじっと見る。

「ええと、あの」

しどろもどろになる。

「まだ決めかねてるというか……。費用とか、気になっちゃって。うち、そんなにお金に余裕がないので。私もパートだし、夫も高給取りじゃないから」

「うちもそうですよ。私はパートで、夫も決して給料は高くないです。でも、子供は絶対欲しいから、そこには惜しまないつもり。だって、そんな風に迷ってる間に、どんどん歳を取るんですよ。三十五歳過ぎたら、妊娠率が一気に下がるのはもちろん知ってるでしょう？お金なんて、後から働いて取り戻せばいいじゃないですか。子供ができたら、目の前に守るべき存在ができたら、お金なんて、どんな方法でも何としてでも、その子のために充実させられるに決まってます」

一気に喋られて、仁美は少し怯《ひる》んだ。自分の気持ちを言葉にして伝えるのも、相手から伝えられた意味をきちんと理解するのにも、時間がかかるほうだ。今、伝えられた言葉の一つ一つを、頭の中で反芻《はんすう》させる。

「なるほど。なんていうか、ポジティブでいらっしゃるんですね。建設的っていうか」

やがて仁美は言った。口調は相変わらず淡々としていて少し怖かったけれど、黒川さんの言うことに、「なるほど」と思えた、気がする。確かに出産や子育てをすることで、時間が取られてお金を稼げないと思っていたが、守るべきものが産まれれば、どんな手を使ってもという考え方は前向きだし、そうであるべきな気がする。子供のために。

「先生から勧められたなら、迷うことなんてないじゃないですか。垣内さんも挑戦するべきですよ」

黒川さんは言う。怒られているような気になってしまう。

「そう、ですかね。でも夫があまり乗り気じゃないっていうか……。自然な方法じゃないから抵抗があるとか、もう少しタイミングで様子を見ても、とか言っていて」

紅茶のカップを持ち上げながら言う。かなり言い訳めいた口調になった。

ふっ、と黒川さんが鼻を鳴らした。笑みを浮かべている。でも楽しそうなものではなく、呆《あき》れ笑いのような表情で、仁美は大いに動揺した。

「そんなのは、エゴね。旦那さんの」

また表情を元に戻して、いや、さっきまでよりも険しい、怒りが感じられるような顔で、黒川さんが言った。吐き捨てるように。

「エゴ……？」

口に付けかけていたマグカップを、元に戻しながら仁美は訊ねた。意味がよくわからない。

「子供を産むのは女性なのよ。妊娠するのも、産み落とすのも、出産後、授乳できるのも女性だけ。圧倒的に女性のほうに負担がかかる。だったら、方法も時期も、女性の希望が絶対的に優先されるべきでしょう？　自然に反してるとか、もう少し待ってもとか、そんな曖昧《あいまい》で適当な価値観で、こちらを振り回すなんて」

エゴ、負担、曖昧、適当、振り回す――。黒川さんの口から吐き出された言葉が、仁美の頭の中で渦巻く。理解するまでに、かなりの時間がかかりそうだ。

黒川さんの背後を、ひゅっと水色の塊が横切った。次の瞬間、うぎゃぁぁぁ！　と悲鳴のような叫び声が響いた。

「あら、大丈夫？」

黒川さんが立ち上がって、水色の塊に近付く。水色のシャツを着た小さな男の子が、床に倒れ込んでいる。二歳、いや三歳に成り立てぐらいだろうか。走ってきて、そこで転んでしまったらしい。

「痛かった？　大丈夫かな？　ボク一人？　ママは？」

中腰になって、男の子を抱えて立ち上がらせながら、黒川さんは言った。仁美と喋っていたときより、声が二オクターブぐらい高い。眉間から皺も消えている。

「あの、この子のお母さんは？　お子さん、泣いてらっしゃいますよ」

店内を見回しながら、黒川さんは声を張り上げた。

「ソータ？　ああ、もう何やってんの。あんた転んだの？　バカじゃないの？　服汚れちゃうじゃない」

仁美の背後から、声がした。酷く不機嫌そうで、やる気のない口調。聞き覚えがあった。よく知っている声だ。

振り返ると、やっぱり。畑中さんがそこに立っていた。仁美の脇を通り過ぎて、畑中さんは黒川さんと子供に近付いた。屈《かが》んで、「どうも」と聞こえないぐらいの小さな声で呟き、黒川さんの手から子供を引きはがすようにして、自分のほうに引き寄せる。

そこで彼女は仁美に気が付いたようだ。口を「あ」の形に開いて、こちらを見る。

「垣内さん。どうも。どうも」

「どうも。え？　どうして？　四国に帰ったんじゃなかったの？」

「まだ帰ってないです。手続きとか、色々あるし」

バツの悪そうな口調で、畑中さんは言う。

「ねー、ママぁ。あれ、あれ見る！」

彼女の腕の中の男の子が、畑中さんの腕を振り払うように手を動かして、レジカウンターのほうを見ながら叫んだ。

ちっ、という音が響いた。最初耳を疑ったが、畑中さんが舌打ちをしたようだ。

「やめてよ、マジ面倒くさい。もう帰るよ」

「見る！　見るの――！」

子供がまた、悲鳴のような鳴き声を上げる。店中の客が、みな畑中さん母子に注目している。

「ダメ。帰るって言ってるでしょ」

溜め息混じりに言いながら、畑中さんは乱暴な動作で男の子を抱き上げた。「じゃ、どうも」と仁美に言い、泣き叫ぶ男の子をあやしもせずに、出入口に向かう。黒川さんには、最初の「どうも」以外、何も言わなかった。目を向けることさえしない。店中からの視線も、まるで気にしていないようだ。

やっと泣き声が聞こえなくなった頃、黒川さんは、再び椅子に腰を下ろした。

「友達ですか」

そして仁美に、そう聞いた。また低い声で。眉間の皺も戻っている。

「違います」

早口で仁美は言う。

「職場に前いた人で、でも私はまったく仲良くなくて」

「そう」と、黒川さんはマグカップを取る。紅茶を一口啜り、喉仏を微《かす》かに動かした。

「子供に舌打ちとか、バカじゃないの、とか」

また吐き捨てるように言う。声からも表情からも、しっかりと怒りが見て取れた。

「子供って、はしゃいだり泣いたりが、仕事じゃないんですかね」

「そう思います」

大きく頷きながら、仁美は言った。今度は考える間もなく、そうだ、と思った。

黒川さんが醸し出す雰囲気は少し怖いけれど、それは彼女の、子供への思いの深さ、切実さ故なのかもしれない。だって、さっき畑中さんの子供を抱えて立ち上がらせたときは、とてもやさしげな表情をしていた。

「ああいう人が妊娠して出産をして、でも、私たちにはそれがないんですよ。間違っていると思いませんか？」

黒川さんが、カップをテーブルに置いた。かたっ、という音が、やけに鋭利に仁美の耳に響いた。

「間違ってるんですよ。だから、それを元に戻すだけじゃないですか。医療の力で。不妊治療って、そういうことでしょう」

ゆっくりと仁美は、カップを持ち上げる。間違い、元に戻す、医療の力――。今度はすぐに、そうだ、とは言えなかった。ゆっくり、言葉を噛《か》み締めてみる。

間違い、医療の力、エゴ、振り回す――。

次のタイミング日は、浩介はお酒も飲まず、早く家に帰ってきてくれた。だから「仲良く」したけれど、なんだか、とても、上手《うま》くいかなかった。どんな状態を「上手くいく」と言うのかと聞かれたら困るけれど、その日のそれが、上手くいっていなかったことは間違いない。何をされても心地よくなくて、仁美の体は色んな意味で渇いていた。

「大丈夫なの？　挿れて」

挿入前に、そんなことを聞かれたほどだ。「大丈夫」と言ったけれど、挿れたら心地よさからではなく、痛みで声が上がった。それでも止めることはせず、最後までして、きちんと中で出してもらった。でも、最後まではできたけれど、浩介も渇いていたように思う。終えた後、「ないな」と仁美は思った。きっと今回も、妊娠しない。はっきりと、そう思った。

次の日から、浩介との会話は更に減った。家の中に漂う空気も、どんどん硬くなっていく気がした。

『急だけど、今度の土曜の夜、我が家でパーティーしない？　私、治療を卒業できそうで、その辺りのこと色々と話したいの。旦那がご飯作るって張り切ってるから、よかったらみんな、旦那さんと一緒に来て』

悠希からそんなメールが届いたのは、タイミング日から三日後の、仕事の帰り道でのことだった。満里子と理央にも同報で送られていた。浩介との空気と、この間の悠希との不妊治療についての会話が気になって、仁美はあまり乗り気になれなかった。けれど、すぐに理央から、『わー楽しみ。旦那も行けるって。お邪魔します』と。満里子からも、『楽しそう。いいのかな？　お邪魔して』と返信が入ったので、仁美も『多分行けます』と送っておいた。和を乱すことはしたくない。

浩介が気乗りしないようなら一人で行けばいいと思っていたが、帰宅を待って聞いてみたら、意外にも彼は、「招待してくれるなら行こうかな。今後も仁美が仲良くしてもらうんだろうし」と言ったので、再度『夫婦で行きます。よろしく』とメールを送った。

「休みの日に二人で出かけるのって、結構久しぶりだよね」

当日、マンションを出るときに、浩介に言われた。そう言われればそうかもしれない。入籍、引っ越しの直後は、休みの度に家具や家電の買い物などに出かけていたが、それが落ち着いてからはほとんどなかったような気がする。新しい土地、生活、仕事にお互いいっぱい

いっぱいだった。

乗り換え駅で、満里子、理央と待ち合わせをした。電車が少し遅れたので、早めに着く予定がギリギリになった。改札の向こうに満里子の姿を見つけて、仁美は小走りした。

「ごめん、遅くなって」

「仁美ちゃん。ううん、大丈夫だよ」

周囲を見回してみたが、一人のようだ。

「ごめん、うちの夫、遠慮しちゃって私、一人なんだ。一人だけ世代が違うし、気を遣わすんじゃないかって」

仁美の目線に気が付いたのか、満里子が言う。

「そうなんだ」と言いかけたら、「どうも。ご主人？」と背後に目線をやりながら、頭を下げられた。浩介が追い付いてきていた。

「うん、夫です。満里子ちゃんだよ」

「初めまして。斉藤《さいとう》満里子です」

「どうも、垣内浩介です。妻がいつもお世話になってます」

「いえ、そんな。こちらこそ」

満里子と浩介が挨拶を交わす。浩介の声は完全に上ずっていた。いつものびっくり顔な上に、目もきょろきょろさせている。満里子の美貌にたじろいだようだ。普段から、モデルや女優のようにきれいな子だと話はしていたのだが、予想以上だったのか。確かに今日の満里子は、スパンコールの付いた真っ赤なノースリーブシャツに黒いロングスカート、ヒールの高いサンダルで、人混みの中、一際目立っている。

「理央ちゃんは？」

「さっきから探してるんだけど、まだみたいね」

満里子が腕時計を覗き込む。反対の手には、大きな紙袋が提げられていた。悠希への快気祝いの品だろう。もちろん三人からだが、二人の希望日と合わなくて、仁美は買いに行くのを欠席した。仕事のシフトを代わってもらおうか迷ったけれど、不妊治療を始めてから、変更してもらうことが多いので、「無理しないでいいよ」という二人の言葉に甘えさせてもらった。

「ごめーん」と、背後から明るい声が聞こえた。満里子と同時に振り返る。

「遅くなっちゃった。ほらほら、こっち、こっち」

理央が男性の腕を引っ張りながら、こちらに近づいてくる。満里子が軽く手を挙げて、合図をした。

「お待たせ。満里子ちゃんと、仁美。あ、仁美の旦那さんかな？　初めまして、橘《たちばな》理央です。こっちは旦那の、桜井真也《さくらいしんや》。私も本名は桜井なんですけどね。橘は旧姓で、そのままペンネームにしてるんです」

　理央が笑顔を、その場の全員に惜しみなく振りまく。隣の旦那さんも会釈をした。

「仁美からよくお話は聞いてます。小説家さんなんですよね」

　浩介が言う。仁美は慌てて訂正しようとしたが、その前に理央が「いえ、翻訳家です─」と笑いながら言った。

「ああ、そうでした。ごめんなさい」

「いえいえ、よく間違えられますから」

　理央は明るく笑っていたが、仁美の顔は熱を帯びた。よく見たら、浩介は誰よりも額に汗を滲ませているし。

　理央の旦那さんも、彼女の隣で笑っていた。若々しいというか、子供みたいにも見える笑い顔が、どことなく理央に似ている。彼女の男性版みたいな人だ。服装は白いシャツに、グレーで細身の脛《すね》辺りまでの丈の短いズボン。真ん中がぺこんと凹《へこ》んだ麦藁帽《むぎわらぼう》を被《かぶ》って、水色のスニーカーを履いている。理央が今日も彼女らしい、水色の不規則な水玉柄のワンピースを着ているから、服装まで対のようだ。ふと見ると、旦那さんは帽子のリボンも水色である。

　仁美は急に、浩介と自分の冴《さ》えない服装が恥ずかしくなった。浩介はくたびれたポロシャツに細身ではないジーンズ、仁美も半袖の白いブラウスに、紺色の膝丈《ひざたけ》スカートという、普段と変わらない出で立《いでた》ちだ。家にお邪魔するから楽な格好がいいかと思ったのだが、パーティーと言われたのだし、少しはおしゃれしたほうがよかったかもしれない。

悠希の家は、仁美の職場の駅、つまり悠希の職場の駅でもあるが、そこから三駅のところにあった。真新しく高級そうなマンションが立ち並ぶエリアで、悠希のマンションも例に漏れず、シルバーが基調の近代的でおしゃれなデザインだった。エントランスをくぐると、中庭には水場もあり、立体駐車場には仁美には名前はわからないけれど、きっと外国車だと思われる車が、何台か停まっているのが目に付いた。

三階の端の部屋には、「山本」と書かれた表札がかかっていた。そこで初めて、仁美は悠希の現在の苗字を知った。仕事は旧姓の「衛藤《えとう》」のままでしていて、食事会の店の予約も、いつも衛藤で取ってくれている。実は理央の現在の苗字も、さっき駅で旦那さんを紹介されて、初めて知った。二人とも現在の本名で仕事をしないのは、何かこだわりがあるのだろうか。

チャイムを鳴らすと、パタパタと足音をさせて、「はーい」と悠希が顔を見せた。

「待ってたよー。どうぞどうぞ」

みんなで「どうも」「お邪魔します」と、わらわらと玄関に上がる。

悠希は白いTシャツにベージュのゆったりとした綿パンを穿《は》いていた。いつもは細身のジーンズやパンツでカチッとしているが、さすがに自宅では寛《くつろ》いだ格好らしい。自分と浩介寄りで、ホッとする。

「どうも、いらっしゃいませ。健吾《けんご》です」

キッチンから、長身の男性、悠希の旦那さんが顔を見せた。五つ年下と言っていたので、二十七歳か八歳のはずだが、もっと若く見える。爽《さわ》やかな若い男の子といった印象だ。悠希と並んだら、夫婦というより、姉弟に見えるだろう。

各々《おのおの》に自己紹介を終えて、リビングのテーブルに着いた。何か手伝ったほうがと思ったが、「健吾が全部やるから、堂々と寛いでくれちゃっていいからね」と悠希に言われて、とりあえずみんなで腰を下ろした。

「そうそう。自分がやりたいんで、どうぞ放っておいてくださいね」

旦那さんも、キッチンのカウンターからひょいと顔を出して、笑いながら言う。みんなが自己紹介をしている間も、同じように笑顔を浮かべながら、でも手際よく手はずっと動かしていた。

悠希が淹れてくれた冷茶を飲みながら、「毎日暑いよね」「毎年どんどん暑くなるよね」などと気候についてや、悠希の病気について、「心配かけたけど、もう大丈夫そう」「本当によかったね」などと話をして、しばらく場をあたためた。

「そうだ。悠希ちゃん、これ。快気祝い。三人で買ったの」

少し話が途切れたところで。満里子が悠希に紙袋を差し出した。

「えー、そんなのよかったのに。かえって気を遣わせちゃったかな。でも嬉しい。開けていい？」

悠希が袋を受け取って、中から箱を取り出す。

「わー、皆さんどうもありがとうございます。よかったね、悠希ちゃん」

旦那さんがタイミングよく、また顔を出した。しばらくフライパンに向かっていたのか、奥のほうにいたように思うのに。きちんと話は聞いていたようだ。

「わあ、かわいい、きれい！　ありがとう。見て、健吾。お皿のセットもらったよ」

中から取り出された大きさがバラバラの三種類のお皿セットを、仁美はもしかしたら、悠希よりしげしげと見つめてしまっていたかもしれない。ガラス製で、底に青色で水玉、二重のライン、花柄と、それぞれ模様が描かれていて、確かにセンスがいいし、夏らしい。

けれど、これが三万円もするのかと、ついそういう目で眺めてしまう。選ぶのを任せた身なので文句は言えなかったが、二人から、『お皿の三枚セットにしたよ。三万円だから一人一万円ずつでよろしく』『少し高いかとも思ったけど、旦那さん料理人さんだし、いいものを思って決めました』とメールが来たときには、やっぱり自分も行って、もっと手軽なものに誘導すればよかったと、後悔をした。悠希の病気が治ったことはもちろんおめでたいし、心からよかったと思っているけれど、急な出費で一万円は、仁美には正直痛い。

「おおー、いいね。夏らしくてきれい。ありがとうございます」

旦那さんがいつの間にかカウンターから出てきていた。仁美たちに向かって、丁寧に腰を折る。

「ねえ、悠希ちゃん。せっかく頂いたから、料理それに盛らせてもらおう。もうできるからさ、お皿軽く洗ってよ」

「いいね、そうしよう。ちょっと待っててね」

悠希も一緒にキッチンに向かう。

しばらくしたら、それぞれのお皿に盛られた豪勢な料理が運ばれてきた。

「とりあえず第一弾です。茄子《なす》のオリーブオイル揚げと、水餃子と、こっちはバルサミコ酢のチキン」

上手く絵が描けたからと、得意気に披露する少年のような無邪気な顔で、旦那さんが料理をテーブルに並べる。プロだから当たり前だが、仁美が普段家で作る簡単な料理とはまったく違って、手が込んでいるし見映えもよい。

「おいしそう！」「本当に」と、理央夫婦がはしゃいだ声を出す。満里子が「うん」と頷き、浩介は仁美の隣で、「さすがプロですね」と感心した声を上げた。

「料理がお皿によく映えてて、見た目三割増しぐらいにしてもらってるな。みなさんのおかげで、俺、得しちゃった」

今度はいたずらをした少年のような顔で、悠希の旦那さんは言った。

「ほんと、ほんと。よかったね、あんた」

合いの手を入れるように、悠希が笑う。理央夫婦も笑い声を上げ、満里子は微笑を浮かべた。場の空気が一気に和《やわ》らいだ。

さっきお皿の値段についてあれこれ思ってしまったことが後ろめたくなり、仁美も慌てて声を上げた。

「すごいなあ、本当においしそう。食べるの、楽しみ」と。


食事しながらの歓談中も、悠希の旦那さんは、テーブルに着いているかと思ったら、またキッチンに入って、次の料理を持ってまた戻ってきて、を繰り返していた。でもその間も、会話には常にきちんと参加していた。

満里子はどの話題のときも基本聞き役で、でも上手に相槌を打ったり、時々コメントをしたりして、そしてその合間にみんなのお皿や、飲み物の世話をさりげなく焼いていた。悠希の旦那さんがキッチンに入るタイミングで、少し遅れて席を立って、「氷もらっていってもいいですか？」とか、「これ、もう運んでいいのですか？　やりますよ」などと、出しゃばることなく、上手に手伝いもしていた。

「満里子ちゃん、ありがとう。慣れてるね、なんか」

悠希にそう言われて、「家でもよく、ホームパーティーやるから」と返事をしていた。旦那さんの病院の、若いドクターやスタッフさんたちを呼んで開催するのだという。

「へえ。部下思いの方なんですね。いいなあ」

浩介がそう言うと、「もう歳だから、若い人の面倒を見るのが好きなんですよ」と微笑んだ。浩介は笑顔を向けられて、また「あ、そうなんですか」と声を上ずらせていた。

「うちの夫も、今日は照れて遠慮しちゃったけど、家でのパーティーならきっと、一緒に楽しませてもらえると思うわ。今度はよかったら、みんなで家に来てよ」

そんなことも言っていた。

仁美は満里子を見ながら、自分も何かしなければと思うものの、要領のよくない自分が動いたらかえって迷惑をかけそうで気後《きおく》れしてしまい、結局できたのは、ときどき空になったお皿を下げるぐらいだった。浩介も仁美と、ほぼ同じように動いていた。

理央は食事が始まるときに、「ごめんね、私よその家のキッチン入るの苦手だから、堂々と座ったままでいさせてもらうねー」と宣言をして、旦那さんともども、本当にずっと席に着いたままだった。けれど二人は常に話題を振って、場を盛り上げていた。

理央の旦那さんの職業がグラフィックデザイナーだと聞いて、浩介が、「グラフィックデザインって、実はよくわかってないんですよ。どういうお仕事なんですか？」と訊ねたのをきっかけに、旦那さんから始まり、流れで理央も、自分たちの仕事の説明や裏話などを笑いを交えながら話してくれた。

「夫婦共通の趣味が沢山あるそうで、いいですよね」

と満里子が言った後には、大学生のときに二人でバックパックでヨーロッパを回ったときの話をして、みんなから相槌や感嘆の声を上げさせていた。

夫婦揃《そろ》っての社交性の高さに感心はしながらも、でも仁美の頭には、あまり二人の話の内容が上手く入ってこなかった。仕事内容も、クロアチアとかスロヴァキアとか、かろうじて名前を知っている程度のヨーロッパの国も、仁美には未知の世界である。

悠希の旦那さんは、デザートまで手作りで用意してくれた。本物の果肉を使った、オレンジゼリーだ。「デザートまで自家製！」「贅沢《ぜいたく》だよね」「来てよかった」などと言いながら、各々スプーンを手にしたときだ。

「みんな、今日は集まってくれてありがとうね。旦那さんたちも」

　突然、悠希が姿勢を正した。

「それで私、今日は話したいことがあるの。旦那さんたちとは初めましてなのに、こんな話でなんなんだけど」

　隣で悠希の旦那さんも背筋を伸ばす。

　みんなも、同じように改まった。もちろん仁美もだ。ゼリーを一口掬《すく》いかけていたが、一旦《いったん》スプーンを置いた。

「子宮内膜症の治療が終わったっていうような言い方をしたけど、正確に言うと実は違うの。いい方向に進んではいたんだけど、まだ病院には通ってて、事態が少し、ううん、かなり変わったのよね。自分でもびっくりしちゃったんだけど、この間の検診で発覚して……」

　悠希の妙な前置きに、仁美の心臓がどくん、と鳴った。なんだろう。実は内膜症ではなかった、とか？　もっと重大な病気が見つかったとか――。いや、でも。それならこんな風にみんなを集めて、楽しく食事をして、というのはおかしいだろう。

　視線を感じて顔を上げた。悠希が仁美の顔を見ている。慌てて仁美も見返した。が、すぐに視線は外された。

　しばらくの間が流れた。そして、ゆっくり悠希は口を開いた。

「私、妊娠してるの。もうすぐ三か月に入るところ」

どくん、と仁美の体の中で音がした。でも今度は心臓じゃない。体中の血が、ものすごい勢いで、全身を駆け巡ったような。そんな衝撃があった。

今、なんて――？

「妊娠？　本当に？　おめでとう」

理央の声が聞こえた気がする。

「本当に？　びっくりした。でも、おめでたいね！」

満里子の声も聞こえた気がする。

「ありがとう。自分でも本当にびっくりしてる。一か月来なかったんだけど、病気のせいだと思って。って、こんな話ごめんなさい、男性の前で。でも、みんなにきちんと報告したいって……」

悠希の声も、聞こえていた、多分。

でも仁美はよく覚えていない。その後、悠希の家で、誰が何を話して、どんな空気になったのか。自分はそこで、どうしていたのか。

食べたはずの、オレンジゼリーの味も覚えていない。おいしそうだったのに。

どうやって帰宅したのかも、仁美はやっぱりよく覚えていない。行きと同じく、満里子と理央夫婦、浩介と仁美で悠希の家を出て、待ち合わせた駅まで一緒に行ったのは間違いない。けれどその間で、誰とどんな会話を交わしたかなど、まったく思い出せない。

ああ、でも。一つだけ、ぼんやりと覚えていることがある。待ち合わせの駅で、満里子だけそこから地下鉄だからと、乗り換え口で別れて、理央夫婦と仁美と浩介、四人で次のホームへの階段を上っているときだった。男性二人が数段先を行き、仁美と理央が横に並んで上るという構図になった。そのとき、理央が徐に話しかけてきた。

「びっくりしたね、悠希」

ああ、とか、そうだね、とか。曖昧に仁美は返事をしたと思う。そうしたら、次に理央がこんなことを言った。

「欲しかった、欲しくなった、のかな？」

え？　と仁美は聞こうとしたが、その時ちょうど階段が終わって、上で止まって待っていた男性陣と合流したので、結局聞けずじまいだった。

「楽しかったけど、ちょっと疲れたね」

部屋に上がると、浩介が言った。「そうね」と小さく返事をして、仁美はリビングのソフアに腰を下ろす。

「お風呂入る？」

そう聞かれたので、「じゃあ入れるよ」と立ち上がりかけたら、「いいよ。たまには僕がやるよ」と浩介に制された。

甘えさせてもらって、しばらくソファで、そのままぼんやりとしていた。

やがて浩介がお風呂に入り、上がってきて仁美に「入ってきたら」と言った。無言で頷いて、脱衣所に向かう。

シャワーを浴びながら、シャンプーを泡立てながら、湯船に浸かりながら、何度も自分の下腹部を撫《な》でた。妊娠していない、妊娠してくれないお腹を。

天井から垂れてきた雫《しずく》が、頬にぴちゃっと当たったときに、決心をした。お風呂から上がって、浩介がまだ起きていたら、話をしようと。きちんと、話を。曖昧にしていたことを、はっきりさせよう。目的のためなら、しなければ――。

パジャマを着て、髪を拭きながらリビングに入って行くと、浩介はまだ起きていて、さっき仁美がしていたように、ソファに座ってぼんやりとしていた。

仁美はテーブルの椅子に腰かけて、「話があるの」と浩介に向かって言った。声がちょっと緊張してしまっている。

「よかった。僕のほうもあるんだ」

浩介がソファから立ち上がって、こちらに移動してくる。仁美の向かいに座った。

「何？　浩介の話って」

顔を見てそう訊ねると、「仁美のほうは？」と見つめ返された。先に話すべきか迷い、無言のまま見つめ続けていたら、ふうっと微かに息を吐いた後、浩介が先に口を開いた。

「体外受精のこと。やっぱり、今は僕は反対だな。タイミング法も、しばらく休んだほうがいいかと思えてきた」

「どうして？」

仁美は身を乗り出した。「私は」と、勢いよく次の言葉も出る。

「私は逆に、やっぱり、すぐにでもしようって言いたかったのに」

「どうして？」

今度は浩介が身を乗り出す。仁美は少し怯んだ。

「どうしてって、だって欲しいもの、早く。私もう三十三だし、あなたの年齢も……。精子だって、歳を取るって言うし」

浩介は無言で、仁美の顔をじっと見る。さっきよりも目に力が灯《とも》ったような気がする。

「浩介は、どうしてなの」

怖くなってしまって、仁美は訊ねた。

「だから、自然じゃない気がして抵抗もあるし、もう少し時間をおいてみてもいいんじゃないかって。そんなに焦らなくても」

溜め息を吐きながら、浩介が言う。

溜め息、どうして。仁美の顔が、カッと熱くなった。そして、脳裏に黒川さんの顔が浮かんだ。

「そんなのは、エゴよ」

気が付いたら、口が動いていた。

「子供を産むのは私なのに。私が欲しい時期や、私の希望が優先されるべきじゃない？ そんな、自然じゃないとか、焦らなくてもとか、そんなのはあなたの価値観で、それにどうして、私が振り回されないといけないの」

「仁美」

強い声が、耳に響いた。驚いて肩を震わせてしまったほどだ。浩介がこちらを見ている。真《ま》っ直《す》ぐに。これまでに見たことのない、強い目だった。声も。さっきのような強く鋭い声を、浩介が出すのなんて初めて聞いた。

「何、言ってるの？ 仁美、本気で言ってる？ エゴって、振り回されるって。何、言ってるの？　確かに産むのは仁美で、女性のほうが大変なのはわかるよ。でも、僕の子供でもあるのに。僕が意見を言うのは、エゴ？　振り回す？　ちょっと、正気とは思えない」

浩介は頭を抱え込んだ。

どくん、どくん。体の中で音がする。

浩介が顔を上げた。再び、仁美の顔を見る。

「悠希さんが妊娠したから、だから体外受精を急に決心したの？　気持ちはわかるよ。不妊治療してるから、身近な友達が急に妊娠して、複雑なのは。でも、あの場で『おめでとう』って言わなかったの、仁美だけだったよ。もしかして、悠希さんに負けたとか、負けたくないって思った？　そういうの、よくないと思うな」

そんなこと――。言葉が喉まで出かかった。でも引っ込めた。いや、引っ込んだのかもしれない。

仁美の頭の中に浮かぶもの、思いがある。でも言葉にならない。言葉にできない。

そんなことを、思っていたとして。負けたとか、負けたくないとか、そんなことを――。どうして、思ってはいけないというの。そういう思いを、持ってはいけないというの。どうして。

だって仁美は、きっとそう思われてきたのに、ずっと。そういう思いを持たれてきたのに。

先に結婚していった地元の友達、同級生。結婚報告のときに仁美に笑いかけたあの顔は、本当に純粋な笑顔だったか。妊娠、出産の報告のとき、みんな思っていなかったか。伝えるほうも、聞かされるほうも。勝った、とか、負けた、とか。

一緒にお見合いパーティーに行った友達の、仁美が先に結婚が決まって、結婚式のときに「おめでとう」と言ったときの笑顔に、嘘はなかったか。その後、追いかけるように自分も結婚をして、二か月後に妊娠報告をしたときの、あの笑顔に含みはなかったか。「勝った」という思いは隠されていなかったか。

なのに、どうして。自分だけが、「そういうの、よくない」なんて、言われなくちゃならないの――。

「僕は思っちゃったんだ、実は、少し」

浩介が口を開く。仁美はまた、体をびくっとさせた。我に返る。

今、浩介は何と言った？　僕は思っちゃった――。

「悠希さんのお家、新しくてきれいで、女性だけど彼女、僕より沢山お給料もらってるんだろうな。旦那さんも若くてカッコよくて、要領もよくていいなって。満里子さんもお医者さんの奥さんで、美人できれいな格好してて、旦那さんのことも立てて話してて。理央さんたちも、自分の才能で生きてて、楽しい話沢山持ってて、みんなすごいな、いいなって。僕とはまったく違うし、僕は全部負けてるなって」

仁美の体が熱くなる。怒りではなく、興奮で。また浩介のほうに、身を乗り出してしまいそうになる。今度は詰め寄るのではなく、寄り添いたくて。

「でも、いいんだって。僕は、僕と仁美は、結婚して、子供がいてっていう、そういう当り前の幸せが欲しいだけなんだからって。いつかそれが手に入ったら、それが幸せだからって。そう思いながらご飯食べて、話を聞いてた。そうしたら、悠希さんに妊娠したって言われて……。正直、どうしてって。どうして、それまで、そちらに先に行くのって、思ったよ」

そう。そうだ。地元を離れて、三人が遊んでくれるようになって、でも仁美は、それでいつもどこかで虚しい思いをさせられるようになった。だって仁美は、満里子のような美貌もないし、理央のように才能もないし、悠希のようにエリートでもない。

でも、いい。当たり前の幸せ、平凡な幸せさえ手に入ればそれでいいと思っていた。だって、悠希は考えていないと言った。仕事が忙しいし、仕事がしたいし、旦那もまだ若いし、子供は考えていない、と。なのに、どうして、そちらに先に「それ」が行くの。「それ」まで、どうして悠希が先に手に入れるの。悠希はそれがなくたって色んな物を持っているし、第一悠希だったら、不妊治療も、体外受精も、迷わずにできる経済力があるだろう。なのに、どうして自然に妊娠を。そもそも悠希は、いつ妊娠に気付いたのか。もしかしてこの間、うちのサロンに来たときも、わかっていたんだったりして。それで、不妊治療のことを「殺伐」と言ったんだったり——。

ああ、そうだ。そもそも、悠希が食事会に選んでくる店だって、いつも仁美には高くって。そこに満里子が表参道で買ったとか、いつも高級な手土産を持ってきたりするから、仁美は家にあるものを自分でラッピングして持って行ったり、苦労を強いられている。三人とも、自分が「持っている」人だからって、持っていない仁美のことなんて、気にかけてくれない。だから、欲しいものを、手に入れたっていいじゃないか。仁美だけ持っていないんだから、何も。だから、

「でも、そんなのはダメだよね」

浩介が言う。仁美は顔を上げた。

「負けてるから、負けたくないからって子供を作るなんて。そんなのは、生まれてくる子供にも失礼だし、悠希さんにだって。おめでたいことがあったから、すぐに友達の仁美に教えようとしてくれただけなのに、きっと。素直に『おめでとう』って言ってあげられないなんて」

浩介が、また強い目で仁美を見る。

「自分のこと、恥ずかしいって思ったよ。そんな風に、少しでも考えたこと。この間、仁美に生理が来たときも、悠希さんの病気の話を出して、うちは何もなかったからいいね、なん

て言っちゃったし、僕。あれも、失礼だった。あちらよりマシ、なんて」

仁美は浩介の強い目にとらわれている。頭の中を、浩介が次々に発する言葉が渦巻いている。理解するのに、しばらく時間がかかりそうだ。

「だから、僕は今は体外受精は反対。なんか、僕も仁美も少し思い詰めちゃってないかな」

負けた、負けたくない、勝った。平凡な幸せ、純粋、子供に失礼。悠希にも――。

「もともと、少し気にかかってたんだ。不妊治療を始めてから、仁美の顔が険しくなってる気がして。僕の好きな、いつでも笑ってる仁美じゃなくなっていくような。乱れてるかなあ、と」

顔が険しい、いつでも笑ってる、乱れてる――。

「ちょっと休まない？　この間の金曜日、予定ある？　って聞いたのは、半休が取れそうだったから、仁美も仕事が昼までなら、どこか出かけようかと思ったんだよね。結局、飲み会になっちゃったけど。結婚するとき、したかったこと、結婚してからいっぱいしようって言ったのに、忙しさでほとんど何もしないまま、三年近くも経っちゃって。だから、今からでもって思って。これまで忙しかったけど、今後はもっと時間を取れるようになると思うから……」

仁美は席を立ち上がった。あまりにも一気に沢山のことを考え過ぎて、もう持たない。もう限界だ。

「ごめん。寝る」

そう言って、寝室に向かった。

最後にちらっと見えた浩介の顔は、あの顔だった。いつもの、びっくり顔。

ベッドに入ってもまったく寝付けず、仁美は目を固く閉じて、体をじっとさせていた。

そうして、どれぐらい時間が経った頃だろう。扉が開いて、浩介が隣に入ってきた。

今日はいびきはかかなかったけれど、やがて隣からは、微かな寝息が聞こえてきた。規則的になるのを見計らって、仁美はそっとベッドを出た。

リビングに入って明かりを点《つ》ける。眩《まぶ》しさに、つっ、と声を上げた。

キッチンに行き、冷蔵庫の前に座り込み、扉を開けた。中の食材に目を通して、頭を働かす。

立ち上がった。まずご飯を炊こう。水の音を響かせないように気を付けながら、お米を研《と》いだ。

窓の向こうの空が、だんだんと白んでくる。

キュウリのハム巻きに爪楊枝《つまようじ》を刺す。炊き上がったご飯も、そろそろ冷めた。棚から、しらすとわかめのふりかけを取り出す。おにぎりを握るのなんて、何年ぶりだろう。高校のときのお弁当以来かもしれない。

悠希の顔を思い出す。妊娠の告白をする直前に、仁美の顔をじっと見たときの顔。

あのとき悠希は、笑ったりなんてしていなかった。勝ち誇った顔で仁美を見たりなんて、していなかった。ただ、真っ直ぐに仁美を見つめていた。きっと、今から私は大事なあなたに、大切なことを打ち明ける、という思いだったのではないか。その証拠に、仁美から目を逸らしたあと、満里子と理央の顔も、同じように真っ直ぐに見つめていた。

浩介の言う通りだ。負けたとか、負けたくないとか、大事な友達にそんな思いを持つのは失礼だ。再会したとき、子供みたいに大はしゃぎをして、喜んでくれた悠希なのに。東京に一人も友達のいなかった仁美に、月に一度の食事会という、楽しみを与えてくれた悠希なのに。

そして、そう。浩介の言う通りだ。負けたとか、負けたくないとか、そんな思いで子供を作るのは、失礼だ。生まれてくる子供に。仁美と浩介の、大事な子供に。

握り終えたおにぎりを、ラップでくるむ。

窓の向こうの空は、早くもオレンジ色の光を放っている。気配を感じて、顔を上げた。

「なにしてるの？」

パジャマ姿の浩介が、こちらを見ている。

「お弁当、作ったの」

仁美は言う。

「ピクニックに行こうよ」

結婚前にできなかったけど、したかったこと。結婚してからしようと、浩介が言ったこと。何があったかを、ベッドで思い出していた。

ピクニック、とあのとき最初に浩介は言った。そんなベタなことをと、笑ってしまったから、よく覚えている。


隣町の森林公園は、日曜日だというのに、人気《ひとけ》があまりなかった。

「こんな暑い中、日蔭《ひかげ》もないところに来るの、私たちぐらいなのかな」

仁美が言うと、浩介が「ははっ」と笑った。

「そうかもね。朝からこの暑さ、死ぬかも」

麦藁帽子の下の額に、浩介はこれでもかというほど、汗をかいている。帽子も、理央の旦那さんが被っていたようなオシャレなものではない。家に転がっていた、いつ買ったのかもわからないもので、農家のおじさんが被っているようなデザインだ。でもそれがやけに、浩介には似合っている。

「この辺りにする？　僕、お弁当食べるのなんて久しぶりだよ」

「私もだよ。朝ごはんなのか、なんなのかわからないけど」

「朝ごはんじゃない？　今日最初のご飯だし」

だだっ広い芝生のど真ん中に、持ってきたシートを敷いた。これも家に転がっていた、無地でブルーの、まるで業務用のようなものだ。

「あのね」

腰を下ろして、バッグからお弁当箱を取り出しながら、仁美は言う。

「体外受精のこと、しばらく延期、保留にする。タイミング法も、休んでもいいかも。確かにあなたが言った通り、私は今ちょっと、乱れてるのかもしれないから」

浩介が仁美の顔を見る。いいの？　と顔が聞いている。

「でも、子供は欲しい。昔からずっとそう思ってたし、できるものだと思ってたから、その感覚を変えるのは、簡単にはできないと思う。だから、タイミング法も体外受精も、いつかまたやりたいって言うかもしれない。いつかって、明日かもしれないし、一年後かもしれないけど。そういうときが来たら、また相談させて」

お弁当箱の袋の巾着をほどきながら言う。

「うん」と浩介が頷いた。力強く。

「相談っていうか、僕のことでもあるしね」

「うん」と、今度は仁美が頷く。

お弁当箱を開ける。「おおっ」と声を上げて、浩介がびっくり顔をする。

「ねえ。昨日、これからは時間を取れるようになるって言ってたでしょう？　あれ、どうして？」

別の袋に入れていたおにぎりを取り出しながら、仁美は聞いた。

「ああ、こっちに来てから地盤作りにずっと忙しかったんだけどね。前の会社から一緒にこっち来た営業マン、途中で何人か辞めちゃったから、それのフォローにまわったり。でも、飲み会とかゴルフとか色々やって、かなり信頼関係ができてきたから、今後はもう少しゆっくりできそうだなあと」

「そうなんだ？　一緒に来た人、そんなに辞めてたの？　知らなかった。どうして？」

「うん、前の会社で成績よかったヤツほど、辞めたかな。吸収された側だからね、多少今の社内で、そういう力関係の空気もあるし。自信があったヤツはさ、そういうの、耐えられなかったんじゃないかなあ」

おにぎりを指差して、いい？　と目で訊ねながら、浩介は言う。

「あなたは、嫌じゃなかったの？　そういう空気」

「ん？　まあ僕は、元からいじられキャラって言うか、下に見られてるところあったし、大丈夫だよ。寧《むし》ろプライドないから、やりやすかったぐらい」

おにぎりのラップを剝《む》く浩介の顔を、じっと見つめてしまった。

初めて会った日に、不器用だけどやさしそう、以外にも、仁美はこの人に対して思ったことがある。「ボロボロですね」とか、お見合いパーティーに「興味はあった」とか。ともすれば、人が恥ずかしいと思うこと、隠したいと思うことを、認めていて偉いな、と、そう思った。昨日もあまりに正直に、悠希たちに「負けた」と思ったと、告白をした。

仁美にはできない。地元の友達に勝ち誇ったような顔で笑われて、悔しがっている自分を認めることができなかった。お見合いパーティーに誘われたときも、本当はすごくありがたかったのに、あまり気はないけど、というふりをした。

自分はなんて情けない女なんだろうと思う。悠希たちとの関係だって。虚しい思いをさせられると言いながら、高校時代、三者三様に目立っていた彼女たちが仲良くしてくれて、激しく喜んでもいた。地元の同級生たちに伝えたら、「あの子たちと？　すごいじゃない」と言われて、いい気にもなっていた。

体外受精のことだってそうだ。興味はあるものの、どこかですごく怖がってもいて、お金のことも不安で、だから浩介に結論を出して欲しがった。相談したら、抵抗はあるけれど、仁美がどうしてもと言うならと、曖昧でこちらに結論を委《ゆだ》ねるかのようなことを言われて、自分も決められないことを棚に上げて苛々した。

自分の恥ずかしいところを認めて、浩介は偉いと思う。だから、結婚したいと思ったのだ。この人となら、気を張らずに穏やかに、仁美らしく過ごせる。そしてこの人といれば、いつか今の自分よりも、もう少し強い自分にきっとなれる、と。

「私、あなたのそういうところ、好き」

呟いてみた。

「えっ」と浩介が、大きな声を上げる。おにぎりにかぶりついていたところだったので、口からしらすを零《こぼ》しそうになっている。

仁美は笑った。苦笑いではない。軽やかな笑い声が、自然と口から零れ落ちた。

後で、お弁当を食べる二人の写真を撮ろう。そして、満里子と理央、それから悠希にもメールで送ろう。

昨日はどうもありがとう。そして、悠希。妊娠、本当におめでとう。という、文面を付けて。

女の子は、明日も。

I can't do it alone.

エレベーターを降りた途端に、耳を劈《つんざ》くような子供の泣き声が聞こえてきて、理央《りお》は思わず後ずさりした。

「やだー！　もうかえるー！　いやー！」

理央が目指す婦人科の斜向《はすむ》かいにある小児科の前で、漫画みたいに廊下に寝転がって手足をバタバタさせながら、泣き叫んでいる子供がいる。二、三歳ぐらいの女の子で、捲《めく》れ上がったスカートから、オムツが丸見えになっていた。

「他の子はみんな静かに待ってるでしょ！　どうしてレイカはできないのっ！」

理央と同じぐらいの歳《とし》の母親が、金切り声を上げる。それを機に、子供が更に泣き声を大きくした。耳を塞《ふさ》ぎたくなる。

「すみませーん、通りまーす」

淡々と言って、理央は二人の間を通り抜けた。母親が面目なさそうに、こちらに会釈を寄越す。愛想笑いをして、婦人科の扉を開けた。

防音がしっかりしているのだろう。中に入ると、泣き声はぴたりと聞こえなくなった。ふうっと、理央は大きく深呼吸をする。

「桜井《さくらい》理央さん」

本名のほうの名前を呼ばれて、診療室に入った。

「今日は診察もあるわね。でも先にこっちね」

すっかり顔なじみになった中年の女性看護師が、注射器を用意しながら言う。「お願いします」と理央は、作業台の脇の椅子に座った。ワンピースの左の袖を捲《まく》って、腕を露《あらわ》にする。

その腕を看護師がバンドで締めて、アルコールを含ませた脱脂綿で、肘《ひじ》の内側を撫《な》でる。

「今日は血管が見えにくいわね。反対の腕にしようか」

そう言われて、慌てて首を振った。

「こっちがいいです。前、反対にしてもらったら、すっごく痛かったんで」

「いい大人なんだから。ちょっと痛いのぐらい我慢しなさいよ」

看護師が呆《あき》れ笑いをする。

「ちょっと、じゃなかったんですって。すっごく」

「はいはい、こっちでいくわよ、じゃあ。こっち、針の痕《あと》でぼこぼこになっちゃってるから、それも可哀想かと思ったんだけど」

「あはは。確かに重度の麻薬依存患者みたいになってますよね」

理央の言葉に、台の後ろで作業をしていた若い看護師が、ぎょっとした顔で振り返った。軽い冗談だというのに。

注射針が近づいてくる。針が肌に触れた瞬間、ぎゅっと理央は目を閉じた。何歳になっても、注射は嫌いだ。

「はーい、じゃあ次は診察ね。名前呼ばれるまで、もう一回待合室に行ってて」

理央の気持ちと裏腹に、中年看護師は涼しい顔で針を出し入れする。

病院のビルを出て、最寄り駅に向かって歩いている最中に、携帯が鳴った。夫の真也《しんや》からだ。

「もしもーし」

「もしもし？　あれ、外にいる？　今日は何かあったんだっけ？」

「昼間、出版社と打ち合わせだったの。夕方からは婦人科。今診察終わって、病院出たところ」

「そうなんだ。こっちは今、仕事上がった。今日はまっすぐ帰るよ。どこかで合流する？

夕ご飯はどうしようか？」

　理央は在宅の仕事だが、共働きには変わりないので、家事は二人で分担でやっている。料理はこちら、洗濯はあちら、という分け方ではなく、やれるほうがやれるときにやるという、大雑把な分担法だ。

「うーん、面倒だからもう外で食べちゃおうよ。せっかく二人とも外にいるし」

　そして、どちらもサボるということも、よくあるケースだ。

「いいよ。何食べに行こう？」

　数駅先の駅で待ち合わせすることにして、電話を切った。携帯をバッグに滑り込ませて、空いた右手で、左腕の注射した場所を服の上から押さえる。保護シールは貼ってもらったけれど、まだ少し痛む。

　駅に続く階段を前にして、立ち止まった。迷った末にエレベーターを探し、そちらに移動する。せっかく真也と久々の外食に行くというのに、その前に疲れてしまいたくない。

　理央が貧血治療のために婦人科に通い出してから、そろそろ半年が経《た》とうとしている。久々に婦人科に出向いたきっかけは、友人の悠希《ゆうき》が子宮内膜症で倒れたことだった。「生理痛が重い」ぐらいのことは言っていたものの、大手出版社で人気女性誌の編集をしていて、いつも忙しく走り回っている元気そのものの子、という印象だったので、彼女が病気になったことは、少なからず理央にも衝撃を与えた。

そして、そのことを夫の真也に話したら、「怖いね。理央も検診ぐらい行ってきたら？　自由業で健康診断とかないんだしさ。二年ぐらい前に子宮頸《しきゅうけい》がんの検診クーポンか何か来てたけど、それも行かなかったでしょ」と、めずらしくたしなめ気味に言われてしまい、仕方なく重い腰を上げた。好きなことにはかなり行動的な理央だけれど、嫌いなことには逆に、頑《かたく》なに動かないところがある。病院は昔から苦手だった。

生理痛も生理不順もないし、特に問題なしと言われると思ったのに。検査結果をもらいに行った日、医師が理央に告げた言葉は、とても意外なものだった。

「あなたね、貧血。かなり重度の」

あのときの自分の「へっ？」という返事は、今思い出しても間抜けな声だったなあと思う。それぐらい思ってもみなかったことだった。

「鉄分なんて、基準値の三分の一しかないよ。今まで気が付かなかったの？　生活に支障が出てたでしょう。通勤電車が辛《つら》いとか、朝起きられないとかなかった？」

「私、在宅の自由業なんで、通勤しないんです。仕事が不規則だから、朝も元々遅いことが多いし」

理央の言葉に、医師は何もそこまでというほど、顔をしかめてみせた。確かに、そういうことではなかったのだろうが。

「体力が落ちてるとか、疲れやすいとかは？　あとね、月経過多になってない？　小さいけど、粘膜下筋腫があるんだよね。わかる？　子宮筋腫。それのせいで、月経過多での貧血だと思うんだけど」

体力の低下も、月経過多も感じてはいた。でも、ちょうど三十代になった頃からで、理央はその頃仕事に大きな変化があり、生活もかなり変わったし、年齢を重ねたことや、ホルモンバランスの変化のせいだと思っていた。

筋腫についても、認識はしていた。年に一度ほど真也と海外旅行に行くのを二十代の頃からずっと趣味にしていて、日程に生理が当たりそうだと、ピルを処方してもらいに時々婦人科に行くことはあった。二十代の後半の頃に行った病院で一度、検診なしでは処方できないと言われ、そのとき筋腫があることを教えてもらった。でも痛みはないと言ったら、じゃあ特に問題はないと言われたので、そのまま放置してあった。実際、今も痛みはない。

そう説明した理央に向かって、「とにかく」と医師は更に顔をしかめた。「治療しましょう。本当に酷《ひど》い貧血だから」と。

その日から、毎日シロップの鉄剤を服用、週に一度の造血注射、月に一度の診察という、病院嫌いの理央の、治療生活が始まった。

待ち合わせた駅の改札を抜けると、柱にもたれかかって携帯をいじっている真也の姿が、すぐに目に入った。

「しーんやー。お待たせー」

大きな声で呼んで、ぶんぶんと手を振る。近くにいたサラリーマンが数人、怪訝《けげん》そうな顔で理央を見た。

「おー。お疲れー」

でも、真也も大きく手を振って返してくれたので、気にしない。

相談して、少し歩いたところにある、理央が前に一度行ったことがある洋食屋に向かうことにした。通勤時間帯なので、駅構内も駅前の道も、サラリーマンやＯＬ風の人が多い。やっと夏の暑さが去って、数日前から急に冷え込んできたからか、彼らの服は紺に灰色と、地味な色合いばかりである。ベージュのジャケットの下にチェックのカラフルなシャツ、ブルージーンズに赤いスニーカーという出《い》で立《た》ちの真也は浮いている。真也は中規模の広告会社で、グラフィックデザイナーをしている。一応サラリーマンなのだが、通勤の服装は自由なのだ。でも、花に家に雲にと、子供の落書きのような模様の刺繍《ししゅう》が入ったワンピースを着ている理央は、もっと浮いているのかもしれない。

洋食屋で、理央はオムライス、真也はミートソーススパゲティを頼んだ。飲み物は、真也が生ビールを注文したので、理央も飲みたい気分に駆られたが、さっきの診察で医師に、「ちゃんと毎日薬飲んでる？　アルコールは控えてる？」と、また顔をしかめて言われたことを思い出して我慢した。ジンジャーエールを代わりに頼む。

あの医師はいつも、顔をしかめている。どの患者にもああなのか、はたまた元からああいう顔なのか。それとも、あの顔は理央にだけ向けるのか――。

「今日の打ち合わせって、何のだったの？　今、翻訳してる小説の？」

運ばれて来た飲み物で乾杯をした後、真也が訊《たず》ねてきた。

「ううん。再来月《さらいげつ》からやる、旅行雑誌のコラムの」

「ああ、そっちか。いい仕事だよねー。長年あちこち旅行してきた甲斐《かい》があったよね」

理央の職業、肩書きは「翻訳家」である。二年ほど前、知り合いの紹介から、アメリカの作家のファンタジー小説を翻訳して出版するという機会に恵まれた。小さな出版社からの発売で、理央自身も出版翻訳をするのは初めての、まったくの無名の新人だったのに、これがまさかの三十万部超えのベストセラーになった。今でも地道に売り上げを伸ばしている。それ以来、職業は「翻訳家」と名乗っている。初めて訳者として取材された雑誌のプロフィールにそう書かれたので、そのままそれを使うことにした。

以降、出版翻訳の仕事が殺到して、これまでに他に二冊本を出した。二十代の女性作家の恋愛小説と、女性冒険家の旅行記だ。

突然舞い降りた幸運だったけれど、子供の頃から本を読むのも文章を書くのも好きだったし、せっかくもらった機会なので、今後も「翻訳家」として活動していきたいと思っている。最近はコラムやエッセイなど、理央自身の文章を書いてくれという依頼もちょくちょくあり、テーマが興味のあるものなら、これも挑戦していきたい。その初仕事として選んだのが、今日打ち合わせをした旅行雑誌のコラムだった。

「これまで行ったところの話、自由に書いてくれればいいよって。好きなことが仕事になるって、ありがたいよね」

「ね。それに書くためって理由で、今後もどんどん行けばいいもんね」

「ねー」

二人で同時に、いたずらをした子供のような顔を作って、声を上げて笑った。真也とは同い年で、十九歳のときから一緒にいるが、三十三歳になった今も、こういう馬鹿なノリは同じままだ。

料理が運ばれてきた。「いただきます」と元気にオムライスにスプーンを入れる。その直後、「病院はどうだったの？」と聞かれ、理央は一瞬、手を止めた。

「えーとね。前回の血液検査の結果が出たんだけど、また、ちょっと数値が下がっちゃってた。ちょっとだけだけど」

「そうなんだ。その前は少し上がったって言ってたのにね。イタチごっこみたいだな」

「前回の検査、生理の直後だったからね。そりゃ生理の後は、血が減ってるよ。別に、自分では体調悪いとは感じないんだけど」

「なら、いいけど。でも早く完治したいよね」

「ねー。注射ももう嫌だし、いい加減」

スパゲティを一口啜《すす》った真也が「あ、おいしい」と声を上げる。

「いいね、この店。雰囲気もいいし。誰と来たの？」

治療の話から逸《そ》れて、安心をした。

「悠希たちとの食事会で。一年ぐらい前かな」

悠希は元々、千葉の高校で同級生だった。卒業以来付き合いはなかったが、理央が「翻訳家」になってから、自分の雑誌でインタビューをしたいと連絡をしてきてくれて、付き合いが再開した。悠希の引き合わせで、同じく東京に出て来ていた満里子《まりこ》、仁美《ひとみ》とも再会し、ここ一年ほど、月に一度程度、四人で食事会をするのが恒例になっている。

「最近してないんじゃない？　食事会。悠希さん家のパーティーに行って以来？」

「そうだね。だって悠希、妊娠してるし。ああ、でも、もう安定期に入ったかな」

子宮内膜症で倒れた悠希だったが、治療を始めたという話を聞いていた矢先、今度はなんと妊娠をした。

「自分でもびっくりよ。病気と治療で、よくも悪くも子宮の具合がいつもと違ったんだろうね。でも、せっかくできたんだし、産むわ」

本人はそんな風に言っていた。次から次へというのが、なんとも彼女らしい。

「悠希がいつも仕切ってくれてたから、途絶えちゃってね。他の誰かがやればいいとは思うんだけど、個人的には仁美の手前、今集まるのって、大丈夫なのかなあと」

「ああ。仁美さん、かなり動揺してる感じではあったよね、あのとき」

真也の言葉に、大きく頷《うなず》く。悠希の妊娠の報告は、快気祝いに呼ばれたのだと思って出向いた、悠希宅でのパーティーの席でされた。そのとき、不妊治療をしていて、最近は会う度に治療の話ばかりしていた仁美が、あからさまに顔を強張《こわば》らせていたことを、理央は忘れられない。後日、理央と満里子にも同報で、「おめでとう」というメールを送ってはいたが、実際はどんな心持ちでいるのかということを、あまり想像したくはない。

「あのさ、僕の……」

食べ終えたお皿をウェイターが下げて行った頃、真也が口を開いた。

「うん？　ごめん、何？」

しかし理央は、壁際のテーブルの女の子たちに気を取られていて上の空だった。

「どうしたの？」

真也もそちらに目をやる。

「なんか、あの子たちにすごく見られてる気がして、さっきから」

「知り合いじゃないの？」

「大学生ぐらいだよね。そんな若い友達はいないなあ、もう」

ここそこそ話をしていたら、席を立ったその女の子たちが、すたすたとこちらに向かって歩いてきた。

「あの、急にすみません。橘《たちばな》理央さんですか？　もしかして」

テーブルの脇に立って、興奮気味に話しかけてくる。橘理央は、理央のペンネームである。旧姓をそのまま活動名にした。

「あ、はい。そうですけど」

「きゃあ、やっぱり！　私たちあの本の大ファンで！　そのあと雑誌のインタビュー読んで、本人さんも大好きになって！」

「やだ、本物若い！　洋服かわいい！　旦那さんですか？　デザインの仕事してるっていう。すごくお似合い！　イメージのまま！」

二人は手を取り合い、黄色い声を出してはしゃぐ。理央と真也は愛想笑いを振りまいた。「握手してください」と言われたので応じたら、「ありがとうございます！」「頑張ってください！」と二人はまだ興奮気味に、壁際の席に戻って行った。

「ええと、なんだっけ」

二人が座るのを見届けて、理央は真也に向き直った。

「ああ、うん。でも出ようか、もう。注目浴びちゃったし」

真也が小声で言う。確かに他のテーブルの客やウェイターたちも、ちらちらこちらを窺《うかが》っている。

「うん」と頷いて、理央はバッグを取った。


「ここからだったら、頑張ったら家まで歩けるよね。散歩していく？」

店を出たところで、真也が言った。

「うーん、でも帰ったら原稿やろうと思ってたから、今日は電車がいいかな」

少し考えた末に理央は返事をする。

「そっか。じゃあ、駅行こう。お疲れさま」

真也が進行方向を変える。

「うちの奥さんがー、いつの間にか有名ー人」

お酒は好きだがあまり強くない真也は、生ビール一杯で酔い気味なのだろうか。妙な節をつけて、歌うようにそんなことを言った。

「嫌なの？」

「え、嫌じゃないよ。おかげで前より贅沢《ぜいたく》な旅行ができてるし、広い家にも住めたし」

二十代の頃は宿もろくに決めないでバックパックばかりしていたが、理央の本が売れてから、三ツ星以上のホテルをあらかじめ予約、景勝地などでは贅沢をしてリゾートホテルを取るようにもなった。年齢的に、そろそろバックパックは辛いと思い始めていた頃だったので、ちょうどよかった。家も、それまでは1LDKの中古マンションに住んでいたが、真也の好きな建築家がデザインした、3LDKの都心の新築マンションに引っ越すことができた。三部屋は、寝室と理央の仕事部屋。それから、真也が持ち帰った仕事をしたり、趣味で絵や図面を描く作業台を置いた部屋という割り当てだ。

「理央大明神様々ですよ、まったく」

笑う真也に、理央は首を傾《かし》げてやった。

「大明神は嫌だなー。かわいさがないわ」

「じゃ、理央大天使様」

「大天使ねえ。ミカエル？　ガブリエル？」

「え、そんなこと言われてもわからない」

夜道に二人の足音と笑い声が響く。

昔の友人たちにこのやり取りを見られたら、「あんたたち、本当に全然変わらないわね」と、きっと呆れ笑いされるだろう。


真也とは大学の同級生だった。理央は文学部、真也はデザイン工学部で、同じ授業を受けたことはないので、同級生とは言わないのかもしれない。でもとにかく、同い年で同学年で、同じ時期に同じキャンパス内にいた。都内にある、私立の総合大学である。

入学して一か月、授業にも一人暮らしにも慣れてきた頃、理央は「欧米文化研究会」というサークルに入った。翠《みどり》という友達と一緒だった。理央はドイツ文学科、翠はイギリス文学科でクラスは違ったのだが、教養科目で隣の席になったことをきっかけに、仲良くなった。

翠は海外生活や留学経験はないものの、子供の頃から英会話を習っていて、将来は英語を仕事にしたいという希望があり、理央が帰国子女だと知ると、「色々話聞かせて！」と積極的に近づいてきてくれて、友達になった。

外資系の商社マンだった父親の仕事の関係で、理央は小学校と中学校のほとんどを、フランス、イギリス、ドイツ、イタリア、オーストリアと、ヨーロッパの主要国を渡り歩いて暮らしていた。高校から日本に戻って、地元の千葉の公立高校に通ったが、大学に入ったらまた、アルバイト代を貯めてあちこち旅をしたいと考えていて、そういう思いから入ったサークルだった。初めは翠と二人で「旅行サークル」というところに行ったのだが、どうやら大勢でわいわい騒ぐだけのイベントサークルだとわかったので、「欧米文化研究会」に移動した。

けれど「欧米の食文化、服飾文化、エンターテインメントに、みんなで触れましょう！休みごとに旅行に行くことも目標としてます！」と謳《うた》っていた、その「欧米文化研究会」も、あまり理央の欲求を満たすものではなかった。二十人ほどのメンバーがいたが、毎回みんなで海外の好きな映画や音楽について、だらだらと雑談をするだけで、理央は行く度に苛々《いらいら》とした思いが募っていった。夏休みが近くなれば旅行の計画が始まるかと、しばらくは我慢してみたが、そんな素振りはまるでなく、ついに理央は痺《しび》れを切らした。ある日の集まりで、サークル長に「今日の議題や、これまでの活動で意見がある人？」と聞かれたので、「はい」と手を上げて発言をした。

「こんな遠くから、あの国はああだこうだなんて言ってないで、実際現地に行って、なんでも見て回って触れて、ってしませんか?」と。

次の瞬間、場の空気が固まった。しまったと、理央も思わなくもなかったが、フォローの仕方がわからなくて、黙ったままでいた。嫌な沈黙が流れる中、空気を変えてくれたのは翠だった。「それ、いいなあと思います。現地でのああだこうだ、楽しそうじゃないですか?」と、発言してくれたのだ。

まだ理央に冷たい視線を送ってくる人もいたが、翠のその言葉で、和《やわ》らいだ人もいた。結果、十人ほど「自分もやりたい」「行きたい」と言う人が現れて、次の日から理央は旅行の計画を練り始めた。仕切るのは得意ではないが、口火を切ったのだから責任を取ろうと思った。翠には、「もういいってば」と呆れられるぐらい何度もお礼を告げた。

毎日放課後に有志で集まり相談を重ね、約二週間でフランス、ベルギー、オランダ、ドイツ、チェコをまわる計画を立てた。最初に入るフランスのパリの初日だけ安ホテルを予約して、以降は宿泊場所も現地で用立てるバックパック旅行だ。まわる国のラインナップは、メンバーの希望と、理央の土地勘がある場所とを混ぜ合わせた。

しかし、相談を重ねるごとに、一人、また一人とメンバーが減っていった。理由は「アルバイトが休めない」とか「やっぱりお金が用意できない」というもので、気が付いたときには、理央と翠と、一年生の男の子二人の四人だけになっていた。なんだかそれもグブルデートみたいで妙な感じだと思っていたところに、ついに翠までが「行けなくなった」と言い出した。親が許してくれないという。

「うち両親とも公務員だから、頭が固いんだよね。嫌になっちゃう」

翠自身がそう言って涙目にまでなっていたので、理央も彼女を責めることはできなかった。二人とも気がいいし、あの男の子たち二人との三人旅でもまあいいかと、仕方なく気持ちを切り替えて、次の日また相談場所に出かけて行った。しかし、そこにいたのは男の子が一人だった。桜井真也という、細身で、みんなの中心になるタイプではないが、かと言って暗いわけでもなく、独特の存在感で、飄々《ひょうひょう》といつもその場に佇《たたず》んでいる、という印象を理央が持っていた男の子だ。

「相方さんは？」

訊ねると、「行けなくなったって」と彼は答えた。来年までにバイト代で車を買うと彼女に約束してしまったから、旅行に使うと足りなくなる云々《うんぬん》という理由だという。

「そっちこそ。翠ちゃんは？」

そう訊ねられ、理央のほうも「行けなくなったって」と答えた。理由も説明する。

しばらく二人で黙っていたが、やがて真也が「どうする？」と聞いてきた。

「どうするって……」と呟《つぶや》いてから、理央は言った。

「私は、一人でも行くつもりだけど」

真也が理央の顔をじっと見た。そして、少しの間の後にこう言った。

「うん。じゃあ、一緒に行こうか」と。


夏休みになり、予定通り、理央と真也は旅立った。真也は理央ほど、思い立ったらすぐ行動、という人ではなかったが、その分落ち着きと冷静さがあり、旅の相方として、二人の相性はいいように思えた。理央が苦手なことを真也が得意でいてくれるのも、頼もしかった。理央は地図を読んだり、電車の乗り合わせ時間を計算したりが苦手なのだが、真也はすっとそういうことができる。英語は理央のほうが達者だったが、真也もすべて任せ切りということもなく、宿の値段交渉時や、飲食店での注文など、相手がやさしそうな人であれば、「ここ僕がやってみていい？　後で変なところあったら教えて」などと言い、自らも動こうとした。理央はそんな真也に好感を持った。

一週間が経つ頃には、はっきりと理央は真也のことを、好きだと思うようになっていた。人として好きなのか、男の子として好きなのか、と、並んでスーツケースを転がしながら考え込んだり、でも次の瞬間には、今目の前に男の子がいて、その人のことを「好きだ」と確かに思うのに、どういう風に好きかなんて、はっきりさせることが重要だろうか、なんて思ったりを繰り返した。

ドイツのベルリンに入り、ベルリン大聖堂の前の並木道のベンチで、屋台で買ったジュースを分け合って飲んでいるときだった。

目の前の大聖堂から、鐘の音が聞こえてきた。ドイツには子供の頃、一番長く四年住んでいたが、もっと南のほうの街だったので、ベルリンには一度しか来たことがなく、この鐘の音を聴くのも初めてだった。

それはあまりにも荘厳で、かつ今理央に見えている景色、世界の総てを丸ごと包み込んでしまうような雄大さがあり、外から聞こえているはずなのに、途中から自分の体の中から響いてきているのではと錯覚もさせるほど、重厚で見事で美し過ぎる音だった。隣で真也も、身を委《ゆだ》ねるようにして聴き入っていた。

音が止《や》むと、理央は真也の顔を覗《のぞ》き込んだ。

「ねえ。私、真也君のことが好き」

気が付いたらそう口に出していた。

「この一週間で、好きになった」

真也は「はっ？」と声を上げ、しばらく理央の顔をまじまじと見ていたが、やがて落ち着きを取り戻したようで、静かな声でこう言った。

「僕は理央ちゃんのこと、出発前から好きだけど」

語尾が気になったので、「だけど？」と理央は聞いて、先を促した。

「だけど、告白するなら帰ってからにしようと思ってた」

「どうして？」

「どうしてって……。だって、振られたら途中から気まずい旅になっちゃうし」

真也の言葉に「ああ」と理央は、考えながら頷いた。

「でも私は、帰ってからの告白だと、振られたら、せっかく楽しかった旅が色褪《いろあ》せちゃうかなって思ってたよ」

理央のその言葉に、真也はしばらく考える表情をした。が、やがて、ふふふっと声を漏らして笑い出した。

「理央ちゃん、変わってるよね。でも、すっごく面白い」

そう言って真也は、ジュースのコップを持ったまま、しばらく笑い続けていた。

帰国してからもずっと、大学を卒業してからもずっと、理央と真也の付き合いは続いた。

大学を卒業後、真也は希望通り広告会社に就職した。理央は、しっかり者の翠が「英語を生かせる仕事を」と貿易会社や商社に絞って就職活動をするのに倣《なら》って、説明会だ面接だのと苦手なことずくめながら、自分も必死で、「英語ができます」というのを前面に押し出して就職活動をした。結果、海外の企業と取引をしながら、ソフトウェアの開発などをしている会社に、文書の英文和訳係の枠で採用された。

が、訳はできるものの、ＩＴやソフトウェアなどへの知識や興味がなさ過ぎて、求められることに満足に応《こた》えられず、一年半で挫折《ざせつ》して、退社した。女子社員同士の確執や、さらっと女性軽視の言動を取る年配男性社員との交流に耐えたり、やり過ごしたりすることが、性格的にできなかったというのもある。

退社後は翻訳エージェントに登録をして、海外の広告や観光書などの翻訳を、一案件につき幾らという条件で請け負い、生活費を稼いだ。派遣会社にも登録し、英会話スクールの事務や受付などもした。

真也と結婚をしたのは、二十八歳のときだ。父の定年を機にドイツに移住して、第二の人生を送ることに決めたという理央の両親の送別会に、真也にも同席してもらったとき、

「ねえ、真也君。こんなに長く付き合ってるんだから、もう理央と別れる気もないんでしょ。だったら、この子と結婚してやってよ。そうしたら私たちも、安心して置いていけるから」

と酔っ払った理央の母が真也に詰め寄り、結果的にそれが決め手となった。

結婚後も、「理央に会社勤めは、まあ合わないよね」と真也が笑って言ってくれたので、ちゃっかりとそれに甘え、正職には就かないまま、翻訳と英会話スクールの受付の仕事を気ままにこなす生活を続けた。

英会話スクールでは、よく仕事の手が空いたときや休み時間に、生徒用に置いてある英語の絵本や小説の訳をして遊んでいた。昔から本や映画やお芝居と、とにかく物語が好きだったので、「お話」が書いてあるものを見つけたら、読んだり、自分の言葉で訳してみたりという遊びを、習慣的にやっていた。

あるとき、とある絵本の訳を書いたノートを机の上に拡《ひろ》げっぱなしにしていたら、それをアメリカ出身の、日本に来て三十年以上の、初老の男性講師に見られてしまった。

「これは、私の趣味で。なんでもないんです」

キャラクターごとに喋《しゃべ》り方のクセなどを独自で付けたりと、コミカルな文章で訳していたので、きっと笑われると思って、理央は慌ててノートを取り上げようとした。が、その男性講師は理央の伸ばした手をひょいとかわし、にやっと笑って「面白いね」と呟いた。

「僕の古い友達で、洋書を中心に出す小さな出版社をやってる人がいるんだ。その人が、うちみたいに小さいところだと、センスのいい日本語が書ける翻訳者に書いてもらうことがなかなかできないって、よく嘆いているんだけど。リオ、君、彼に会ってみない？　君の文章なら、きっと彼も気に入ると思う」

その日の仕事終わり、その講師にお茶に誘われて、そんなことを言われた。

そして、それから一か月後には、理央は後にベストセラーになるファンタジー小説の翻訳に取りかかっていた。


次の日は土曜日だったが、目を覚まして時計を見ると、もう十一時を過ぎていた。はあっと、ベッドの上で自分を叱咤《しった》する溜《た》め息を吐《つ》く。また昼近くまで寝てしまった。しかも窓の向こうは久しぶりの陽気のようで、ますます背徳感にさいなまれる。

寝室を出た。真也は仕事なのか遊びなのか、リビング続きの趣味部屋の作業台に紙を拡げ、何やら熱心にペンを動かしていた。

「おはよう。って、早くないけど、もう」

後ろ姿に声をかける。

「おはよう。起こそうか迷ったけど、昨日も遅くまで仕事したんだろうと思って、止めておいたよ。お疲れさま」

振り返った真也に笑顔で労《ねぎら》われてしまって、後ろめたさが増す。昨日、原稿を書くから散歩せずに帰ると言った手前、一応帰宅した後、机に向かった。真也はその間に眠ったが、でも理央もすぐに詰まってしまって、実はそれほど時間差のないうちにベッドに入っていた。

つまり今は、ただ朝寝坊しただけの状態だ。しかも長時間眠ったせいか、かえって体がだるく感じる。

昨日、数値は下がっていたものの、「自分では体調が悪いとは感じない」なんて言ってしまったが、あれははっきりと嘘だった。ここ数か月、みるみる体調が悪くなっているのを感じる。出かけようと電車に乗って、席が空いていなくて立っていたら、めまいを起こしそうになって座り込んだり、駅の階段で息切れを起こして、ベンチで休んでいたら打ち合わせに遅刻してしまったりということが、頻繁に起きている。だから昨日も、階段や散歩を避けた。ただでさえ、道に迷ったり乗り換えを間違えたりの遅刻癖があるというのに、まったくもってこれはよくない。

月経過多も、今では深刻な問題だ。先月は生理が十日近くも続いた。どう考えても異常だ。六日目ぐらいからは、もう月経膜などの粘膜性のあるものはほとんど出なくなって、さらさらとしたただの血が延々と流れ続けていた。痛みはまったくないものの、切り傷からの出血が、十日にもわたって止まらないというような状態だった。その直後にした検査で、数値が下がったのは無理もないと思う。

苦笑してしまうのは、そんな症状の悪化が如実になったのは、貧血治療に通い始めてからということだ。プラシーボ効果の逆パターンだろうか、と考えている。「病気だ」と宣言されたから、体が自覚してしまったのでは。

「いい文章が書ける人は、感受性や共感性が豊かなんだよね」

最初の本を出した出版社の編集者が、理央に言ってくれた言葉である。そのときは褒め言葉として使ってくれたが、言い方を変えたら「思い込みが激しい」と言えるだろう。プラシーボ効果にも逆パターンにも、自分はきっと陥りやすい性質なんだと思う。ただでさえ、子宮、月経問題は、精神状態と相互で影響し合うと聞くし。

キッチンにあったパンとコーヒーで、朝食なのか昼食なのかわからない食事を摂った。でも、やるしかないよね、と心の中で独りごちながら、コーヒーでパンを流し込む。

「原稿、詰まっちゃってるの。仕事してくるね」

真也に告げて、仕事部屋に向かう。

「はーい。お疲れさま」

「ごめんね、土曜日なのに」

「いいよ、僕も適当にしてるから」

机に向かったまま、後ろ手で真也は手を振ってくれた。

パソコンを立ち上げ、原稿ファイルを開けた。原典の小説も準備する。双方、昨日詰まってしまったページを開く。

悠希の会社のライバル社から出す、海外小説の翻訳に、先月から取り組んでいる。六〇年代から七〇年代に流行《はや》った欧米の作家たちの、でも日本ではあまり知られていない作品を取り上げて、シリーズ化して出そうという企画だ。そのうちの一冊の翻訳者として、理央は指名をもらった。とてもいい企画だと思ったし、理央に宛《あて》がわれた本も面白かったので、二つ返事で引き受けた。

イギリスの女性作家が書いた、一組の夫婦の生涯の物語である。幼馴染《おさななじ》みの男女がやがて恋愛をし、結婚をし、老後まで穏やかに仲良く暮らす様子が、淡々と描かれている。大きな山場があるわけではないのだが、行間から滲《にじ》み出る余韻や空気感のようなものが味わい深くて、いい作品だと理央は思っている。

老後まで描いているというのも、面白いと思った。例えばお姫様が出てくる童話なんかだと、大抵「お姫様と王子様は結婚して、ずっと幸せに暮らしました」で終わってしまう。ドイツ文学専攻だったし、今はこういう仕事もしていることから、童話や古典の意義、面白さというのは、それはそれで、きちんと受け取ってはいる。でも昔は、そういう結末に、いささか疑問を感じていた。だって、結婚したら、それで人生終わり、ではないはずなのに。事実、理央だって、二十八歳で結婚したが、そのあと人生が大きく変わった。そして、これからも人生は続いていく。

序盤は特に苦労することなく、淡々と翻訳を進められた。が、数日前、二十代になった二人が、結婚の約束を交わす場面で詰まってしまった。

彼が「I'll take care of you」と彼女に言い、彼女は彼に「I'll depend on you」と言い、その場面の最後でまた彼女が「I can't do it alone」と言う。そして二人は手を取り合う。これを、一体どうやって訳そうか。

直訳すれば「僕が君の面倒を見るよ」「あなたが頼り」「私一人ではできない」といったところだろう。シチュエーションと擦り合わせて意訳をすると、「僕が守るよ」「あなたについて行く」「あなたが必要」という感じだろうか。三つ目の台詞《せりふ》、彼女は何が「私一人じゃできない」のか、何に「あなたが必要」なのかと言うと、もちろん「生きていくこと」に、だ。

出版社はこのシリーズを、特に二十代、三十代の女性をターゲットにして出したいと言っていた。しかし、この場面をこのままの感じで訳してしまうと、現代の日本の女性は違和感や反感を抱《いだ》くのではないか。今は共働きも晩婚も未婚も、当たり前の世の中だ。多くの女性が、男性と同じく社会で働いている。そんな中この場面は、一人じゃ何もできない女性が男性に媚《こ》びて依存して、それを男性が鼻の下を伸ばして受け入れる、という図に見えてしまわないだろうか。

そもそも、英語の言い回しとしても、この台詞は古い。ネイティブが原文で読んでも「古い」と感じるだろう。でも、それは七〇年代に書かれたものだから当たり前で、ついでに言うと時代背景も国も違うのだから、この二人の生活の背景、男女の構図が今とは違って当たり前なのだ。

でも、原文で読める理央は「違い」を踏まえながら味わう、楽しむことができるけれど、理央の訳というフィルターを一枚通した上でしか読めない、現代の日本の読者はどうだろう。せっかくいい小説なのに、理央の言葉選び一つでそれを伝えることができなかったら、作者にも出版社にも申し訳ない。

数日前からここで詰まって、ずっと闘い続けている。これまでの分も見直して、もっと二人を取り巻く時代や環境が伝わるように書き直そうか。それとも、この作者の他の本も読み込んで、文体や醸し出す余韻を、自分の中に落とし込むか。しかし、締切まで残り一か月で、それができるだろうか――。

翠の顔が頭に浮かんだ。彼女はイギリス文学科で、大学時代は自他共に認める本の虫だった。この作者の本も読んでいるだろうか。彼女なら、どんな風に捉《とら》えるか――。

携帯が鳴った。わっ！　と一人で声を上げてしまう。悠希からメールだった。

『久しぶり。急に寒くなってきたけど、みんな元気かな？　産休前の片付けや引き継ぎで忙しくて、しばらく連絡してなかったけど、私は元気です。お腹《なか》の子も順調で、おかげさまで、無事安定期に入りました。そうそう、性別もわかったよ。女の子です。また食事会もしましょう。生まれた後も、うちでまた出産パーティーができたらって、旦那が早くも張り切ってます』

満里子と仁美にも同報で送られていた。

『女の子なんだね！　順調とのことで安心しました。食事会も出産パーティーも楽しみにしてます』

すぐに満里子から、同報で返信があった。

理央もメール作成画面を呼び出した。でも、一文字も打たないまま、閉じてしまった。返信を急ぐ内容でもないからいいだろう。満里子に追従して「よかったね」とか「楽しみ」などと、適当に送ればいいような気もする。でも、この仕事に就いてから特に、思っていないことを言葉にしたり文章にすることに、激しく抵抗がある。

あのときの仁美の顔を思い出したら、妊娠中の悠希との食事会を「楽しみ」とは今思えないし、子供を囲んでのパーティーを、自分が楽しんでいるという図も想像ができない。

子供が嫌いだ、なんてことは、口が裂けても言わないほうがいいとは思う。特にこの国では、子供というものは、まがうかたなくかわいいもので、愛《いと》おしむべきもの、という空気が、絶対的正義であるかのように漂っている。更に理央のように、児童書を書いている人間が「子供が嫌いだ」なんて言った日には、手加減なしの強烈な袋叩《ふくろだた》きに遭うだろう。

でも理央は、子供が嫌いだ。嫌い、というほど強い思いではないかもしれない。好きではない、という程度。そして総ての子供が嫌いというわけでもない。「子供」と一口に言ったって、年齢によっても違うし、男女によっても違うし、子供にだって当然一人一人の個性がある。

例えば、理央と真也は共に兄がいる二人兄弟で、理央の兄はまだ独身だが、真也の兄は結婚していて、二人の子供がいる。四歳の女の子と、二歳の男の子だ。男の子のほうは、真也と理央が遊びに行くと、少し怖がりながら恥じらいながら、でも触れ合ってみたいと思ってくれるのか、おずおずと遠慮がちに近づいてきて、笑いかけたり話しかけてきたりするのが、かわいらしいと思える。

でも女の子のほうは、「リオちゃんだけに教えてあげるね」と、理央の耳許《みみもと》にやってきて内緒話をしたがり、真也が「なになに、おじさんにも教えて」と近付くと、「シンヤくんは男の子だからダメ！」と叫んで、同意を求めて理央にいやらしい笑顔を送ってきたりするので、こういう子は嫌いだな、と思ってしまう。

　でも一番嫌悪感を抱くのは、昨日、小児科の前で見かけたような、泣き叫ぶ子供だ。嫌悪感というより、恐怖心を与えられる、という表現が一番気持ちに近い。何かを求めて、何かを欲しがって、ああやって泣き叫ぶことで、他人にそれを叶《かな》えさせようとする。もしくは自分の望むものが手に入らない痛みを、泣き叫ぶことで他人にぶつける。子供だからと言ってしまえばそうなのだが、あれぐらいの年齢なら、もう自我だってあるだろうに、どうしてそんなことができるのだろう、と思ってしまう。一度、自分もしたのだろうかと怖くなって、母に訊ねてみたことがあるが、「ううん。理央は、まったく手のかからない子供だったから。その分、小さいときから一人で自分の好きなことばっかりしてたけどね」と言われて、妙に安心した。

　深呼吸をして、原典と原稿に向き直った。あの三つの台詞を眺めるが、頭が上手《うま》く働かない。この台詞のそのままの訳に、反感を抱きそうな女性代表のような友達からメールがあったからか。

　苦笑して、立ち上がった。仕事部屋を出る。「しーんやくーん」と、作業台に座っている真也の背中に呼びかけた。返事はない。よく見るとヘッドホンを付けている。音楽を聴いているようだ。

近付いていって、後ろからそっとヘッドホンを外し、もう一回「しーんやくーん」と叫んでやった。

「わっ！　びっくりした！」

真也が椅子の上で、大げさに体を震わせる。

「ちょっと話があるんだけど」

そう言うと、「何？」と言いながら、真也は椅子から下りて、床にそそくさと正座をした。理央も向かい合って正座をし、背筋を伸ばす。これは、「話がある」というときに、二人が取るお決まりの構図だ。

理央の両親の送別会の翌日、当時はまだお互い一人暮らしだった真也のアパートに遊びに行ったら、「話があるんだけど」と言われ、そのとき理央がふざけて正座をして改まったことから、始まった。そのときの真也の「話」というのは、「昨日、君のお母さんに言われたことを、決行したいと思います」というものだった。つまりは、プロポーズだ。

「あのね、今やってる原稿なんだけど。詰まってしまっていて、これから調べ物したりやり直したり、ハードな闘いになりそうです。来週はインタビューの仕事も入ってるし、しばらく家事をサボりまくったり、土日もずっと仕事してたりってことになるかもしれませんが、お願いします」

頭を下げる。真面目《まじめ》な顔で聞いてくれていた真也は、「わかった」と頷いてくれた。

「じゃあ僕は、できるだけ残業しないで帰ってくるようにするね。理央は、体調管理をしっかりして」

そう言われて、昨日の医師のしかめっ面や、今朝、寝坊したことが頭をよぎった。後ろめたいが、とりあえず「うん」と頭を縦に振る。

じゃあ、と立ち上がりかけたときだった。

「あ、待って。僕のほうも話があるんだ。ついでみたいでなんだけど、昨日言いそびれちゃったから」

真也が理央を引き留めた。

「そう言えば、お店で何か話しかけてたね」

もう一度、理央は正座をした。「何？」と真也の顔を真っ直ぐ《ま　す》に見る。

「うん。あのね」と真也はゆっくり口を開き、話を始めた。

携帯のアラームと目覚まし時計と二つもセットしたのに、また寝坊してしまった。起きたときにはもう、日が高く上がっていた。

今日は女性誌のインタビュー取材を受けに行くのに、準備時間がギリギリだ。しかし、写真も撮ると言っていたので、身だしなみをサボるわけにもいかない。大急ぎで服を選んで、化粧をした。

大きめのポーチを用意して、トイレに駆け込む。棚からナプキンを取り、詰め込んだ。三つ入れたところでチャックを閉めかけ、悩んだ末にもう一つ追加した。

昨日から生理が始まった。予定より一週間近く早くて、落ち込んでいる。月経過多が進行しても、周期は狂わないことが今まで救いだった。今日のインタビューも、先方は来週を希望していたが、そこだと多い日に当たると思って、理央から頼んで今日に変えてもらったというのに。今後も不順かつ過多が続くと、仕事にも私生活にも大いに影響が出る。

用意したナプキンも、今着けているものも、一番のロングサイズのものだ。それはナプキンというより、最早オムツのようで、理央はこの間小児科の前で転がって泣き叫んでいた女の子の、丸見えになっていたオムツを思い出して、自分を笑った。

乗り込んだ電車に空席はなく、長椅子の前で吊り革に摑《つか》まった。携帯を触って乗り換えについて調べていたら、「あの、よかったらどうぞ」と、前の席に座っていた女性が立ち上がってくれた。明らかに理央より年配、理央の親世代だと思われる人だ。

「え？　いえ、あの」

驚いて遠慮していると、「私、次で降りますから」と女性は言った。そして理央に顔を近付けて、「顔色悪いように見えたんで。本当によかったら」と耳打ちをする。

次の駅が近付き、電車が減速を始めていたので、「ありがとうございます」としっかり頭を下げ、理央は席に座らせてもらった。しかし、頭の中は動揺していた。今から取材を受けるのに、知らない人に心配されるぐらい顔色が悪いなんて。時間ギリギリだが、現地に着いたら絶対に化粧直しをしなくては。

扉が開く。降りて行くさっきの女性に向かって、理央は席からもう一度「ありがとうございました！」と叫んだ。周りの乗客が数人、驚いた顔をして理央を見たが、ホームに降りた女性は振り返って微笑《ほほえ》んでくれたので、気にしない。

閉まった扉の辺りにぼんやりと視線をやっていたら、脇に貼ってあるポスターが目に止まった。見覚えがある。真也の作ったものだ。草原に、ニットコートを着てイヤーマッフルを着けた女の子が佇んでいる。レディースブランドの冬物の広告だ。二年にわたって、真也はここの広告を手掛けている。

背の高い男性が体の位置を変えたので、ポスターは理央から見えなくなった。残像を頼りに、思いをめぐらす。あのポスター一枚に、一体何人の人が腕と才能を奮ったのか。モデル、カメラマン、コピーライター、アートディレクター、そして真也。

消費者の元に届く作品、商品は一つでも、そこには本当に沢山《たくさん》の人の手がかかっていることを、自分もこの仕事に就いてよくよく知った。理央の本一冊にも、原作者と理央以外に、編集者、校正者、イラストレーター、装丁家、出版社の営業、販売の人。流通ルートを思うと、取次会社に書店員に――。

「独立話が来てるんだよね」

先日の真也の「話」が甦《よみがえ》る。あの広告を作る過程で知り合った、アートディレクターの個人エージェント事務所にスカウトされているという。

「事務所って言っても、マネージメントはしてくれるけど、完全歩合制ってことだから。独立するかどうか、って捉え方でいいと思う」

「モノ作りへの感覚も、人としての馬も合う人なんだ。僕は紙媒体が好きなんだけど、最近うちの会社はウェブの仕事のほうが増えてるんだよね。でもその人は、紙への想いが強くて、そういう意味では魅力的な話だと思う」

「でも定収入ではなくなるし、上手くやっていけるかどうかって不安はもちろんあるよね。それで、僕自身もすごく今迷ってる」

そう言って真也は、最後に「理央はどう思う？」と訊ねた。

どう思う――。心の中で自問してみたが、理央はそのときの思いを、すぐに上手に言葉にすることができなかった。言葉を仕事にしている人間だというのに。

「真也の好きなように、やりたいようにするのがいいんじゃないかと思うよ」

しばらく黙った後、やっとの思いでそう言った。

「私も、ずっと好きなことばっかりさせてもらってきたし、今後もそのつもりだし。真也には、ずっとそれで甘えてるし」

次にそう言うと、「でも、それは、まあ」と真也は少し口ごもった。

「桁《けた》違いに稼いでるし、理央は。甘えてるのはお互い様だよね」

「でもそれは、ここ数年だけの話だよね。それまでは、私が一方的に甘えてたよ。それに、今後だってどうなるかわからないし、私は」

「それが、僕のほうも会社を辞めたら、お互いどうなるかわからなくなるわけだよね」

「うん、まあ。でも、やりたいことをやるのがいいよね、やっぱり」

めずらしく、お互い探り探りの妙な空気の会話が続いた。

「まだ少し先の話ではあるから。もう少し考えるよ」

やがて真也がそう言ったので、その場は一先《ひとま》ずお開きになった。

あの日から、理央は気が付いたら、真也のその「話」についてばかり考えている。その話と、もう一つ。あの三つの言葉の訳し方とを――。

両隣の人が立ち上がった。減速を始めた電車に次の駅名のアナウンスが流れた。

「ああっ」と叫び声を上げた。乗り換えの駅を過ぎている。


「ごめんなさい!」

指定されたビルの部屋に、叫びながら駆け込んだ。

「いえいえ」「大丈夫ですよ」「お忙しいところ、ありがとうございます」と、待っていてくれた編集者、ライター、カメラマンの三人は、口々に言って笑ってくれたが、申し訳なさでいっぱいになる。編集者とライターは、理央と同世代の女性。カメラマンは少し年上かと思われる男性だった。

「どうぞ、座ってください」

椅子を促された。羽織っていたロングカーディガンを脱いで、お辞儀をしながら座る。ナプキンが重くなっているのを感じたが、もうどうしようもない。始まる前にトイレに行って交換するつもりだったが、できなかったのは自分のせいだ。

「後で立っているショットも欲しいんですが、取材の間もスナップ撮らせてもらいますね」

カメラマンに言われて、笑顔で頷く。顔色が大丈夫かも気になったが、こちらも同様に、もうどうしようもない。

新刊を出しているタイミングではないので、インタビュー内容は、漠然と仕事のことや、理央自身についてということだった。

「翻訳家になろうと思ったのは、どうしてですか？」

「ご自身のお仕事を、どんな風に捉えていますか？」

「急に有名になられたわけですけど、どんな思いですか？」

これまでにもインタビューで、何度となく訊ねられてきたことを、今日も聞かれた。

「なろうと思ったことはなかったんですよ。でも本を読むのは昔から好きだったので、今のこの状態は本当にありがたいですね」

「好きなことを仕事にするのって大変だなあと思いますが、その分やりがいはありますね」

「この間も、お店で女の子たちに声をかけてもらったんです。自分が知らない人が自分のことを知ってるって不思議ですけど、頑張ってくださいって言われて、嬉しかったです」

理央も、何度となく答えてきた内容を、今日も口にする。

女性向けの媒体の場合、必ず聞かれることも、やはり今日も訊ねられた。

「旦那さんは、橘さんの仕事をどんな風に思ってると思いますか？」

「旦那さんとの関係は、どんな感じですか？」

「お子さんはいらっしゃらないってことですが、予定や希望は？」

これにも、

「好きなことしかできない人間って、知っててくれてると思うので、喜んでくれてると思いますよ」

「大学から一緒にいるので、相方みたいな感じですね。旅行とか、共通の趣味が多いので、昔と変わらず、いつまでも楽しいのが続いてるって感じです」

「作らないって決めてるわけではないんですけど、お互いに、まだ自分のことが楽しくて」と、いつも通りに答えていった。

ナプキンが更に重くなったように感じた。少し、吐き気を催してきた気も。

「いやー、でも、いいなあ。羨《うらや》ましい」

一通り質疑応答を終えた頃、ライターの女性がしみじみ、といった感じで声を漏らした。

「え？　何がですか？」

トイレに立つタイミングが訪れないだろうかと思いをめぐらせながら、理央は聞く。

「欲しいもの、何でも持ってるって感じじゃないですかあ。好きなことを仕事にされてて、成功もしてて。旦那さんとも仲良しで趣味もいっぱいあって、って。足りないものありますか？　悩みも欠点もないですよね」

笑顔で言うライターの横で、編集者も「うんうん」と頷いた。カメラマンは、ずっと理央にレンズを向けている。

悪意もないし、嫌味でもないのだろうということは伝わってきた。笑顔に含みもなかったし、インタビュー後の雑談の一環として、軽い気持ちで言っているのだろうと。

でも、理央は引っかかってしまった。

「悩みや欠点がないとか、そんなわけないじゃないですか。私、欠点だらけですよ。悩みだってあるし」

愛想笑いを浮かべながら言う。理央のほうこそ、含みのある顔になってしまったかもしれない。

「えー、例えば何ですか？」

「朝起きられないとか。事務作業とかスケジュール管理も苦手だし。ずっと好き勝手してきたんで、規則正しい生活が、ほんとできないんですよね」

「えー、そんなのかわいいですよ。ねえ？」

「うん。会社員じゃないんだし、いいんじゃないですか？」

女性二人は相変わらず笑顔で頷き合う。

「でも、よく電車乗り間違えたりとかも。今日もほら、こうやって遅刻したし」

そう言うと、少し笑顔が遠慮がちになった。

「仕事も。原稿ができたら皆さんが助けてくれますけど。書いてるときは、自分一人で頑張るしかないんですよね。すごく孤独ですよ」

もう二人は質問も返事もして来ないのに、理央の口が止まらなくなっている。

「あ、でも。その分、名誉も地位も独り占めですよね」

ライターが、冗談っぽい口調で言った。

「独り占めじゃなくていいから、誰かに助けて欲しいって、よく思います」

カメラマンが手を止めた。室内の空気が一気に冷えたのがわかる。それでも理央は止められなかった。

「少し疲れたとか不安って言うのも、赦《ゆる》してもらえないし。好きなことを仕事にしてるのに贅沢だ、って」

三人が完全に戸惑った表情で、顔を見合わせる。

「ごめんなさい」

ゆっくりと言って、立ち上がった。

「立ってる写真も一枚ってことでしたよね？　その前にお手洗いに行ってきていいですか？　生理中なんです」

男性もいるのに、どうしてそんなことを言ってしまったのだろう。

「もちろんです、どうぞ」

編集者が言う。バッグを鷲摑《わしづか》みにして、部屋を出た。廊下を早足で歩く。

どうして、あんなことを言ってしまったんだろう。どうしよう。あの人たちは何も悪くないのに。あの人たちが、理央に酷いことを言ったわけじゃないのに。

息切れがする。口許を押さえながら、トイレのドアを開けた。

手洗い場の鏡に、自分の顔が映った。その顔は、今までに見たことないぐらい、青ざめていた。


「これ以上、何が欲しいって言うのよ！」

「何が不満なの。何でも持ってるくせに！」

頭に、そんな言葉が甦ってくる。泣き叫びながら言われた言葉だ。嫌だと思うのに、一生懸命振り払おうとするのに、こびりついて離れてくれない。

「子供が駄々こねてるのと、一緒だよね」

そう言ったのは真也だった。

「誰にでも、どれだけ欲しがっても、どうしても手に入らないものって、きっとあってさ。そういうものがあるってことにおいては、誰でも平等だと思うんだけど、僕は」

わかりやすく感情を表に出すことをあまりしない真也だが、あのときの声には、しっかりと怒りが感じられた。

「でも、そういうことを受け止められない人がいて。そういう人が、子供が手に入らないものを欲しがって泣き叫ぶみたいに、喚《わめ》いたり、人を攻撃したりするんだろうな」

体がぐわんと揺れて、我に返った。電車が急ブレーキをかけたようだ。停止信号です、というアナウンスが流れる。

車内の電光掲示板で、次の駅を確認した。よかった。また乗り過ごすところだった。帰りに婦人科に注射に行こうと思っていたのだ。


いつもの中年看護師と、軽口を叩き合いながら注射を打ってもらい、待合室に出た。服の上から注射された箇所を軽くさすっていたら、「理央ちゃん？」と誰かに名前を呼ばれた。顔を上げる。よく知った顔が、そこに立っていた。仁美だ。

「びっくりした。え？　どうしたの？」

仁美が声を上げる。受付の女性が、たしなめるような目線をこちらに向けた。「すみません」と仁美は体を小さくする。笑いながら目配せをされたが、理央は反応できなかった。動揺しているようだ。

ビルの一階に入っているコーヒーショップで、二人で向かい合った。仁美も診察を終えたところだったらしく、理央ももう用は終わったと言ったら、「時間ある？　お茶でも飲まない？」と誘われたのだ。正直、あまり気が乗らなかったが、断る上手い言い訳も思いつかなくて、ついてきてしまった。

「貧血なんだ。理央ちゃん、いつも元気なイメージあるから、ちょっとびっくり。月経過多って大変そうだね」

カフェラテをふうふう冷ましながら、仁美が言う。「どうしたの？」と病院にいた理由を聞かれたので、嘘を吐くのもおかしいし、貧血治療に来ていることを、店に来るまでに伝えていた。

「うん、まあね。でも一番大変なのは、毎週の注射。もう腕もぼこぼこだし、毎週必ず決まって何かするとかが、本当に嫌いで、私」

大げさに茶化した口調で言った。

「毎週注射は、私でも嫌だなあ。でも、同じ病院に来てたなんて、びっくりしたよね」

「そうだね。でも駅は違うけど、家の位置はそんなに離れてないか、そう言えば。悠希も満里子ちゃんもそうだよね。東京って狭いし」

「そっか。でも、みんな高級住宅街やオシャレな街だよね。私だけ下町だよ。ここ本当に東京？　って感じなんだから、うちの辺り」

仁美の言葉に、理央は黙ってカプチーノを啜った。謙遜《けんそん》なのか自嘲《じちょう》なのか、日本人お得意のこの手の発言は好きではない。

そもそも理央は、四人で会っているときでも、仁美と言葉を交わすときだけ、実は少し身構えてしまっている。「すごいね」というのが口癖なのも気になる。四人の中で、きっと一番「普通」と言われるタイプに分類される子だと思うのだが、だからこそ。

理央は「普通」の女の子たちに、子供の頃から何かにつけて、妙な言い方で「すごいね」と言われ続けてきた。帰国子女なんだ、すごいね。英語できるんだ、すごいね。翻訳家なんだ、すごいね——。

更に、さっき実は電車の中で少し、仁美のことを考えていた。妊娠という自分ではコントロールできないものを欲しがって、食事会でも多少思い詰めている風を漂わせたり、悠希の妊娠報告にあからさまに顔を強張らせたり。そういう仁美の言動は、真也が言う、「手に入らないものを欲しがって泣き叫ぶ子供」の状態に、通じるような気がして。

「あの病院、不妊治療もやってるんだね。知らなかった。小さいのに」

そう聞いてから、すぐに後悔した。嫌だと思ったくせに、どうして自ら不妊治療の話なんて振ったのか。会話が途切れたことに戸惑って、つい考えていたことをそのまま口にしてしまった。

「ううん。不妊治療は別の病院に行ってたの。でも、今、実は休憩中なんだよね、治療。でも検診だけは行こうと思って、ここに変えたんだ」

「休憩中？　そうなんだ」

「うん。なんて言うか……、ちょっと自分を落ち着かせるっていうか、改めるっていうか、そういうことを思って。ごめん、理央ちゃんみたいに、考えてることを上手く言葉にできないんだけど、私は」

「そんな。別にそれ、謝ることじゃ」

そう言ったのは本心だったが、疑問と違和感を抱いた。いいほうに、だ。今の会話中の仁美の顔が、なんと言うか、爽《さわ》やかだった。ここ最近ではあまり見なかった表情だ。憑《つ》き物が落ちたというのは大げさかもしれないが、でも無理をしているような感じがまったくない。

「でも、四人中三人が婦人科に通ってるなんてさ、なんか思うところあるよねえ。そういう歳になったんだね。一緒に高校生だったのに、私たち」

今の顔も、口調も。心からしみじみ、といった感じだ。

「そうだね。でも、婦人科に通ってるっていっても、悠希はおめでたいことなわけだし」

自分のことを意地悪だと思いながら、試しに理央は、そんなことを言ってみた。

「それは、そうだよね！　女の子だってね。あの年下の旦那さんがさ、すっごくかわいがるところが想像できない？」

仁美は軽やかな声を上げて笑った。一体、どうしたのだろう。この三か月の間に、彼女にどんな変化があったというのだ。子供の泣き声を聞きたくないからと、出産祝いの集まりに気乗りしない理央よりも、仁美のほうがよほど悠希の妊娠を喜んでいるように見える。

そう言えば、この間の悠希からのメールには、数時間後に『順調でよかった！　女の子なんだね、楽しみ！　食事会もお祝いも、もちろんしようね』と返信をしていた。無理をしているんだろうと想像していたが、違うのだろうか。あれも、心からだったのか。理央はその後、『寒くなるし、体は大事にね』と、食事会にもお祝いにも、子供の性別にさえ触れず、適当な返事しかしなかった。

十五分ほど、何というでもない会話を交わした後、「ごめん、そろそろ」と仁美が席を立った。「夕食の買い物に行かないと」と言う。ナプキンの重みが気になり始めていた理央は、安心しながら「うん」と席を立つ。

「ねえ、仁美。私の貧血のこと、二人には言わないでくれる？」

カップを返却口に運びながら、言った。

「え？　言わないでって言われるなら、内緒にするけど。でも、どうして？」

「多分もうすぐ治るし、変に心配させることないじゃない？　それに、私に病気のイメージってないでしょ、あんまり。驚かせちゃうかなって」

「そっか。うん、わかった。でもお大事にね」

生真面目な顔で仁美は言う。「ありがとう」と理央は呟いた。

「ねえねえ、悠希ちゃん安定期に入ったし、そろそろ久々に食事会しようよ。私、仕切るよ。いいお店見つけられるか自信ないけど」

駅までの道で、仁美が言った。「ああ、そうだね」と曖昧《あいまい》に理央は返事をする。

「じゃあ、また近々連絡する。お茶付き合ってくれて、ありがとう。偶然、嬉しかったな。理央ちゃんと二人で喋ったのって、多分、初めてだよね。高校のときも含めて」

にこにこと笑いながらそう言って、仁美は反対方向のホームに消えて行った。去り際に、いつもの癖で理央が大きく手を振ったら、一瞬驚いたような顔をしたけれど、すぐに恥ずかしそうに大きく振り返してくれた。

爽やかな何かが、理央の体の中をすり抜けた。帰りの電車では、取材の人たちにしてしまったことへの後悔と自分への叱咤と、過去の嫌な記憶とで、壊れそうだったのに。

婦人科で偶然会ったあの日の夜、早速仁美から同報メールが入った。『久々に食事会しましょう。私、お店探してみる！』と。そしてちょうど一週間後の今日、決行されることになった。

ロングサイズではなくなったものの、理央は今日もナプキンを着けて、予備の分もポーチに入れて、家を出た。一週間経っても、まだ生理が終わっていない。あの日が二日目だったから、今日は九日目だ。今月も十日に乗るのだろうか。月の三分の一も出血をしていることになる。鉄剤の服用も毎週の注射も、理央にしてはサボらずにきちんとやっているが、これでは追いつかない。

一週間前と変わっていないことは、他にもあった。あの三つの台詞の訳に、相変わらず詰まったままだ。図書館に行ったり、編集者に手配をしてもらって、あの作家の他の著書は、三冊手に入れることができた。今、必死にそれを読み込んでいる。

それから、真也の仕事の話も、あれ以来止まったままである。真也は今、新しい広告作りに入ったらしく、先方ともそれが終わった後で、しっかりと話をしようということにしているそうだ。新しい仕事が始まったなら、きっと忙しいはずなのに、理央が頭を下げたからか、毎日早く帰ってきて、家のことをやってくれる。もちろん理央も、できるだけやるようにしているが。

悠希が検診のために半休を取ったという日に合わせたので、四人の食事会は初めてのランチ会になった。お酒を飲む、飲めない、で気の遣い合いをしなくていいので、よい選択だと思う。場所も、悠希の職場まで便のいい駅の近くにある自然食品のレストランで、仁美は個室を予約してくれていた。

「このサラダ、おいしい。お皿もかわいくていいね」

きっと、すごく骨を折って探してくれたのだろうと思ったので、理央はことあるごとに肯定的な感想を言った。自分も何か手伝おうかと仁美に個人的にメールをしたりもしたのだが、『いいよ。理央ちゃん忙しいだろうし、治療もあるでしょう。今回は私がやるよ』と言ってくれたので、甘えて総て任せていた。

「うん、おいしいね。店員さんも感じよかったし、いいお店だね」

理央と同じ思いなのかどうかはわからないが、満里子もそんなことを言って、静かに微笑む。

仁美がそれを見て、安心した表情をする。理央もその顔を見て、安心した。

「うん、おいしい。ようやく悪阻《つわり》も終わったから、今日は張り切って食べるわ、私」

悠希も明るい表情で顔色もよく、楽しそうだ。ゆったりとしたチュニックの下のお腹は、言われてみれば、という程度の膨らみ方だ。

「悪阻、あったんだね。酷かった？」

仁美が訊ねる。今日も、その顔にも口調にも、含みなどは感じられなかった。

「あるにはあったけど、そこまで酷くもなかったかな。どっちかって言うと、精神不安のほうが辛かった。今はだいぶマシになったけど。無事に生まれてくれるかとか、私、ちゃんと母親になれるのかな、とか不安になってね。夜中に泣いちゃって、眠れなくなったり」

「マタニティブルー？　悠希ちゃんでも、なるんだね。すごく強そうなのに、精神的に」

満里子が感心するように言う。

「うん。自分でもびっくりした。私、結構繊細だったんだ！　って」

悠希が大げさな身振りをし、仁美と満里子が笑い声を上げた。理央も笑った。声は上げなかったけれど、顔だけは笑っておいた。

「女の子ってわかって、旦那さんどんな感じ？　すごく喜んでるのが想像できるわ」

「想像通りだと思う！　もうね、毎晩変な猫なで声で人のお腹に話しかけて、気持ち悪いったら。あれは絶対、娘はどこにも嫁にやらん！　とか言う父親になるわ」

「そういうこと言うお父さん、いるよね。うちの父親も私が子供の頃、そうだったの。でも二十代の後半の頃、私がまだ独身だったらね、仁美は結婚しないのか？　いい人いないのか？　って、うるさくて。勝手だよね」

「あはは、それは勝手だわ。仁美のお父さん、おかしい！」

デザートを食べ終える頃だった。

「それにしても、一年後の今頃は、今とまったく違う生活になってるんだろうなーと思うと、色々考えちゃうわ。うちね、旦那が来年から独立することになったのよ、実は」

悠希が言った。「え！」と理央は、大きな声を上げてしまった。三人が一斉にこちらに顔を向ける。「独立」という言葉に、つい敏感に反応した。

「独立？　今のお店辞めて、自分の店を出すってこと？」

平静を装って訊ねる。

「ええとね、正確に言うと、今の店のオーナーが新店舗を出すから、そこの店長に選んでくれたってことなんだけど。でも、売り上げの管理も全部店長がやるってことだから、まあ独立みたいなもんだよね」

水の入ったグラスを揺らしながら、悠希が説明をする。

「そうなんだ。旦那さんの料理おいしかったし、人当たりもいい方《かた》だから、きっと大丈夫だと思うけど。でもやっぱり不安もある？　少しは」

満里子が言う。

「うん。全然ないって言ったら嘘になるかな。でも、やってみたらいいんじゃないって思ってる。ダメだったらさ、私が食わせてやればいいわけだし。産休も、そんなに長く取るつもりないしね」

「さすが悠希ちゃん。頼もしいね」

「うん、カッコいい」

悠希の言葉に仁美と満里子がはしゃぐ中、「ごめん、トイレ」と理央は席を立った。バッグを手に取る。

また三人が一斉にこちらを見た。確かに会話が盛り上がっているタイミングで、不自然だったかもしれない。でも、立ち上がってしまったので、そのまま出口に向かった。ナプキンも重くなっているし。

きゃあっ！という悲鳴のような声が、次の瞬間、室内に響いた。振り返る。悠希が口に手を当てて、目を丸くして理央を見ていた。

「理央ちゃん！」

「血！どうしたの？」

仁美と満里子が同時に叫んで、席を立った。

二人の目線は、理央の足に向けられていた。顔を下に向けて、理央もそこを見た。今日は理央は、薄手の青いニットワンピースを着ている。その下に、ライトグレーの柄タイツ。そのタイツの太ももの内側辺りが、赤いもので染まっていた。血だ。

膝《ひざ》まで伝った血が、タイツを通り抜け、一滴、床に零《こぼ》れ落ちた。悠希が息を飲んだ音がした。見せちゃいけない。彼女は妊娠中なのだ。理央は、その場に勢いよく座り込んだ。

「だめ、座っちゃ！　服に血が着いちゃう！」

満里子が叫ぶ。

「理央ちゃん！」

仁美が理央に駆け寄ってきた。自分もしゃがんで、うずくまっている理央の肩に腕を回す。

「理央ちゃん、妊娠してないよね？　この間言ってた、月経過多のせい？」

耳許で仁美が囁《ささや》いた。理央は無言で、首を何度も縦に振る。

「悠希ちゃん、違うから！　生理の血だから！　満里子ちゃん、悠希ちゃんを外に連れてってあげて。椅子借りて座らせてあげて。それと女の店員さんに、制服のスカートか何か、借りられる着替えがないか聞いてみて。毛布とか、腰に巻けるものでもいいかもしれない」

「う、うん。わかった。悠希ちゃん、大丈夫だよ、行こう」

満里子が悠希を立ち上がらせる光景が、視界の端に映った。

「大丈夫？」

仁美が理央の顔を覗き込む。理央はまた、無言で何度も頷いた。

でも、大丈夫というのだろうか、これは。血だとは言え、こんな、まるで子供のお漏らしみたいな――。

「病院に行こう、理央ちゃん。あの婦人科に。私、ついて行くから」

仁美の言葉に、今度は首を横に振った。

「大丈夫。量が多いだけだから、それで漏れただけだから。具合が悪いわけじゃないし」

「でも、行こうよ。行ったら、落ち着くから、きっと」

落ち着く——。理央は今、落ち着いていないのだろうか。わからない。

一つだけわかっていたのは、仁美が今、すごく理央の心の拠《よ》り所になっている、ということだ。

この子、こんなに頼もしい子だったっけ。


夢の中で何度も、あの言葉を聞いた。子供のように泣き叫びながら、翠が理央にぶつけた言葉。

「これ以上、何が欲しいって言うのよ！」

「何が不満なの！　何でも持ってるくせに！」

大学を卒業してからもずっと、翠とも、他の仲のよかった同級生の女の子たちとも、緩い仲間うちという感じで、付き合いが続いていた。

通訳として貿易会社に就職した翠は、理央と真也の結婚からちょうど一年後、二十九歳のときに結婚をした。相手は五つ年上の、会社の先輩だという男性だった。仲間内の間で囁かれた話では、本人も実家も、「しっかりした旧《ふる》いタイプ」らしく、結婚披露宴からも、それは十分に窺えた。都心の高級ホテルの大広間で、百人を超える招待客の前で、翠は白無垢《しろむく》姿で金屏風《きんびょうぶ》の前に座っており、新郎の父親は最後に「とにもかくにも、翠さんには早く子供を産んでもらって」とスピーチをし、隣で新郎の母親は、それに大きく頷いていた。

一年前に、理央と真也が当時の行きつけのカフェバーを借り切って、家族とごく親しい友人のみを招待した、くだけ過ぎた「結婚パーティー」を開いていたので、両方に出席した友人たちは、「同じ結婚式でも、去年のあんたたちとの振り幅がすごいわ」と、翠の披露宴のテーブルで苦笑していた。

夫の実家の期待に応えるためか、自分も望んでいたのかはわからないが、翠は結婚から半年後に妊娠して、翌年、女の子を産んだ。産まれてから半年ほど経った頃、理央と真也は他の友人たちと一緒にお祝いを持って、翠と子供の顔を見に行った。

最初こそ翠は、「来てくれてありがとう」と微笑を浮かべて出迎えてくれたが、一緒に時間を過ごすうちに、今、彼女はあまり幸せじゃないのだということを、理央たちは、ひしひしと知らされることになった。

子供の夜泣きが酷い。夫は家事も育児も女性がやるものだという考え方で、協力が一切ない。母乳が出ないことで、姑《しゅうとめ》が嫌味を言う。産後の疲れがまだ取れないのに、舅《しゅうと》が早く男の子も産めと言う。

終始俯《うつむ》いて、唇を嚙《か》み締めながら、翠は低い声で、そんな話を吐き出すように喋り続けた。が、ふと、その場の澱《よど》んでいた空気に気が付いたのだろうか。

「あー、ごめんね、なんか愚痴ばっかり零しちゃって。楽しい話しよう！　そうだ、理央の話、聞かせてよ。すごいよねえ」

突然笑顔を作って、やけに明るい声でそんなことを言い出した。ちょうどその頃、理央のデビュー作がうなぎ登りにヒットの途をたどっている真っ最中だった。

「好きなことを仕事にできるってすごいなあ。真也君との結婚も楽しそうだし。もう今、幸せでしょうがないでしょ？　文句なしの絶好調だよね」

続けてそう言われて、理央は反応に大いに困った。持ち前の明るさで、「自分でもびっくりの状況だけど、ありがたいよね。うん、今は幸せで仕方ないし、今後も楽しみ」なんて言うことだって、できたかもしれない。

でも、その時そうしなかったのは、この空気の中では、下手に明るく振るまったら、更に空気をおかしくしてしまうのではと、考えたからだ。帰国してからこっち、理央は発言の選択を誤って、場の空気を悪くしてしまうことが頻繁にあった。

いや、それだけではなかったかもしれない。その頃の理央の心の中に、実際口に出したような思いが確かにあって、友人たちに聞いて欲しいと、どこかで強く思っていたからではないか。

今となっては、もうわからない。細かくは覚えていない。多分、両方だったんじゃないかと思う。

「でも、いつの間にかこんなことになっちゃって、動揺もしてるんだよね。不安でいっぱいだよ。ねえ？　安定のない仕事だから、今後も続けていけるかどうかわからないし。好きなことを仕事にするからこその苦労も、きっとこれから沢山あるだろうし」

隣の真也に同意を求めながら、理央はそう言った。友人たちの中には、「ああ」「なるほどね」などと、頷いてくれる子もいた。

が、その言葉を聞いた翠は、強い視線を理央に送ってきた。はっきりと、睨《にら》まれたと言ってもいい。そして「なにそれ、贅沢」と吐き捨てるように言った。

え？　と理央が聞き返す間もなく、今度は翠は、いきなり大声を出した。

「これ以上、何が欲しいって言うのよ！」

目には涙が溢《あふ》れていた。

「何が不満なの！　何でも持ってるくせに！」

次のその言葉のときは、もう泣き叫んでいた。

翠の叫び声に反応して、部屋の脇のベビーベッドで眠っていた子供が、うぎゃああ！　と火がついたように泣き出した。でも翠は構わずに、理央の顔を睨んだまま、叫び続けた。

「どうして理央が！　私のほうが真面目だったし、成績だってよかったのに！」

「いつも好き勝手遊んでばっかりだったのに！　真也君にいつも守られてるし！」

そんなようなことを叫ばれた気がするけれど、あまりはっきり覚えていない。衝撃で頭がぼんやりとしていたし、子供が泣き出した直後、真也が「理央、帰ろう」と腕を掴んで立ち上がらせてくれて、反対側から体を支えてくれた友人の一人と、部屋の外まで連れ出してくれたから。翠にも二人の友達がついて、なだめたり体を撫でたりしているようだった。

後で友人たちから、

「翠は妊娠中も産後もずっと気持ちが不安定で、でも半年経ったし、もう大丈夫だって本人も言ってたんだけどね」とか、

「結婚した時点で、仕事辞めろって旦那さんに言われてたんだって。で、今はそこは譲ってやったのに、子供産んでもまだ辞めないなんて、って言われてるらしくて」とか、

「だから、家で子育てしながらできる仕事を探してたみたい。できれば、自分の好きなことで。出版翻訳がやりたくて、エージェントや出版社に売り込みとか持ち込みをしたらしいよ。

実にはならなかったみたいだけど」

　などということを聞いた。

　翠の家を出てからも、呆然《ぼうぜん》としてしまっていた理央の手を引っ張って、真也は家まで連れて帰ってくれた。

「翠ちゃんも大変なんだろうし、きっとすごく辛いんだとは思うけど」

　途中、静かな声でそんなことを言った。

「でも、その痛みは理央が与えたわけじゃないから。理央は怒っていいし、無理に赦さなくていいよ」

　真也の手は、少し震えていたように思う。

「誰にでも、どれだけ欲しがっても、どうしても手に入らないものって、きっとあってさ。そういうものがあるってことにおいては、誰でも平等だと思うんだけど、僕は」

「でも、そういうことを受け止められない人がいて。そういう人が、子供が手に入らないものを欲しがって泣き叫ぶみたいに、喚いたり、人を攻撃したりするんだろうな」

　淡々と、でも一音ずつ嚙み締めるように話す真也の言葉と声を、理央は俯きながら、けれど、しっかりと聞いていた。理央も一音ずつ、嚙み締めながら。

　以前理央は、子供に童話の読み聞かせをするボランティアの会に、満里子を紹介した。満里子はその活動をとても楽しんでいるようで、ときどき発表会があることを、さりげなく教えてくれる。理央に聞きにきて欲しいのだと思う。理央も紹介した以上、一度ぐらい行くのが礼儀だろうとは思っている。

けれど、のらりくらりとかわして、未《いま》だに実行していない。あの日、一緒に翠の家に行った友人の一人が参加している会なのだ。翠がそこに出入りしているのかどうかは、知らない。でも、そういう可能性はあるだろう。もし会ってしまったら、どうしていいかわからない。

無理に赦さなくていい、と真也は言った。でも、自分が赦したいのか赦したくないのか、理央には未だわからない。そして、翠が赦されたいと思っているのかも。もしかして、自分は何も悪いことをしていない、酷いことを言っていないと思っている可能性だってある。


自分の体から滑り落ちた血が、ナプキンにじんわりと染み込んでいくのを感じた。毎月、生理が来る度に思う。自分は「女」なんだなあ、と。童顔で体も小さく、大人びた服装も好まない理央は、未だ「女の子」と称されることもままあるが、そこはどちらでもいい。女の子、女、とにかく「女性」なのだ。

よくも悪くも、自分がいわゆる「女性を売り」にしている、または売りにできるタイプではないことはよくわかっている。色気とか艶《つや》とか、そういったものから理央は縁遠い。

とはいえ、「女性」扱いを受けることに、強く反発や抵抗があるわけではない。男尊女卑や女性軽視の言動をする人なんかは論外だが、自由業なのでそういう扱いを受けることも、男性と張り合うというシチュエーションも少ないし、欧米暮らしが長かったから、レディファースト的な扱いも、素直に受け入れられる。

けれど、「女の幸せ」などと言われるものを、追求するタイプでもない。真也と恋愛して結婚はしたが、今も友達、相方、同志などと思っていて、法律的にはそうであっても、自分が「妻」だということに、あまりピンと来ないし思い入れもない。子供があまり好きではないので、母になりたいという欲求も今はない。

自分は、ただただ「理央」という人間で、その理央が、たまたま「女性」だった。そんな捉え方をしている。

でも、生理が来ると思い知らされる。望んでいようがいまいが、自分はどんなつもりでいようが関係ない。自分はどうしようもなく、女の子で、女で、女性なのだと――。

目が覚めて最初に見たものは、あの中年看護師の顔だった。

「あら、おはようさん。朝じゃないけど」

いつもの調子で、彼女が言う。頭を整理した。仁美に病院に連れてきてもらって、造血注射を打ち、診察を受けた。何か別の病気というわけじゃなく、やはり月経過多だということだった。

そのあと看護師が、「疲れてるでしょ？　ちょっと眠っていく？　安定剤打ちましょうか」と言ってくれたので、甘えることにした。ここに来るまでに何度もお礼は言ったものの、その後、仁美とどう会話を交わしていいかわからなかったので、少し安心した。

ベッドから起き上がる。

「言い忘れてたけど、安定剤、けっこう値段張るけどよかった？　もう打っちゃったけどね」

「大丈夫です。私、お金ならあるんで」

理央も看護師に、いつもの調子で返した。

「ああ、そう。そうだ、旦那さんが迎えにきてるわよ。待合室にいるわ。友達が連絡したみたい」

「え、そうなんですか？」

「先生が旦那さんと長いこと話してたわよ。どんどん酷くなってるから筋腫を取る手術を勧めてるのに、お宅の奥さん頑固だから、説得してくれって」

「……そうなんですか」

ふうっと、看護師が息を吐いた。

「お金があるってことは、それだけ大変な仕事してるってことでしょう？　あなたにしかできない。あなたの書くものを待ってる人がいるんだから、さっさと手術して元気になりなさいよ。注射にも目つぶるぐらいだから、怖いんだろうけど、うちと連携してる総合病院の先生は腕の評判もいいし、大丈夫よ」

子供を叱るかのような口調で一気に言い募った看護師の顔を、理央はしばらく呆気《あっけ》に取られて眺めていた。

「知ってたんですか、私のこと」

「娘があのファンタジーの大ファンなの。影響されて、私も読んだわ。面白かった。女の冒険家の旅行記も」

背中をバン、と叩かれた。

「ほら、もうすぐ閉まるから。もう帰って」

はい、とおとなしく返事をして、理央はベッドから降りた。

待合室には、真也一人しかいなかった。

「しーんや。お待たせ。ありがとう。忙しいのに迎えにきてくれて」

いつものようにふざけた口調で言って、すぐそこにいるのに、大きく手も振った。受付の女性が、白けた目で理央を見る。真也が同じノリでいつも通り返してくれたら、気にしなかったのに。真也は無言で立ち上がり、無表情のまま、「帰るよ」と一言呟いただけだった。

携帯に、三人からメールが来ていた。

『具合、よくなったかな。報告もお詫《わ》びも返信もいいから、ゆっくり休んでね』と満里子から。

『理央！　騒いじゃって本当にごめんね！　私は大丈夫だから！　今度ちゃんとお詫びしたいけど、とにかく今は休んで』と悠希から。

『別の病気とかじゃなくて、本当によかった。でも貧血でも大変だよね。ゆっくり治してください』と仁美から。

返信をしないと。特に仁美には。そう思いながら、理央は少し先を歩く真也の後ろを、無言で歩く。

真也は怒っているようだ。病院を出てから一言も、言葉を発してくれない。

「こういう制服、似合わないよね、私」

沈黙に耐えきれなくなって、笑いながら言ってみた。ロングカーディガンの下に理央は、レストランで借りたウェイトレスの制服を着ている。

ゆっくりと真也が振り返った。強い目で、理央を見る。

「何度も手術勧められてたって？　どうして断ってたの？」

どうして――。それは――。

「やりたい仕事、いっぱいもらってたし」

「だからって。病気なんだから、仕方ないだろ」

「でも」

でも理央の仕事は、一度逃したら、後がないかもしれない。一度失敗したら、もう二度と依頼が来ないかもしれない。有休もないし、産休も育休もないし、退職金もないし、失業保険もない。理央が一か月、いや一週間、一日倒れている間に、来年の、来月の、明日の仕事がなくなるかもしれない。悠希のように夫に、やりたいことをやってみればいい、ダメだったら私が食べさせてあげる、なんて、理央は言ってあげられない。

「薬と注射で治るかもしれないと思ったし。それに、子宮や月経問題と精神って、影響し合う印象があって。手術したら貧血は治るかもしれないけど、精神的に乱れたりするかもしれない。子宮に大きく何かがあると、そういうことが起こるかも」

だって、翠だって、と喉元まで出かけたが、必死に引っ込めた。

「乱れたら、仕事ができなくなる。時間をかければ、文字を埋めればできるって仕事じゃないんだもん。できなくなって、不安定になって、子供みたいに泣き叫んで、誰かを攻撃したりしたくない。自分がそんな風になるのは怖い」

「ならないよ」

真也が大きな声を出した。通り過ぎる人の何人かが、こちらに顔を向ける。

「理央は、ならないよ」

西日が真也の顔を照らす。

「相談して欲しかった、そういうこと。怖がってるってことも、全部」

日差しが眩《まぶ》しくて、理央は少し目を伏せた。

「何年一緒にいると思ってるの？　十九のときからだよ。もう十四年。人生の三分の一以上、理央と一緒にいる。理央の仕事は、理央にしかできないよ。でも、理央の体も理央の気持ちも、とっくに理央だけのものじゃない。僕が人生や将来について考えるときは、必ず理央のことも考えてる」

オレンジ色の光が、真也の髪を照らしている。出会ったときに比べて、質感が柔らかくなったように思う。目尻《めじり》に皺《しわ》も見て取れる。

ああ、そうだ。この人はまだ、あの頃十九歳だった。男の子だった。そして今は三十三歳の男で、でも今も理央の目の前にいる。

理央は思う。

本当だ。私の体も心も、もう私だけのものではない。

リビングに入るなり、「話があるの」と、理央は真也に呼びかけた。

真也がゆっくりと、床に正座をする。理央も同じようにして、向かい合った。

強制するつもりはない。最終的には、真也がしたいと思うようにするのが、自分の希望でもある。――そう前置きをしてから話を始めようかと思ったが、口に出しかけて、寸前で止めた。そんなことはわざわざ言わなくても、理央がそう思っていることは、真也はわかってくれているはずだ。

「あなたの、仕事の話です。独立のこと」

うん、と真也は頷く。

「私には、できないことがいっぱいあります。何でも持ってる、悩みも欠点もないなんて言う人もいるけど、そんなことはない」

今度は理央をじっと見ることで、真也は頷く。

「怖がりだし、未だ病院や注射とかも怖い。海外暮らしが長くて、感覚ずれてるから、集団や組織で上手くやっていけないし。毎日同じ時間に起きるとか、電車に乗り間違えないとか、当たり前のことができないし。好きなことなら頑張れるけど、好きなこと以外は努力できない、根性なしだし」

声が震えてきた。涙が頬《ほお》をつたっていく。後から後から溢れて止まらない。自分はなんて弱い女なんだろうと思う。

「できることなんて、一つしかない。それも、本当にできてるのかどうかわからない。でも、その唯一できてるかもしれないことを、仕事にできたのはすごく幸せで、ありがたいことだと思う。だから私は、今後もそれをして生きていきたい」

うん。真也が声を漏らす。

「でも、怖い。安定もないし、先もないかもしれないし、倒れたら終わり。だから私は、私のできないことをできるあなたが、隣にいて、しっかり立ってくれてることで、とても安心できます。これからもそうしてくれると、すごく助かる。私の我がままだって、わかってはいるけど」

ああ、そうだ。あの彼女。小説の中のあの彼女。彼女もこんな気持ちだったんだ。この思いを、表せばいいのだ。

決して、媚びでも依存でもなく。

I'll depend on you. I can't do it alone.

あなたが頼り。私一人じゃできない。

「うん」

真也が笑った。そして、手を伸ばして、理央を抱き寄せる。

もう一つの台詞がどこかから、聞こえた気がした。

十九歳だった、あの日。理央は一つ、真也に嘘を吐いた。旅行が二人になってしまって、

「どうする？」と聞かれたとき。「私は一人でも行くつもりだけど」と言ったけれど、あれは
嘘だった。

英語はできても、住んだことのある国もあっても、昔は家族と一緒だった。一人では、さ
すがに不安で決行しなかったのではないかと思う、あのとき。

だから真也が、「一緒に行こう」と言ってくれて、理央はどれほど喜んで、安心したか
――。

光を感じて、目を覚ました。病室に西日が差し込んでいる。
眠っている間、ずっと子供の泣き声を聞いていた気がする。遠くのほうから聞こえたり、
いや、すぐ近くだと思ったり、自分の体の中から聞こえたように思うこともあった。
眠りにつくときに手を握ってくれていた真也がいない。枕元の携帯を取った。一体、何時

間眠ったんだろう。

てっきりお腹を切る手術になると思って、怖がっていたのに。もう一度しっかり検査をしたら、内視鏡手術で済ませられることがわかった。入院日数も、たった二泊三日。こんなことなら、半年も粘ってないで、さっさと決断すればよかった。

携帯にメールが四件来ていた。

満里子から。

『無事終わったかしら。また元気な理央ちゃんに会えるの、楽しみにしています。来月、読み聞かせがあるから、よかったら来て欲しいな』

うん。行くよ。次は行く。

悠希から。

『無事終わったと信じてるよ。私のお腹の子も順調です。産まれてくるの、待っててね。早く元気になって会いに来てね』

うん。待ってる。会いに行くよ。

仁美から。

『無事終わったかな。無理はしないで欲しいけど、元気になって帰ってくる理央ちゃんが目に浮かびます。またみんなで食事会しようね』

うん。しよう。楽しみにしてる。

翠の件があってから、理央は友達付き合いに消極的になってしまった。自分はおそらく、もう普通の人としては扱ってもらえないのだろうし、だったら今後も、ああいう思いは幾度となくするのだろうと、そう思って。

だから悠希から取材の依頼が来て、そのあと満里子や仁美と引き合わせようとされたとき、最初は相当に戸惑っていた。でも、まだ何かされたり言われたりしたわけでもないのに、好意的に近づいてきてくれるかつての同級生たちを疑うのも嫌で、とりあえず一度だけと思い、出かけて行った。少しでも不穏なものを感じたら、すぐに避けようと思いながら。

だから彼女たちが、理央のそのままを受け入れてくれたとき、理央の今の仕事や立場に、好奇や尊敬の眼差しを向けながらも、ただただ楽しそうに笑って仲良くしてくれたとき、どれだけ嬉しかったか。

自分にもまだ、こんな風に接してくれる友達がいる。これからだって、きっとできる。そう思えて、本当に救われた。

もう一件のメールは――、翠からだった。

『入院、手術をしていると聞きました。無事に終わることを祈ってます。理央なら乗り越えると信じてます』

──うん。乗り越えるよ。

一人でそう呟いてみる。

あの小説の翻訳の締切は、一か月延ばしてもらえることになった。とても骨の折れる作業だけれど、最初からやり直して、あの二人の気持ち、空気が伝わるように、丁寧に丁寧に書いていこうと思っている。自分ならできる、とも。

ベッドから上体を起こして、ナースコールをした。

「目、覚めました？　どうですか、調子は」

やってきた若い女性看護師が言う。

「沢山眠りました。麻酔ももう、抜けてると思います。私、もう動いてもいいですか？　少し、歩いてきてもいいでしょうか」

「いいですけど、何かしたいことが？　お手洗いなら念のため付き添います。買い物とかなら、さっき旦那さんがちょっと買い出しに行ってきますって出て行かれたんで、電話すれば間に合うかも」

「そうなんですね。でも、トイレでも買い物でもなくて、ちょっと行ってみたいところがあるんです。あの、近くに新生児室がありませんか？　もしかしたら」

「ああ、廊下出てすぐ左の部屋がそうです。うるさかったですか、もしかして」

「ううん。うるさくなかったんです。だから、行ってみたくて」

看護師が首を傾げた。

廊下に出ると、ほぎゃああー！　と大きな泣き声が、何重奏にもなって聞こえてきた。

そう、これだ。この泣き声だ。眠りながらずっと聞いていた声。

新生児室には、五人の赤ん坊がそれぞれベッドに寝かされていた。ベッドごとに下げられている札を見ると、産まれたのは昨日の朝、昨日の夜、今日の明け方、今日の朝の子もいる。

こんなにも、産まれてすぐの赤ん坊、子供を見たのは初めてだ。昨日の夜、今日の朝、この世に産まれ落ちたばかりの生命。

ほぎゃああ！　まだ少し重い理央の体に、ずっしりと赤ん坊たちの泣き声が響いてくる。

嫌悪感も恐怖心も、まったく抱かなかった。耳を塞《ふさ》ぎたくもならない。

美しい。そう思った。

何かを欲しがっているでもなく、何かを訴えているでもなく、媚びでもなく、誰かを攻めているわけでも、自分を責めているわけでも絶対になく――。

ただ、泣いている。この子たちは。自分がここで生きていると。今から生きようとしていると。

ほぎゃああ！　ほぎゃああ！

一番大きな声の、真ん中の赤ん坊に目をやった。女の子だ。

きっと、この女の子は、明日も。こうやって涙を流して、声を張り上げて泣くのだろう。やがて名前を付けられて、服を着せられて、自我を持って。この子は自分が女の子だと、いつか気が付くだろう。

そのときこの泣き声は、身勝手で、醜くて、情けなくて、弱いものに変わるかもしれない。何かを欲しがって、手に入らなくて泣き叫んで、何かを訴えて、時には媚びるために泣いて、その涙と声で、いつか誰かを傷付けるかもしれない。

でも、どんな女の子も。産まれたときは、こんなに美しい声と涙で、泣いていたのだ。

まだ名前もない女の子に、理央は語りかける。

泣け。もっと泣け。

「あの、うちの奥さんは……」

どこかから、よく知っている声が聞こえてきた。十九歳のときから知っている声。昔、「男の子」だった男、男性の声。

かつて男の子だったその男性は、もうすぐ理央の隣にやってくる。そして、やさしい声で、こう言ってくれるだろう。

一緒に行こう、と。

かつて女の子だった女性、理央は、こう答えるだろう。

うん、行こう。一緒に行こう、と。

解説

瀧波ユカリ

「女同士って、男同士よりもずっとドロドロしてるじゃないですか。陰湿っていうか。大変そうですよね」

賢明なる読者諸君はすぐにおわかりのことと思いますが、これは頭のネジが一時的もしくは恒久的にゆるんだ男性が女性の前で放つ最悪の砲撃でありまして、直近ですと私は数ヶ月前に幹事役を務めた合コンで、満面の笑みをたたえた30代独身男性から一発喰《く》らっております。

ええ、もちろん言い返しました。

「まあ、そういうドロドロしたコミュニティもあるっちゃあるんだろうけど、私たち3人は大学の時から仲が良いし。っていうか、言わせてもらえば私から見たら男同士だって権力争いとかイジメとか、そうとうドロドロしてますよ？」

説明すると、私が連れて行った友人2名は大学の同級生なんです。つまりですよ、この男性は仲良し女3人組を前にして「女同士ってドロドロ」と言い放ったわけなんですね。いい度胸してますよね。しかも、前述の私の発言に対して彼は即座にこう言ったんです。

「えっ？　男同士はすごくサッパリしてますよ！　ドロドロなのは絶対、女同士ですよ！　なっ、そうだよな〜？」（と、周囲の男性陣に同意を求める）

いやあ、もうね、あとちょっとで口をふさいでやるところでしたよ。サラダ取り分け用のトングで。

ことほどさように、「女同士ってドロドロしている」という風説は社会全体にしっかりと定着しております。実を言うと私自身も、三十路《みそじ》にさしかかるまでは何の疑問もなく「女同士ドロドロ説」を信じておりました。

でも今はちがいます。人間関係とは、何をどうしてもどこかでズレや歪《ゆが》みが生じて、それぞれが心の中にわだかまりを抱えるもの。ただ、男よりも女のほうが、わだかまりを抱えながらもうまくやるのがずっと上手。

「いいな、ずるい！」「どうしてあなたばかり！」「うらやましい！」「私のほうが上なのに！」そんな気持ちが溢《あふ》れそうになったら、揮発性の毒を生成してちょっと漏らしたり、細い針をこしらえてチクッと刺すようなことを笑顔でやったりやられたりしながら、うまく均衡を保っている。そんな「私のほうが上！」と示す言動を「マウンティング」と名付けて考察し、本まで出してしまってからは（ちくま文庫から出ている犬山紙子さんとの共著『マウンティング女子の世界』をお読みください！）、女同士のそういうところが愛《いと》おしいと思うようになりました。

しかし複雑なコミュニケーションを読み取るスキルがない人の目には、その手のやりとりは単に「悪意のぶつけ合い」にしか映らないし、それを眺めて面白がりたい人達によって「女同士はこんなにドロドロ！　陰湿！　性格悪い！　やっぱり女って怖い！」的に娯楽として消費されているのが現状というわけなのです。本当はそんなに単純じゃないし、とても繊細な心がそうさせているのに。

とても繊細な心がそうさせている。『女の子は、明日も。』を読んだあとなら誰しも、この言葉の意味は自然に理解できると思います。満里子《まりこ》、悠希《ゆうき》、仁美《ひとみ》、理央《りお》の4人は、かつての同級生でありながら、育ってきた環境も現在の暮らしぶりもセンスも性格もまるで違っています。それゆえに、互いが互いを比較して、自分にあるものとないものを指折り数えずにはいられない。だけど闘争心や嫉妬《しっと》をひとたびむき出しにすれば、関係性が崩壊することは皆がわかっている。この巡り合わせが奇跡的なもので、二度とはないことも知っている。だから贈り物から言葉のニュアンスにまで気を使う。それでいて、心の底からの本心だけは隠すことができなくて、少しチクリとやってしまっては、自責の念にさいなまれる。そんな彼女たちの心を繊細と言わずして何と言いましょう。

比較し合ってしまうのは、4人とも今に至るまでのどこかで、自己を肯定する力をくじかれてしまっているからです。満里子は家庭環境の悪さと、そのせいでさらに学校で浮いてしまっていたことで、自尊心を得られなかった。悠希は母親から「女性であることに甘えるな」という呪《のろ》いを授けられ、自分の中の「女性」とうまく付き合ってこられなかった。仁美は、生来の欲のなさから人生を意識的に選び取ってこなかったために、「人よりも持っていない者」としての劣等感を少しずつ育ててしまった。理央は逆に、家庭環境や運に恵まれ、いつしか世間から「人よりも持っている者」と見られるようになったことで、今までのように自然体で生きられなくなった。

「パートナーを得て順調な人生を送っているように見える女性」について、世間が想像力を働かせることはあまりありません。しかし、そんな女性たちも実は見えづらい部分に傷を持っていて、その傷が生きづらさに結びついている。本作で、著者の飛鳥井さんは彼女たちの生きづらさにめいっぱい光を当てながらも、ただの「つらい話」ではなく、4人の間のコミュニケーションスタイルもクローズアップすることで、女性同士の複雑かつ優しい結び付きの形を浮かび上がらせることに成功しています。

2016年～17年の旬の話題を盛り込もうというつもりではないのですが、満里子、悠希、仁美、理央の4人は、まるでSMAPの『世界で一つだけの花』で歌われる切り花のようです。とは言っても、ナンバーワンよりオンリーワンという話とはちょっと違います。それぞれ色も形も違う花が同じバケツに挿されると、枝がつっかえたり葉が絡んだり、ちょっとうまくいかない時もある。それでも寄り添っていられるのはなぜなのか。

まだ双葉の頃に、同じ花畑で育った同胞であるという思いがあるから。互いが互いを美しいと感じる、恋にも似た気持ちがあるから。そしてもうひとつ、バケツの底にある見えない部分に痛みを抱えているということを、一緒にいればわかってしまうから。

不倫と不貞を犯す満里子。嚢胞《のうほう》に倒れる悠希。子を宿せない仁美。月経過多の理央。ハサミで茎をざっくりとやられて水揚げされた切り花のように、それぞれが子宮の痛みと心の痛みを抱えながらもしゃんと前を向き、そして互いに痛みを慮《おもんぱか》る。血や愛液がドロドロと流れれば流れるほど、子宮が痛めば痛むほど、女の子は明日も共闘する。
　男になどわかるものか。そんなふうにうそぶきたくなりながらも、4人がそれぞれに選んだ相手が「肝心な時にはちゃんとわかる男」であったことは本当によかったと思います。男ってなんなんでしょうね、「え、バカなの？」と100回思わせてくるような相手がいきなり「え、今の言葉で私のこと思いっきり救った？」ってたじろぐようなパワーワード投げてきたりしますよね。男ってこう、女ってこうみたいな考え方はあまりしないようにしているけど、そこだけはいつも不思議。こっちがパニックになったり悲しみに暮れている時に、唐突に悟りを開いたお坊さんみたいな目をして、安心できるような言葉をぽこんって出してくるの、どういうわけなの？　そのあたりの謎《なぞ》について、飛鳥井さんとおおいに語り合いたい私なのでした。

――漫画家

この作品は二〇一四年六月小社より刊行されたものです。

幻冬舎文庫

●最新刊
骨を彩《いろど》る
彩瀬まる

十年前に妻を失うも、心揺れる女性に出会った津村。しかし妻を忘れる罪悪感で一歩を踏み出せない。わからない、取り戻せない、もういない。心に「ない」を抱える人々を鮮烈に描く代表作。

●最新刊
いろは匂へど
瀧羽麻子

奥手な30代女子が、年上の草木染め職人に恋をした。奔放なのに強引なことをしない彼が、初めて唇を寄せてきた夜。翌日の、いつもと変わらぬ笑顔……。京都の街は、ほろ苦く、時々甘い。

●最新刊
愛を振り込む
蛭田亜紗子

他人のものばかりがほしくなる不倫女、夢に破れた元デザイナー、人との距離が測れず、恋に人生に臆病になった女――。現状に焦りやもどかしさを抱える6人の女性を艶めかしく描いた恋愛小説。

●最新刊
白蝶花
宮木あや子

福岡に奉公に出た千恵子。出会った令嬢の和江は、愛に飢えた日々を送っていた。孤独の中、友情とも恋とも違う感情で繋がる二人だったが……。時代と男に翻弄されながらも咲き続ける女たちの愛の物語。

●最新刊
さみしくなったら名前を呼んで
山内マリコ

年上男に翻弄される女子高生、田舎に帰省して親友と再会した女――。「何者でもない」ことに懊悩しながらも「何者にもなれる」とひたむきにあがき続ける12人の女性を瑞々しく描いた、短編集。

女《おんな》の子《こ》は、明日《あした》も。

飛鳥井千砂《あすかいちさ》

平成29年2月10日　初版発行

発行人――石原正康
編集人――袖山満一子
発行所――株式会社幻冬舎
〒151-0051東京都渋谷区千駄ヶ谷4-9-7
電話　03(5411)6222(営業)
　　　03(5411)6211(編集)
　　　振替00120-8-767643
印刷・製本―株式会社　光邦
装丁者――高橋雅之

幻冬舎文庫

ISBN978-4-344-42568-2　C0193　　あ-62-1

幻冬舎ホームページアドレス　http://www.gentosha.co.jp/
この本に関するご意見・ご感想をメールでお寄せいただく場合は、
comment@gentosha.co.jpまで。